KB160395

개미 허리의 추억 (上)

우정편

개미허리의 추억 (上)

김범선 지음

우정편

이담 Books

프롤로그 prologue

문학은 한 시대의 거울이며 그림자이다. 그만큼 그 시대의 사회상을 잘 반영하고 있다는 말이다.

하루 내 험한 정글을 누비다가 밤에 매복을 섰다. 그날 밤은 웬일인지 총성도 포성도 들리지 않는 조용한 밤이었다. 판초우의를 머리끝까지 뒤집어쓰고 깜빡 졸다가 잠을 깨곤 했는데 어쩌다 무전기의 키를 열게 되었다. 그런데 마음을 사로잡는 음악이 흘러나왔다. 우의를 뒤집어쓰고 무전기의 소리를 죽이며 '머시쉐리'를 들었다.

검은 밤하늘엔 이따금 붉은 조명탄이 수를 놓고 자정이 지난 하늘에는 함부로 흩어 뿌린 하얀 잔별 사이로 영롱한 남십자성이 얼굴을 내밀고 있었다.

독충과 모기, 그리고 낯선 나라의 정글 속에서 생사를 건 전투, 만일 여기서 살아남아 무사히 귀국을 할 수만 있다면 저 남십자성처럼 영롱한 삶과 지금 이 음악처럼 아름답고 감미로운 사랑이 기다리고 있으련만, 그럴 기회가 올 수 있을까?

무사히 살아서 돌아갈 수만 있다면 오늘의 일은 반드시 기록으로 남기리라 자신에게 다짐을 했다. 이 책은 그 기록의 산물이며 자신과의 약속이었다.

끝으로 독자 여러분들에게 이 책에 기록되지 않은 한 노병의 인사말을 전해 드리고자 한다.

여름 한낮의 짧은 꿈처럼 젊음의 시간은 빨리 지나가고 그리움의 날들이 남았다. 그때 그곳, 열대의 하늘 아래에서 산화한 수많은 병사들이 있다. 그들은 오늘도 낯선 이국의 밤하늘에 푸른 중대기를 앞세우고 씩씩하게 군가를 부르며 군화소리도 요란하게 고국을 향해 행군을 하고 있다. 우리는 무사히 귀국을 했고 그들은 아직도 그곳에 남아 밤마다 태평양을 건너오고 있다.

계절이 변해 자연은 가고 사람은 떠나고 마음은 변해도 오직 불변의 정신으로 그들은 귀국의 그날을 기다리고 있다. 병사들이여! 이제 그만 행군을 멈추어 주오. 그대들이 조국에 그토록 전하고 싶어 했던 말들을 이 한 권의 책에 담았으니

'이 소설을 한 노병의 연인에게 헌정한다.'

小白山 心池堂에서

梵善

목차 contents

#1 회상(回想)

- 지난 일을 돌이켜 생각함 -

2009년 10월 29일, 예천비행장 인근 유천중학교.

늦가을 을씨년스러운 바람이 불 때마다 교정에 서 있는 느티나무 낙엽이 우수수 떨어지고 있었다. 땅바닥에 떨어진 낙엽은 운동장 구석을 이리저리 굴러다니며 무더기를 이루고 있었다. 낙엽은 바람에 따라 스산한 소리를 내며 누런 흙먼지와 함께 하늘 높이 치솟아 올랐다간 운동장 저편 바닥에 떨어지면 또 저만치 굴러갔다.

한때 9학급이나 되었던 아담한 학교가 이젠 3학급으로 학생이 줄어들어 휑하니 넓기만 한 운동장에는 말라비틀어진 잡초가 휴경지의 묵밭처럼 우거져 있었다.

파란 도색이 군데군데 벗겨진 본관 건물은 이제 막 넘어가는 늦가을 햇살을 받아 유리 창문들이 거울처럼 반짝거리고 있었다.

하교시간이 지나 학생들이 모두 집으로 돌아간 텅 빈 교정은 적막하다 못해 깊이 잠든 바다와 같았다. 갑자기 깊은 정적을 깨고

"딩동 딩동 딩딩 동동⋯⋯."

하고 차임벨이 울기 시작했다. 일과시간이 입력된 차임벨은 학생들의 등하교와 상관없이 저 혼자 시종을 울리며 열심히 일을 하고 있었다.

이제 막 서산에 지는 저녁노을이 주홍빛으로 물들며 무대 위에 조명처럼 본관 건물을 비추기 시작했다. 수많은 유리 창문들이 주홍색 거울처럼 반짝거리며 노을을 반사하고 있었다.

해가 서산에 기울며 한 조각 먹구름이 햇살을 가리자 순식간에 거울처럼 반짝거리던 창문들이 잠들어 버렸다

본관 교사가 어둠 속에 잠기자 텅 빈 교정은 한층 더 깊은 적막 속에 잠겨들었다. 갑자기 짙은 먹구름 사이로 한 줄기 황금빛 햇살이 무대 위 조명처럼 본관 교사 서쪽 제일 끝 교실을 비추기 시작했다. 그것은 마치 누군가 강렬한 황금빛 조명을 무대 위로 비추는 것 같았다. 자연이 순간적으로 만들어 놓은 조화였다.

어디서 왔는지 하얀 배추나비 한 마리가 힘겹게 날갯짓을 하며 본관 건물로 날아가고 있었다. 철이 지난 나비의 힘에 겨운 날갯짓은 애처롭다 못해 위태롭기 그지없었다. 나비는 바람이 불 때마다 이리저리 밀리며 본관 건물 쪽으로 겨우 날아가고 있었다.

누더기가 다 된 날개로 힘겹게 날아가던 나비는, 이제 막 한 줌 햇살이 비추는 서편 끝 교실, 유리 창문에 겨우 달라붙었다. 날개 끝이 찢어져 너덜너덜한 나비는 마치 먼지가 잔뜩 낀 유리창 속을 들여다보는 것 같았다.

녀석이 유리창 속을 들여다보자 손바닥만 한 햇빛이 들어오는 교실 안에는 초로의 한 남자가 담임 책상에 앉아 무엇인가 끌쩍거리고 있었다. 아마 학급일지라도 정리하는 것 같았다. 그는 이따금 무엇인가 잘 안 되는지 오른손에 든 볼펜 끝으로 이마를 톡톡 치다가는 다시 쓰곤

했다. 그러고는 싫증이라도 났는지 볼펜을 내려놓고 책상 위에 놓인 꽃병을 들여다보았다.

화병 속에는 하얀색 국화꽃 두 송이가 고개를 갸우뚱거리며 마주 보고 있었다. 한동안 오른쪽 손바닥으로 턱을 괴고 무엇인가 깊이 생각하던 그가, 왼쪽 손등을 주무르기 시작했다. 그러고는 주먹을 쥔 손을 눈앞에 들고 들여다보기 시작했다. 벌어진 새끼손가락과 구부러진 중지손가락이 그의 코앞에서 부들부들 떨리고 있었다. 그는 왼쪽 손이 불편한 것 같았다.

그는 주먹을 쥐고 있던 왼손을 천천히 펴기 시작했다. 그의 손바닥 안에는 작은 수첩이 들어 있었다. 그는 그 수첩을 물끄러미 들여다보았다.

낡아서 비닐 조각이 너덜거리는 녹색 수첩표지에는 하얀 글씨로 '해외파견장병수첩'이라고 쓰여 있었다. 그리고 그 아래에는 별이 그려진 닻 모양의 마크와 '대한민국국군'이라는 글씨가 보였다.

그가 불편한 엄지와 중지 손가락으로 비닐 표지를 넘기자 수첩 갈피를 끼운 투명 비닐과 하얀 내표지가 나타났다. 내표지에는 검정 글씨로 '한월친선'이라는 글씨와 함께 교차된 양국 국기, 그리고 악수하는 그림이 그려져 있었다.

한동안 수첩을 들여다보고 있던 그는 투명 비닐의 앞표지 속에서 작은 사진 한 장을 꺼내 들었다. 그러고는 콧등에 내려앉은 돋보기안경을 오른쪽 중지로 밀어올리고 다시 들여다보았다.

그는 엄지와 중지로 들고 있는 흑백의 낡은 사진이 잘 보이지 않는지 팔을 뻗어 한 줄기 햇빛이 들어오는 창가로 의자를 돌려 앉았다. 그리고 사진을 들여다보았다.

그 사진 속에는 두 사람의 병사가 포연이 자욱한 야전진지의 샌드백 위에 서 있었다. 한 병사는 오른손에 M16 소총을 들고 만세라도 부르듯 두 팔을 활짝 뻗고 하늘을 쳐다보며 웃고 있었다. 그 병사는 날씬한 몸매에 허리가 가늘고 삼각 진 얼굴을 하고 있었다. 그는 마치 하늘을 향해 박장대소를 하며 조롱이라도 하는 것 같았다.

그 병사의 옆에는 왼손에 총을 쥐고 하얀 이빨을 활짝 드러내며 웃고 있는 군인이 있었다. 그는 중키에 둥근 얼굴을 하고 있었다. 그는 두 팔을 치켜들고 만세를 부르는 병사를 쳐다보며 웃고 있었다. 그들의 머리 위로는 새카맣게 많은 H21 헬기의 편대가 지나가고 있었다. 사진 속에 그 청년은 이젠 초로의 늙은이가 된 그와 많이 닮아 있었다.

갑자기 본관 교사 건물 위로 "탁탁탁" 하는 소리를 내며 예천 비행장에서 발진한 헬기 편대가 학교건물 지붕 위를 지나가기 시작했다. 헬기가 운동장을 지나 건물 지붕 위로 날아들자 교실이 들썩거리며 유리창문들이 나뭇잎처럼 파르르 몸을 떨기 시작했다. 한 대, 두 대, 세 대, 네 대.

H21헬기는 일렬종대로 편대를 지어 북쪽 하늘로 날아가고 있었다.

갑자기 흑백 사진 속에 허리가 잘록한 청년이 두 팔을 높이 쳐들며 소리를 질렀다.

"잘해 봐라, 개새끼들아! 난 킬러밸리로 간다, 우하하핫……."

"짤칵!"

흑백 사진 위로 굵은 물방울이 뚝뚝 떨어지기 시작했다. 초로의 사내는 부들부들 떨리는 손으로 사진 속 물방울을 자꾸만 훔쳐내고 있었다.

H21 헬기가 중대의 보급품을 진지에 하역할 때 머리 위로는 수많은 헬기 편대들이 저공비행으로 지나가고 있었다. 그런데 갑자기 녀석이 벌떡 일어서며 지나가는 헬기를 향해 소리를 질렀다.

"잘해 봐라, 개새끼들아! 난 킬러밸리로 간다, 우하하핫……."

신동협 병장이 개미허리와 찍은 사진은 이 한 장뿐이었다.

곧이어 녀석은 창문이 없는 헬기바닥에 풀쩍 뛰어올랐다. 그리고 두 다리를 달랑거리며 손을 흔들었다.

헬기의 프로펠러가 회전 속도를 높이자 순식간에 비행고도가 높아지며 점점 멀어져 갔다. 그리고 헬기는 빨간 고추잠자리처럼 점점 작아지며 멀어져 갔다.

#2 병사의 묵시록

- 병사에게는 생사의 선택권이 없다. 그러나 생존권은 있다 -

맹호부대 기갑연대 연병장, 04시 45분.

"주님이신 우리 하느님, 주님께서는 모든 것을 창조하셨고 만물은 주님의 뜻에 의하여 생겨났으며 또 존재합니다. 주님께서는 말씀하시기를, '두려워하지 말아라. 나는 처음과 마지막이고 살아 있는 존재이다. 그리고 죽음과 지옥의 열쇠는 내 손에 있다. 그러므로 너는, 네가 이미 본 것과 지금 일어나고 있는 일들과 앞으로 일어날 일들을 모두 기록하여라.'라고 말씀하셨습니다. 주님, 바다 건너 저편에는 장병들을 사랑하는 부모와 형제 그리고 처와 자식들이 기다리고 있습니다. 장병들이 무사히 그들의 품 안으로 돌아갈 수가 있도록 주님의 이름으로 기도하나이다."

군목과 군종 신부가 차례로 장병들의 무운을 빌며 간곡하게 기도를 올렸다. 기도 소리는 텅 빈 빈케의 새벽 들판에 메아리가 되어 울려 퍼졌다. 연대는 바야흐로 맹호 A호 작전에 돌입하고 있었다. 이번 작전은 적의 우기 공세를 사전에 차단하기 위하여 한 달간 예정으로 전개

될 것이다.

지난밤에 달아오른 대지와 하늘이 이제 막 기지개를 켜며 잠을 깨고 있었다. 우기를 한 달 앞둔 대지와 정글은 새벽임에도 불구하고 무쇠처럼 벌겋게 달아올라 있었다. 어느새 봉숭아 꽃잎 같은 핏빛 노을이 새벽하늘을 붉게 물들이기 시작했다.

연병장도, 군목의 기도 소리도, 장병들의 얼굴도, 무대 위의 배우들처럼 붉은 조명 속에 물들기 시작했다.

이른 새벽이지만 전투배낭을 메고 있는 장병들의 등은 어느새 군복 밖으로 흥건히 젖은 땀이 촉촉이 배어 나오고 있었다.

"마하반야바라밀다심경, 관자재보살, 행심반야 바라밀다시 조견오온개공 도일체고액 사리자 색불이공 공불이색. 색즉시공 공즉시색 수상행식 역부여시 사리자 시제법공상⋯⋯."

군목의 기도에 이어 군종 스님의 반야심경 독경 소리가 넓은 연병장을 가득 메우고 있었다. 장병들은 너나 할 것 없이 모두 숙연히 고개를 숙이고 깊은 정적 속에 잠겨 들었다.

핏빛 노을 속에 울려 퍼지는 독경 소리와 함께 조금 전부터 우르릉, 우르릉 하는 천둥소리가 아득히 먼 곳에서부터 들려오기 시작했다. 천둥소리는 마치 멍석을 말아 올리듯 천천히 밀려오고 있었다.

"연대, 차렷!"

짧고 날카로운 구령 소리가 고성능 마이크를 통해 울려 퍼졌다.

"조국과 부모님께 받들어이 총!"

"맹호!"

우렁찬 장병들의 함성이 마른하늘을 가득 채우며 울려 퍼졌다. 새벽잠에 취해 있던 작은 새들이 화들짝 놀라 떼를 지어 하늘로 날아 올라갔다. 깊은 정적 속에 잠겨 있던 빈케의 들판이 장병들의 함성으로 미친 듯이 광란을 하기 시작했다. 연대장이 카랑카랑한 목소리로 말했다.

"이제 떠날 시간이다. 명심해라, 적을 잡는 일보다는 고국에 돌아가는 것이 더 중요하다. 한 사람도 귀국선에 낙오하는 사람이 없도록 하라."

이 순간부터 너를 낳아 준 부모님도 위험에서 너를 지켜 줄 수가 없다. 위기에서 너를 구할 수 있는 사람은 오직 전우뿐이다, 전우를 내 몸처럼 아끼고 보호하라. 부모님도 잊어라. 애인도 잊어라. 사랑하는 모든 사람들을 망각하라. 이 세상에서 가장 중요한 일은 하나뿐인 나를 지키는 일이다.

연대장의 훈시가 끝나기 무섭게 여명의 붉은 노을 속에 수많은 헬기들이 새카맣게 날아오고 있었다. 대형 치누크, H21 헬기, 코브라, 수송용, 지휘용, 전투용 헬기들이 여름 강가의 고추잠자리 떼들처럼 서로 고도를 달리하며 다가오고 있었다. 하늘을 새카맣게 뒤덮은 헬기들은 착륙 순서를 기다리며 연병장 상공을 수없이 선회하고 있었다.

착륙한 헬기들은 한 치 앞도 보이지 않게 흙먼지를 날리며 연병장을 난장판으로 만들어 놓기 시작했다.

"3중대 3중대! 8번 헬기는 연병장 동편, 6중대, 니들은 뭐 하나? 빨리 승선하라! 21번 헬기는 대기하라."

지휘소의 고성능 마이크가 악을 쓰기 시작했다.

"2중대 오뚝이는 5번 코너로, 2중대 오뚝이는 5번 코너."

2중대 병사들이 "와아!" 하는 함성 소리와 함께 철모와 전투배낭을 달가닥거리며 헬기 쪽으로 뛰어가기 시작했다.

안개처럼 자욱한 흙먼지 속에서 장병들의 함성과 고성능 마이크의 빗발치는 명령, 헬기의 둔탁한 프로펠러 소음, M16 소총과 철모가 부딪치는 소리, 그리고 쉴 새 없이 흘러내리는 끈적끈적한 땀과 흙먼지로 연병장은 혼란스럽기가 그지없었다.

변을수 일병은 현기증으로 눈앞이 어질어질한 게 쓰러질 것만 같았다. 마치 러시아워 시간에 복잡한 차도 한복판에 서 있는 것 같았다. 그는 앞뒤, 좌우로 공기를 찢어 놓는 헬기들의 프로펠러 소리로 숨이 막힐 것만 같았다.

"야, 서편 연병장에 혼자 서 있는 사병! 너, 거기서 뭐 하냐? 가족을 잃었어? 병신자식, 몇 중대냐? 7중대 3소대? 7중대 3소대 어디 있나? 총을 들고 '야' 하고 소리쳐라. 일병, 너의 소대는 남쪽 3번 구역, 2번 코너에 있다."

서편 연병장 한쪽 구석에서 넋을 잃고 헤매던 변을수 일병에게 지휘소 마이크가 고래고래 소리를 질러댔지만 그는 어디로 가야 할지 몰라서 쩔쩔매고 있었다.

한 무리의 H21 헬기의 편대가 요란한 폭음과 함께 북쪽 하늘로 날아 올라갔다. 또 다른 헬기의 편대는 떠오르는 태양을 정면으로 받으며 동쪽 하늘로 날아갔다.

"변 일병 변 일벼엉, 아 이 자슥아, 그쪽이 아이라카이 그러네. 빨리 이쪽으로 오이라. 정신 채리라, 이런 촌놈의 자슥!"

임태호 상병이 방금 풀썩하고 내려앉은 헬기 쪽으로 뛰어가며 변을수 일병을 향해 소리쳐 불렀다. 그때서야 변을수 일병은 정신을 차리고 3번 구역으로 달려가기 시작했다.

중대장 박동수 대위가 집합한 소대원 앞에서 소리를 질렀다.

"3소대 1분대!"

"예!"

"대답 소리가 작다, 그 소리에 V.C(베트콩 : 북베트남의 지역게릴라 군대, Viet. Cong의 약자)들이 놀라겠나?"

박동수 대위가 사병들의 사기를 높이려 애를 쓰며 다시 한 번 목청을 돋우었다.

"3소대 1분대."

"예엣!"

병사들이 악을 쓰며 대답을 했다.

"야, 짭새 한동수! 너 벌써 겁이 나서 오줌을 쌌구나?"

"아임니다, 중대장님, 수통에 물이 흘렀심더."

중대장이 농담으로 사병들의 사기를 높이려 애를 썼다.

"너희가 누구냐?"

"도마도 말대가리중대!"

병사들이 악을 쓰며 대답했다.

"니들은 누구냐?"

"말대가리중대!"

"좋다, 승선!"

와아, 하는 함성을 내지르며 3소대 1분대가 헬기 속으로 뛰어들어 갔다. 프로펠러의 회전속도가 빨라지며 헬기가 공중으로 치솟아 올랐다.

34번 헬기의 프로펠러가 위잉 하고 고속으로 회전을 하며 공중으로 떠오르기 시작했다. 헬기는 곧장 기수를 동쪽으로 돌리고 떠오르는 아침 햇살을 정면으로 받으며 날아가기 시작했다.

변을수 일병은 헬기 동체의 열린 문을 통해 밖을 내려다보았다. 아찔한 현기증과 함께 순식간에 연병장이 멀어져 갔다. 아직도 연병장에는 수많은 헬기들이 여름 강가의 잠자리들처럼 빙빙 돌며 복작거리고 있었다.

"변 일병, 니 저리 좀 비키 봐라."

임태호 상병이 방탄조끼를 홀랑 벗어 헬기 바닥에 깔고 앉았다.

"조끼 입어요."

헬기의 소음 때문에 변을수가 임태호 상병에게 악을 쓰듯 말했다.

"짜샤, 남자는 불알이 질 중요한 기라. 전번 작전 때는 헬기 바닥으로 총알이 올라왔다 아이가."

"어유, 저 새끼! 또 구라치네."

남호구 병장이 전투배낭 뒤에 달고 다니던 방탄조끼를 입으며 말했다.

"그라몬, 내 말이 틀린다 말인교? 저 노마한테 물어보까, 남자는 불알이 질 중요하제 그자? 철수야!"

임태호 상병이 헬기의 우측 창밖에 달랑 매달려 있는 발칸포 사수인 흑인 스미스 일병에게 말을 했다. 스미스 일병은 무슨 말인지 몰라 웃으며 무조건 엄지손가락을 치켜세웠다.

"봐라, 내 말이 맞지. 저 노마도 맞다 안 카나."

임태호 상병이 의기양양하게 남호구 병장을 바라보며 말했다.

"저 노마는 철수가 아니고 스미스다, 스미스! 뭘 제대로 알고 거짓말을 해야지."

남호구 병장이 흑인 병사의 명찰을 보고 말하자, 흑인 병사는 두 팔을 벌리고 어깨를 으쓱거리며 씩 웃었다.

"개미허리 김 하사님도 그때 봤다. 김 하사님, 내 말 맞지 예?"

임태호 상병이 개미허리에게 동의를 구했다.

"임태호, 너 요즘 군기가 빠졌어. 번개 씹하는 거 볼래?"

"와캄니꺼 성님, 잘몬했심더. 애인 하나 구해 줄까요? 참한 가스나 하나 있심더."

개미허리가 임태호 상병의 뒤통수를 쥐어박으며

"니 말을 믿는 것보다는 차라리 베트콩의 말을 믿겠다. 에라, 이 자식아!"

개미허리는 순간 강혜원을 생각했다. 그런데 왜 애인이라는 말에 강혜원을 머릿속에 떠올렸는지 모를 일이다. 갑자기 헬기의 동체가 심하게 요동을 치며 흔들거렸다.

"야 임마, 운전수! 니 난폭운전 할끼가? 내릴 때 차비는 몬 준다, 알 것제?"

임태호 상병이 헬기 조종사를 보고 능청을 부렸다. 병사들은 갑자기 기분이 좋아지기 시작했다. 마치 초등학교 운동회 날처럼 흥겹고 즐거웠다. 답답하고 숨이 막히던 가슴과 목구멍이 뻥 뚫리는 것만 같았다. 고함을 지르고 싶었다. 막 소리치며 울고 싶었다.

지난밤에는 어느 누구도 제대로 잠을 이룰 수가 없었다. 사단 작전이 곧 있을 거라는 소문이 돌고부터는 어느 누구도 제대로 밥을 먹을 수가 없었다. 어쩌다 잠이 들어도 식은땀을 줄줄 흘리며 악몽에 시달렸다. 언제나 죽고 죽이며 쫓기는 꿈에 시달렸다.

낯선 이국에서 죽음, 부상, 불행, 그 모든 것들이 자신의 일이었다. 사소한 사건들, 조그마한 일에도 신경이 곤두서고 운명과 연결을 지어 생각을 했다.

벙어리처럼 말 한마디 없이 침울한 전우, 무엇인가 혼자서 중얼거리며 편지를 쓰는 병사, 사소한 일에도 시비를 거는 전우, 유쾌한 척 수다를 떨면서 괜히 기분이 좋은 척하는 전우.

모두가 평소 그들답지 않게 조금씩 변하고 이상한 행동을 했다.

처녀들의 팬티를 속옷에 껴입으면 총알을 맞지 않는다고 했다. 병사들은 외출 시에 여자들을 찾았다. 그리고 아가씨들의 팬티를 얻어 오기도 하고 훔쳐 오기도 했다. 그리고 속옷에 껴입었다.

병사들은 그것을 서로 사고팔기도 했다. 하나뿐인 목숨을 구하는 일에 무슨 짓인들 못 하겠는가?

디데이를 기다리는 동안 가족들을 생각하고 애인을 그리워하며 동물처럼 행동을 했다. 병사들은 내일을 점치려 무척 애를 썼다. 두려움과 공포는 산불처럼 걷잡을 수 없이 마음속으로 번져 나갔다. 마음속에 공포라는 불은 진압하려 애를 쓰면 쓸수록 더욱더 불길이 번져 나갔다. 그리고 종내는 자포자기 상태에 빠져들었다. 눈에 보이지 않는 적들이 병사들을 죽이는 것이다.

그러나 이젠 아무 문제가 없었다. 내일을 두려워하며 눈에 보이지 않는 적과의 싸움도 끝이 났다. 지금은 눈에 보이는 적이 기다리고 있을 뿐이다.

병사들에게 눈에 보이지 않는 적은 가장 무섭고 두려운 공포의 대상이었다. 그들은 정체가 없었다. 모습과 형체가 보이지 않는 마음속의 적이었다.

지금부터 눈에 보이는 적은 사람이다. 적이여 올 테면 와라, 우린 죽어도 좋고 살아도 좋다. 이미 우리는 이렇게 하늘에 떠 있지 않는가?

변을수 일병은 낙천적인 임태호 상병이 좋았다. 그는 허세가 심하지만 두려워하거나 무서워한 적은 없었다. 마치 봄 소풍을 떠나가는 초등학생처럼 언제나 마음이 들떠 흥청거렸다. 변을수 일병은 임태호 상병과 함께라면 죽음도 겁나지 않을 것만 같았다. 34번 헬기는 이제 막 떠오르는 아침 해를 마주 바라보며 동쪽 하늘로 날아가고 있었다.

A포대의 FDC(상황실)는 숨이 막힐 듯한 긴장감으로 팽팽하게 젖어 있었다.

"볼륨을 더 높여."

장덕진 중사가 나직이 속삭였다.

신동협 병장이 눈을 지그시 감고 얼굴을 잔뜩 찡그린 채 이빨을 깨

물었다.

포대는 이번 맹호 A호 작전에서 4개 중대를 지원하고 있었다. 포대의 무전병 4명이 작전 중인 각 중대와 보이스 무전을 열고 교전 상황을 체크하고 있었다.

6중대 담당인 신동협 병장이 무전기의 볼륨을 조금 높였다. 갑자기 쐬아 하는 잡음과 함께 음어가 아닌 평어가 튀어나왔다. 작전 중 평어는 금지사항이다.

"더 내려가 임마! 니 죽을래? 빨리 내려가 임마, 쏜다 쏜다. 깟땜 양코야!"

헬기의 소음과 함께 요란한 총성이 울리며 비명 소리가 터져 나왔다. 포대장 반복어 대위가 의자에서 용수철처럼 튀어 오르며 물었다.

"뭐야? 신 병장!"

신동협 병장이 다급하게 교신을 시도했다.

"여긴, 벽돌장 하나. 갈매기 육은 대답하라. 무슨 일인가, 우 상병?"

6중대에서 곧 응답이 왔다.

"이 씹할 자식이 안 내려가잖아, 저 밑에는 묵사발이 나는데……."

이어 다급한 목소리로 상황을 설명하기 시작했다.

6중대 2소대가 갈대로 뒤덮인 바위투성이의 산중턱에 랜딩을 시작했는데 소대원 절반이 뛰어내리는 순간 매복하고 있던 V.C(베트콩)가 집중사격을 한 모양이었다.

헬기 조종사 알렌 소위가 기겁을 하며 그만 공중으로 붕 떠버린 것이다. 곽종락 하사가 약이 올라 펄펄 뛰며 조종사를 죽인다고 협박을 하고 있다는 것이다.

"에이, 씹할! 뭐가 이래? 새끼들 대가리 위에 내렸잖아, 미치겠네."

열린 무전기 속에서는 병사들이 악을 쓰는 소리와 총성이 뒤범벅이 되어 뛰어나왔다. 포대장 반 대위의 눈알이 붉게 충혈되기 시작했다. 그는 느닷없이 고함을 냅다 질렀다.

"전 포반장, FDC(포대 상황실) 집합!"

부관 신 중위가 쏜살같이 벙커를 뛰어나가며 복창을 했다.

"전 포반장, FDC 집합!"

포반장들이 황급히 벙커 속으로 모여들었다. FDC 벙커 속에는 포대장 반 대위, 부관 신 중위, 보좌관 최 중위가 신경을 팽팽하게 곤두세우고 조금 전에 헬기로 출발한 각 중대와의 무전을 청취하고 있었다. 5중대 담당 무전병인 김상한 병장이 보고했다.

"5중대 전원 무사 랜딩, 현재 교전 없음."

"좋아, 계속 감시."

포대장 반 대위가 안도의 한숨을 내쉬며 말했다. 5중대와 7중대의 무전병은 볼륨을 낮추고 무전을 청취하며 문제가 된 6중대만 무전기의 키를 크게 열어 놓고 있었다.

"31번 헬기 랜딩 중 추락! 화재 발생, 사망 2명 부상자 다수."

6중대 무전병이 요란한 총성 속에서 비명을 지르며 보고했다.

"들었지, 6중대가 묵사발 나고 있어, 전 포대 사격 준비!"

포대장 반 대위가 악을 쓰며 고함을 지르자 부관과 포반장 들은 쏜살같이 벙커를 뛰어나갔다. 포대는 순식간에 비상이 걸리고 명령 소리가 빗발치며 병사들의 복창 소리로 가득 찼다.

"나, 6중대장인데 포대장 바꿔라."

6중대장이 무전기를 통해 포대장을 찾았다. 신동협 병장이 포대장 반 대위를 쳐다보았다. 반 대위가 키를 잡았다.

"야, 심 대위 나야 나, 거긴 상황이 어때?"

"개판이야! 한마디로 개판이야. 초장부터 당했어. 비겁한 새끼들이 랜딩하는 순간 덮쳤어. 헬기에서 뛰어내리는 순간 모두 당했어. 그것도 모두 고참들이야. 우린 재수 없게 그 새끼들 대가리 위에 랜딩했어. 씹할!”

“어이 심 대위, 정신 차려! 지금 어디 있나?”

포대장이 무전기의 키를 잡고 물었다.

“갈대밭인데 대가리만 들어도 벌집이야. 아이쿠! 미치겠네.”

“심 대위, 사상자는?”

“임마, 대가리도 못 드는데 어떻게 알아? 애들이 다 갔어, 나도 죽는다. 씹할 한 번 죽지 두 번 죽나, 으윽!”

6중대장은 눈이 이미 뒤집혀 있었다.

“야, 심 대위! 마음을 독하게 먹으라고. 자네 애들은 고참들이야. 쉽게 당할 애들이 아냐. 무전병 바꿔, 빨리!”

잠시 사이를 두었다가 반 대위가 악을 썼다.

“야, 우 상병 들리나? 몸은 괜찮나?”

“예, 포대장님!”

“좋아! 새끼들 기부터 죽이자, 좌표는?”

“좌로 229341, 우로 342579.”

“거긴 어딘가?”

“전방 30m 갈대밭!”

“알았다, 편지 간다.”

반 대위가 전화기를 들었다.

“부관, 들었지? 좌로 229341 우로 342579. 일 포! 하나바알, 발사!”

포대장 반 대위가 전화기로 직접 명령을 내리자, 벙커 밖의 지휘소에서 신 중위의 우렁찬 복창 소리가 메아리가 되어 들려왔다.

“하나바알 발사!”

“꽝!”

#3 포대(砲臺)

- 젊음도 한때, 사랑도 한때 -

　　포수들은 이미 6중대가 묵사발 나고 있다는 소식을 듣고 있었다. 6 중대는 그들의 지원 중대인 것이다. 포수들이 분노하고 있었다.

　"명중! 계속 요망."

　"알것다, 수고!"

　"전포대, 좌로 229341 우로 342579. 포탄은 산탄, 준비이, 쏴아!"

　꽈꽝꽝!

　하늘 가득히 거대한 기관차가 쉭쉭 소리를 내며 지나가는 것 같았다. 포대는 순식간에 포연과 먼지 속에 잠겨 버렸다.

　　FDC는 포사격이 끝나자 깊은 정적 속에 잠겨 들었다. 병사들은 한바탕 잔치가 끝난 뒷마당처럼 썰렁한 허탈감에 빠져들었다. 7중대 담당 무전병인 권석동 병장이 무전기의 볼륨을 조금 높였다. 그는 개미허리와 입대 동기생이었다.

　"여긴 좌표 342629."

"개미허리 김 하사구나."

포대장 반복어 대위가 몹시 반가워하며 무전기 앞으로 바짝 다가앉았다. 평소에는 그렇게도 싫어하더니 오늘은 몹시 반가운 모양이다. 권석동 병장이 조용히 물었다.

"거긴 상황이 어떤가?"

"야자수 그늘 밑에서 중대 휴식 중."

신동협 병장은 개미허리 그 목소리가 반가웠다.

"할매네 집 부근인가?"

"그렇다. 본대는 목하 취침 중."

"취침?"

"그래, 우린 휴양 왔어. 연대장님이 지난번 작전 때 수고 많이 했다고 특별히 봐준 거야."

"팔자 좋구나, 부럽다. 6중대는 지금 난장판이야."

"우리하고 걔네들하고 같나? 이름부터 다르잖아 7중대!"

"좋아 김 하사, 이동 시 교신 요망. 난 언제 할매네 집에 가 보나?"

"넌 안 돼 임마, 미성년자는 출입금지야. 우린 여그서 한 달쯤 지낼거다. 작전이 끝날 때꺼정 푹 쉴 거야."

무전기가 죽었다.

"야 7중대, 팔자 한번 늘어졌구나. 어허허……."

포대장이 모처럼 유쾌하게 웃었다. 그리고 부관에게 물었다.

"할매네 집 부근이면 정확히 어디쯤인가?"

"3번 교량 건너 외딴 곳에 있는 술집입니다, 콩까이가 다섯 명이나 있는데 애들이 모두 끝내줘요. 생각만 해도 서는데요."

부관이 의미심장한 미소를 지으며 대답했다.

"부관, 혼자만 가기야? 나만 빼고."

"다음 번에 제가 모시죠, 포대장님!"

부관 신 중위가 능청을 떨며 웃었다.

공팔 구상원 병장의 시커먼 엉덩이가 불끈 힘을 쓰자 계집은 죽는소리를 하며 고함을 질러댔다. 공팔은 마치 작은 스피츠를 올라탄 덩치 큰 불도그와 같았다.

불도그처럼 시커먼 공팔의 몸집이 희고 연약한 계집애의 엉덩이를 찍어 누르자 스피츠는 죽는다고 깨갱거리며 울부짖었다.

어느새 콩까이(아가씨)의 하얀 두 다리는 공팔의 허리를 레슬링 선수처럼 조여들고 있었다.

"으음."

공팔은 여자가 몸을 조여 올 때마다 신음 소리를 토하며 몸을 떨었다. 도대체 요렇게 조그마한 계집애의 몸뚱이 어디에서 이렇게 강한 색정적인 힘이 솟아나는지 정말 이상하다는 생각이 머리를 스치며 지나갔다. 그녀의 혀끝이 뱀의 그것처럼 입속을 파고들었다. 그리고 계집애의 가는 허리가 훌라후프를 돌릴 때처럼 좌우로 흔들리자 살과 살이 부딪치는 소리가 파도처럼 철썩거렸다.

공팔의 커다란 손바닥이 계집애의 젖가슴을 움켜쥘 때마다 그녀의 애끊는 울부짖음은 한낮의 열기를 더욱 달구고 있었다. 공팔의 목덜미를 타고 흐른 땀방울이 계집애의 얼굴 위로 빗물처럼 뚝뚝 떨어지고 있었다. 계집애의 혓바닥이 공팔의 목덜미를 타고 흐르는 땀방울을 핥고 있었다. 그녀의 까만 눈동자는 마치 몽롱한 꿈에 빠진 중독자와 같았다. 계집애의 이름은 렁 녹으로 몸집이 작고 아담한 아가씨였다.

한 달 전, 공팔이 해녀기둥서방 방이용 병장과 함께 앙케에서 마빠(미군 군수물자를 얻어서 팔아먹는 행위)을 친 후 부대로 귀대할 때 녀석은 메오의 집에 들러 쉬어 가자고 했다. 공팔이 바로 부대로 들어가자고 해도 해녀기둥서방은 메오네 집에 가서 잠시 쉬어 가자고 졸랐다. 녀석이 맥주 한 깡통을 사겠다고 했다. 두 사람은 이미 앙케에서 코에서 단내가 나도록 붐붐(성행위)을 한 뒤였다. 그런데도 해녀기둥서방은 아직도 더 쥐어짤 기운이 남아 있는 모양이다.

하기야 부대가 바로 코앞에 있으니 한잔 빠는 것도 괜찮을 것 같았다.

공팔은 내키지 않는 기분으로 해녀기둥서방을 따라 메오네 집으로 들어갔다. 낮잠 시간이 지나서 그런지 메오네 집은 텅 비어 있었다. 지린내와 알싸한 정액 냄새, 속을 울렁거리게 하는 계집들의 화장품 냄새와 육향.

메오는 음부만 가린 까만 팬티와 젖꼭지가 새카만 가슴을 활짝 드러낸 채 포탄 박스로 만든 나무침대 위에 곯아떨어져 있었다.

"야! 이년아, 일어나."

해녀기둥서방이 정글화를 신은 발로 메오의 엉덩이를 걷어차자, 계집이 꿈틀거리며 눈을 떴다. 메오의 까만 팬티는 흥건히 젖어 있었다. 질펀하게 말라붙은 하얀 정액이 팬티에 묻어 있었다. 입술가로 흘러 퍼진 빨간 루주 자국이 한낮의 격렬한 병사들의 정사를 말해 주고 있었다.

"이년아, 오침 시간에 몇 명 왔니?"

"다섯."

"밥 먹었어?"

"아니."

"호아는?"

"강에 갔어."

메오가 일어나 앉으며 해녀기둥서방에게 물었다.

"너, 라면 먹을래?"

"점심은 먹었고 맥주나 한 깡통 주라."

메오가 씨레이션 박스 속에서 맥주 깡통을 꺼내기 위해 엎드리자 해녀기둥서방의 투박한 손이 슬며시 팬티 속으로 파고들었다. 녀석은 메오의 아랫배와 시커먼 거웃을 잡고 늘어졌다. 녀석의 욕정은 끝이 없었다. 저러니 녀석이 해녀기둥서방을 했지. 하긴 입대 전에 전국의 바다를 누비며 한창 물오른 해녀 여섯을 거느리고 산 놈이니까 어디 메오 하나로 만족하겠는가.

"찌(언니)."

갑자기 등 뒤에서 계집애 목소리가 들리며 발이 걷어졌다. 메오네 집은 씨레이션 마분지로 만든 움막 같은 방이 두 칸이었다. 그 두 칸의 방은 작은 거실을 통해서 들어가게 되어 있었다. 방은 문이 없고 구슬로 만든 발을 쳐 두고 있었다. 병사들이 오침 시간에 붐붐을 하러 오면, 먼저 온 병사가 메오를 안을 때 다른 병사들은 옆방에서 차례를 기다려야 했다. 메오는 해녀기둥서방의 소유였다. 이 집도 오갈 데 없는 메오와 호아를 위해 해녀기둥서방이 지어 준 것이다. 마분지 상자 집에는 메오와 호아뿐이었다. 그런데 다른 계집애 목소리가 나다니, 두 사람은 깜짝 놀라 뒤를 돌아보았다. 그곳에는 작고 예쁜 계집애가 엉거주춤하게 서 있었다.

"들어와."

메오가 말했다. 계집애가 들어왔다. 그녀는 흰 아오자이를 입고 있었다. 아직도 미혼인 순결의 표시였다.

"이 애는 렁 녹이야. 아침에 퀴논 시장에 갔다가 극장 앞에서 만났어. 집은 닥토인데 피란길에 가족은 흩어지고 혼자 퀴논까지 흘러왔대."

렁 녹이 희미한 미소를 지으며 인사를 했다. 포도알 같은 새까만 눈동자, 오뚝한 코, 가지런한 이빨과 빨간 입술, 윤기가 흐르는 단발머리,

봉긋이 솟아오른 젖가슴과 아직도 덜 핀 살팍한 몸집.

아무리 바라봐도 흠이 없는 미모였다. 만일 천사가 있다면 이런 모습을 하고 있었을 것이다.

공팔은 깜짝 놀랐다. 정말 마음에 드는 아가씨였다. 동희의 어릴 때 모습을 보는 것 같았다. 고아원에서 동희가 중학교에 들어갔을 때 저런 모습을 하고 있었다.

"저 애도 여기서 일해?"

공팔이 물었다.

"아직은 안 해. 오늘 아침에 온 걸."

"나, 저 애가 마음에 들어."

공팔이 메오에게 매달렸다.

"저런 때때 메때기(바짝 마른 메뚜기)를 어디에 쓰려고 그래. 퀴논에 가면 더 좋은 애들도 많아."

해녀기둥서방이 손을 저으며 공팔에게 말했다.

"저 애와 자도 되는지 물어봐 줘."

공팔이 몸이 달아 메오에게 다시 말했다.

메오가 렁 녹에게 남자와 잔 경험이 있느냐고 물었다. 렁 녹이 수줍게 미소를 지으며 있다고 말했다. 그녀는 돈이 궁하면 몸을 팔았다고 했다.

"그렇지만 아직 앤데."

공팔이 고개를 갸웃하며 중얼거렸다.

"이 자슥, 별 걱정을 다 하는군. 양말과 여자는 크기가 없어. 벌써 남자와 잤댔잖아, 임마."

해녀기둥서방이 혀를 차며 말을 내뱉었다.

"그래도 그렇지 아직도 어린데."

공팔이 잠시 주저하자 렁 녹이 그의 손을 살며시 잡아끌었다. 그리고 옆방으로 데리고 갔다. 렁 녹이 아오자이를 벗었다. 아직도 덜 성숙한 젖가슴과 얄팍한 어깨가 드러났다. 그녀는 바지를 벗고 손바닥만 한 팬티마저 벗어 던졌다. 잘록한 허리와 솜털이 보송보송한 쭉 뻗은 다리, 살팍한 엉덩이와 새까만 잔디가 눈부셨다.

그녀가 포탄 박스로 만든 침대 위에 드러누우며 공팔의 손을 잡아끌었다. 공팔이 투박한 손으로 그녀의 작은 잔디밭을 파헤치기 시작했다. 아직도 덜 성숙한 음부였다.

공팔은 그녀의 성기를 애무하기 시작했다. 바짝 달아오른 공팔은 그녀의 은밀한 곳을 깊숙이 만지기 시작했다. 그녀가 고양이처럼 마른침을 꼴까닥 삼켰다.

공팔의 숨결이 거칠어지기 시작했다. 녀석의 우악한 몸집이 포악해지기 시작했다. 공팔의 손이 거칠게 그녀의 두 다리를 쩍 벌렸다. 그리고 사정없이 올라타고 눌렀다. 그리고 거칠게 그녀의 몸속으로 밀어 넣었다.

그런데 공팔이 아무리 성기를 밀어도 그녀의 몸속으로 들어가질 않았다. 감촉이 이상했다. 공팔이 안간힘을 쓰며 다시 성기를 밀어 넣었다. 역시 감촉은 그게 아니었다. 공팔의 성기는 계속 그녀의 입구에서 맴돌고 있었다. 그녀의 왼쪽 손이 입구에서 공팔의 성기를 잡고 있었다. 공팔이 다급하게 소리쳤다.

"이거 놔, 빨리 놔."

그러나 렁 녹은 꿈쩍도 않았다.

"야, 잘돼 가냐."

해녀기둥서방이 옆방에서 메오와 살을 부딪치며 물었다.

"으음, 아이고 죽겠다."

공팔이 신음 소리를 토하며 중얼거렸다.

"으으음!"

메오가 표범처럼 울부짖고 있었다. 엉성한 목침대의 삐걱거림, 거친 숨소리, 철썩거리는 파도소리가 섞여 들려왔다.

"빨리 놔, 어서! 이거 못 놔."

공팔이 헐떡거리며 또 소리를 질렀다.

"뭐 하는 거야, 임마!"

해녀기둥서방이 궁금한 듯 다시 물었다.

"빨리 이거 놔."

공팔이 애가 타서 통사정을 했다. 그러나 렁 녹은 공팔의 성기를 잡고 놓아주질 않았다.

"어어어어엇!"

공팔은 그만 비명을 지르며 입구에 쏟아붓고 말았다.

"아 죽겠다."

공팔이 바람 빠진 풍선처럼 기운을 잃으며 중얼거렸다.

렁 녹은 아직도 공팔의 성기를 잡고 있었다.

"제기랄, 싫으면 안 하면 될 거 아냐. 괜히 한다고 해놓고는."

공팔이 계집애의 배 위에서 미끄러지며 말했다.

"요런 맹꽁아!"

공팔은 그녀의 머리를 쥐어박으며 또 소리를 질렀다. 그러나 렁 녹은 발랑 누운 채 생긋 미소를 지었다. 그녀는 이 소동을 무척 재미있어 하는 것 같았다.

옷을 입은 공팔이 군복 상의 호주머니 속에서 5달러를 꺼내 그녀의 손에 쥐어 주었다. 렁 녹이 수줍은 미소를 지으며 돈을 거절했다.

"넣어둬, 넌 혼자잖아. 먹고살아야지."

공팔이 막무가내로 그녀의 손에 돈을 쥐어 주었다. 그리고 살며시 그녀의 이마에 다정히 키스를 했다. 갑자기 그녀가 공팔을 꼭 껴안았다. 공팔은 영문을 몰라서 어안이 벙벙했다. 공팔의 가슴에 얼굴을 묻은 그녀의 눈가에서 이슬이 배어 나오고 있었다. 그녀의 얼굴에는 부끄러움과 미안함, 그리고 고마움과 수치심이 함께 묻어 나오고 있었다.

"야, 그만 가자."

공팔은 해녀기둥서방이 아직도 헐떡거리고 있는 옆방에 냅다 고함을 질렀다.

#4 공팔

- 용감한 병사는 순간에 살고 비겁한 병사는 영원에 죽는다 -

이튿날 아침.

잠이 깬 공팔은 소변을 보다가 펄쩍 뛰었다. 성기 요도구에 불이 나는 것 같았다. 찢어지는 아픔, 누런 고름이 보였다.

그래서 그녀가 나를 거절했군. 불쌍한 렁 녹. 그녀는 급성 임질에 걸려 있었다. 공팔과 해녀기둥서방은 산전수전을 다 겪은 오입쟁이였다. 그까짓 임질쯤이야. 병으로도 취급하지 않았다. 공팔과 해녀기둥서방은 퀴논이나 앙케에서 계집애들과 잘 때는 언제나 항생제를 먹었다. 오입쟁이들의 필수품이었다.

그러나 메오는 그들이 잘 아는 여자였다. 해녀기둥서방이 신경을 써서 약을 잘 챙겨 먹였다. 만일 메오가 임질균에 감염이 된다면 3일 안에 전 부대의 병사들에게 전염될 것이다. 부대의 젊은 병사들은 모두 같은 선생님 밑에서 공부를 하고 있기 때문이었다. 만일 공팔이 임질에 걸렸다는 소문이 퍼진다면 병사들의 사기에도 문제가 생길 것이다.

아침 식사를 마친 뒤, 공팔은 테라마이신을 챙겨 군복 상의 호주머니 속에 집어넣었다. 공팔에게는 많은 약품들이 있었다. 마빡을 칠 때마다 그는 꼭 필요한 약품들은 챙겨 두었다.

"야, 메오네 집에 좀 다녀오자."

공팔이 정문 초소에 근무 중인 황정수 병장에게 말했다.

"안 돼 임마. 이 자식은 아침부터 시작이야."

"잠깐이면 돼."

"임마, 몸 푸는데 몇 시간 하는 놈 봤냐?"

"좋아, 다음 일요일에 내가 사지."

"정말?"

"그래 임마."

"약속 꼭 지켜야 돼."

"알았어."

"순찰은 걱정 마, 내가 알아서 길 테니까. 조심해."

"걱정 마."

공팔은 메오네 집으로 갔다.

"아침부터 웬일이야?"

메오가 물었다. 그녀에게 이렇게 새벽부터 찾아오는 손님은 거의 없었다. 그녀의 고객은 주로 낮 12시부터 오후 3시까지, 오침 시간에 찾아오는 병사들뿐이었다.

"호아는 어디 갔어?"

"빈케 갔어."

"밥 먹어."

메오가 젓가락을 내밀며 공팔에게 권했다. 메오와 렁 녹은 아침을 먹고 있었다. 안남미 밥과 채소를 넉(간장)에 찍어 먹고 있었다.

"렁 녹이 보고 싶어 왔어?"

메오가 물었다.

"그래."

젓가락으로 밥을 먹던 렁 녹이 공팔을 바라보았다. 그녀의 새까만 눈동자 속에는 만감이 교차하고 있었다.

두려움과 미안함, 안타까움과 부끄러움.

"아침부터 하고 싶어?"

메오가 공팔에게 물었다.

"하고 싶어."

"해녀기둥서방은."

"부대에 있어."

"같이 오지 그랬어, 밥 먹게."

"너 싫대."

"피이, 거짓말!"

"야, 나 좀 보자."

공팔은 밥을 먹고 있는 렁 녹의 손목을 잡아끌었다. 그녀는 일어서지 않으려 했다.

공팔은 그녀를 데리고 방으로 들어갔다. 그리고 그녀의 옷을 벗게 했다. 그녀가 주저하며 망설였다. 공팔은 그녀를 달래며 속옷을 벗게 했다. 공팔의 짐작한 대로 그녀의 성기는 엉망이었다. 공팔이 그녀에게 물었다. 언제부터 이렇게 된 거냐고 말이다.

렁 녹이 말했다. 닥토에서 황소 같은 흑인 병사에게 강간을 당했는데 그때부터 이렇게 되었다고 했다. 공팔이 그녀에게 항생제를 주었다. 그녀는 이걸 먹으면 낫느냐고 물었다. 공팔이 고개를 끄덕였다.

기름이 자르르 흐르는 새까만 머리카락, 그리고 동그란 이마, 포도알 같은 깊이를 모르는 눈동자, 오똑한 코와 빨간 입술. 아직도 덜 핀 앳

된 꽃. 그녀는 정말 아름다웠다. 하나님이 아주 공들여 만든 예쁜 꽃이다. 천사와 같은 아름다움이 있었다. 그런데 그녀가 이렇게 몹쓸 병에 걸리다니. 마치 그녀의 나라 베트남처럼 말이다.

"무슨 일이야? 이걸 영어로 뭐라고 하지?"

포대에서 전입신고를 하고 SIG(통신반) 막사에 들어서자 정글복을 입은 병장이 거만하게 신동협 병장에게 물었다. 호리호리한 몸매에 구부정한 어깨, 매부리코에 하얀 피부, 그리고 앞뒤가 톡 튀어나온 짱구머리. 어쩐지 마음에 들지 않는 친구였다. 나중에 알았지만 그가 바로 공팔이라는 별명을 가진 구상원 병장이었다.

"윗스 매러?"

"제법인데."

공팔은 비웃는 듯한 표정으로 말했다. 신동협 병장은 아니꼬운 생각이 들었으나 내색하지 않았다.

아니꼽고 기분 나쁘지만 어쩌겠나? 여긴 전쟁터이고 그는 전입 고참인 걸.

더구나 신동협 병장은 어젯밤의 일로 반쯤 넋이 나가 있었다. 그를 포함한 신병들은 부산 제4부두에서 14,000톤의 거대한 수송선을 타고 어제 아침 02시에 퀴논 항구에 도착하여 사단에 신고를 했다. 그리고 바로 기갑 연대에 배속이 되었다. 더위에 지친 신병들은 저녁도 굶은 채 밤늦게 판자로 엉성하게 지은 지상 막사로 안내되었다. 낯선 이국땅에서의 팽팽한 긴장감과 피곤에 지친 신병들은 막사 바닥에 쓰러져 죽은 듯이 잠이 들었다.

얼마나 지났을까 갑자기 '따르륵 따르륵' 하는 LMG 사격 소리와 함께 총탄이 지상 막사의 판자 조각을 요란하게 때리며 지나갔다.

"비상, 기습이다!"

칠흑같은 어둠 속에서 누군가 찢어지는 듯한 비명을 질렀다. 신동협 병장은 잽싸게 막사 밖으로 뛰쳐나갔다. 나무판자로 지은 지상 막사는 총탄으로부터 엄폐물이 될 수가 없었다.

막사 앞마당에는 붉은 예광탄이 소나비처럼 쏟아지고 있었다. 깊은 잠에 곯아떨어져 있던 신병들은 우왕좌왕하며 어쩔 줄 모르고 있었다. 더구나 어젯밤 늦게 도착한 신병들은 이곳의 지형을 전혀 모르고 있었다. 병사들은 정신없이 교통호로 뛰어들었다. 막사 뒤편에는 거미줄처럼 교통호를 파 놓았다. 신병들은 공포에 질려 벌벌 떨었다. 그리고 월남에 온 것을 후회하기 시작했다. 월남에 차출되었을 때 차라리 탈영하는 편이 옳은 선택이 아니었을까?

지옥 같은 공포의 밤이 밝았다. 적군이 물러가고 다시 평화가 찾아왔다. 아침 식사로 생전 처음 보는 씨레이션을 받았다. 신병들은 씨레이션 깡통을 따는 법을 몰라 구경만 하고 있었다. 누군가 씨레이션 상자 바닥에 있는 따개로 깡통을 따기 시작했다. 깡통을 처음 따 보는 병사들은 손목 힘이 약해 깡통을 쉽게 딸 수가 없었다.

식사를 마친 신병들은 현지 적응 훈련을 받기 위해 수색 정찰을 나갔다. 그러나 정찰 중인 일개 분대가 적의 기습을 받자, 연대에서는 바로 자대로 배치시켜 버렸다. 신동협 병장은 A포대의 무전병으로 배속되었다. 그런 일로 신동협 병장은 반쯤 얼이 빠져 있었다.

"재학 중에 입대했나?"

공팔이 다시 물었다.

"4학년 1학기를 마치고."

"여기선 그런 엉터리 영어가 안 통해, 에헤헤."

'이것 봐라, 자식이 사람을 놀리고 있잖아. 같은 병장인데.'

신동협 병장은 화가 나서 녀석을 노려보았다.

'성명 구상원, 계급은 병장, 군번 11……. 군번은 나보다 느린데 진급은 더럽게 빨리 했구나. 새카만 쫄따구가 겁대가리 없이 고참을 놀려? 내가 먹은 콩나물 대가리는 네 놈의 두 배는 될 거다.'

신동협 병장은 약이 바싹 올랐다.

'구만리 38교의 군대 밥이 얼마나 짠맛인지 보여 줄까?'

신동협 병장은 인상을 쓰며 녀석을 노려보았다. 공팔은 금방 기가 죽으며 눈길을 피했다.

쌔앵, 쌔앵.

갑자기 등 뒤에서 금속성의 날카로운 파공음이 들려왔다. 신동협 병장은 깜짝 놀라 뒤로 돌아섰다.

말라깽이 하사가 무엇인가 빙빙 돌리며 막사 안으로 들어서고 있었다. 그때마다 금속성 소리가 허공을 갈랐다. 그 소리는 제재소에서 나무를 켤 때 나는 소리와 비슷했다.

그 소리는 사람의 신경을 몹시 거슬리게 했다. 마치 날카로운 이빨로 머릿속의 신경조직을 갈가리 물어뜯어 찢어 놓는 것만 같았다.

"신병이 왔다며, 이 친군가?"

신동협 병장은 거수경례를 했다.

"맹호, 신고합니다. 병장……."

"어허, 그만 그만!"

말라깽이 하사는 재빨리 손을 내저었다.

"고향은?"

"영줍니다."

신동협 병장은 말라깽이 하사를 유심히 보았다.

키는 1m 70㎝ 정도, 독사처럼 삼각형 얼굴에 쌍꺼풀진 동그란 눈,

생글생글 웃을 때마다 하얗게 드러나 보이는 가지런한 이빨, 아직도 어린 티가 가시지 않은 앳된 얼굴이 매우 인상적이었다.

그는 웃음소리가 끝날 때마다 입 언저리가 위로 올라가며 비웃는 듯한 미소를 지었다. 그리고 자만심과 긍지로 가득 차 있는 칼날 같은 콧날, 호리호리한 몸매와 한 줌밖에 되지 않는 가느다란 허리를 갖고 있었다.

그는 평범한 물 하사가 아닌 것 같았다. 적어도 부하들의 말 한 마디에 얼굴이 붉어지는 단풍 하사는 아니었다.

지금까지 군대 생활을 하면서 이렇게 몸놀림이 빈틈없는 사람은 처음 보는 것 같았다. 대다수 병사들은 인간적인 여유와 행동에 어느 정도 빈틈이 있었다.

그러나 말라깽이 하사는 전혀 그런 틈이 보이지 않았다. 그는 마치 짐승 같은 몸놀림을 하고 있었다.

'이 친구는 조심해야겠군. 인간성이라고는 조금도 없어. 이런 친구가 가장 재미없고 위험한 놈이야. 마치 구만리 38교에서 만난 장몽두리 같은 놈이지.'

신동협 병장의 마음속에는 알 수 없는 두려움이 가득 차 있었다. 그때 통신반장 정 중사가 벙커로 들어서며 말했다.

"어이 김 하사, 올빼미가 당했어. 누굴 보낼까? 10분 후에 오뚝이(헬리콥터)가 오기로 했는데, 누가 갈 거야?"

"올빼미가 죽어요, 어떻게?"

말라깽이 하사가 다급하게 물었다.

"수색 중 저격, 그 자리에서 꽥꼴락이야."

"이런 병신, 안테나를 접으라고 그만큼 일렀는데…… 바보 같은 놈!"

말라깽이 하사는 혼자서 중얼거렸다.

신동협 병장은 V.C의 저격병들이 정글 속에서 제일 먼저 안테나를 표적으로 무전병을 저격한다고 들은 적이 있었다. 통신의 두절로 적을 고립시켜 버린다는 것이다. 따라서 위험지역에 돌입하면 바로 안테나를 꺾어 저격을 피해야 했다.

말라깽이 하사와 정 중사는 막사 속 병사들의 얼굴을 빙 둘러보았다. 무전병들은 모두 숨을 죽이며 고개를 푹 숙였다. 그리고 두 사람의 눈길을 애써 피하려 했다. 그건 신동협 병장도 마찬가지였다.

'난 아냐, 방금 왔단 말이야. 처음 온 신병을 어떻게 작전 지역에 보내겠어? 이곳 지리도 아직 모르는데…….'

신동협 병장은 입속으로 자꾸만 '안 돼'라고 말을 하고 있었다.

"우 상병, 6중대 어때?"

말라깽이 하사가 무표정한 얼굴로 내뱉었다. 우영구 상병은 말없이 전투배낭을 꾸리기 시작했다. 포탄 박스로 만든 사물함을 열고 개인 소지품을 정리하고 간단하게 유서를 썼다. 그리고 손톱깎이로 머리카락의 일부와 손톱을 잘라 편지 봉투 속에 넣고 봉했다. 그는 말없이 전우들의 배웅을 받으며 헬기를 타고 6중대로 떠나갔다. 여긴 전쟁지역이기 때문에 전투에 투입되기 전에 언제나 머리카락과 손톱을 잘라 유서와 함께 봉해서 보관했다. 전투 중 신체가 산화를 하거나 훼손이 심해 찾을 수가 없으면 이 봉투가 사체를 대신했다.

그가 떠나자 말라깽이 하사가 무표정한 얼굴로 전사자의 사물함을 정리하기 시작했다. 사물함 속에는 윈스톤 담배 한 보루, 전기다리미(귀국 선물용) 한 개, 정글복 두 벌, 국방색 팬티와 러닝셔츠 두 벌, 한 묶음의 편지와 봉투, 여러 가지 색깔의 씨레이션 담뱃갑, 노란색 커피 봉지 열 개, 야전용 모기약 세 병, 돛단배가 그려진 로션 한 병, 씨레이션 깡통 열한 개, 버드와이저 맥주 한 캔, 막사를 떠나면서 손톱과 머리카락을 잘라서 넣어 둔 유서 한 통 등이 들어 있었다.

　신동협 병장의 눈길을 사로잡은 것은 사물함 문 안에 스카치테이프로 붙인 여고생의 흑백사진이었다.

　사진 속의 그녀는 이 소동을 모르는지, 머리에 가르마를 곱게 타고 덧니를 드러내며 활짝 웃고 있었다.

　말라깽이 하사는 여전히 무표정한 얼굴로 전사자의 사물들을 씨레이션 상자 속에 차곡차곡 쑤셔 넣었다. 그리고 마지막으로 청 테이프로 정성들여 봉하고는 상자를 들고 막사 밖으로 나갔다. 그 뒤를 이어 공팔도 어디론가 사라졌다.

　"개미허리 저 새끼, 저만 뒤로 빠지고는…… 비겁한 자식!"

　팔베개를 하고 누워 있던 병장이 나직이 중얼거렸다.

　"저 친구가 개미허리야?"

　신동협 병장이 깜짝 놀라 정재만 병장에게 물었다.

　"아는 사람이야?"

　정재만 병장이 물었다.

　"몰라, 신병이 어떻게 알겠어?"

　"개미허리와 공팔은 조심해야 돼."

　"공팔은 또 누구야?"

　"007, 008도 몰라? 그 공팔이야. 조금 전에 그 자식 말이야. 너도 곧 알게 되겠지만, 녀석들은 미쳤어."

　정재만 병장은 비꼬는 투로 내뱉었다. 신동협 병장은 왜 구상원 병장의 별명이 008인지 궁금했다.

　공팔은 늘 아침만 먹고는 수송부의 해녀기둥서방과 함께 포대 밖으로 외출을 나갔다. 신동협 병장은 그가 어떤 임무를 띠고 부대 밖으로 나가는지 알 수가 없었다. 그는 소속이 통신반으로 되어 있었지만 전혀

반장의 지휘를 받지 않고 있었다.

녀석들은 닷지차를 타고 마음 내키는 대로 부대 밖으로 나다녔다. 공팔은 포대장 반복어의 지시만 받는 것 같았다. 부대 내에서 포대장 이외에 어느 누구도 그의 업무에 대해 간섭을 하는 사람이 없었다.

그러나 시간이 지나자 독특한 그의 업무에 대해 조금씩 해답을 얻을 수가 있었다.

포대에는 여섯 문의 105㎜ 대포와 수천 발의 포탄과 장약을 비축하고 있었다. 포탄과 장약은 무서운 폭발성과 인화성을 가지고 있어 언제나 위험했다.

포탄은 지상의 야적장에 나무로 만든 상자 속에 담긴 채 산더미처럼 쌓여 있었다. 그것은 대단히 위험한 일이었다. 만일에 적의 박격포 기습으로 단 한 발의 포탄만 맞아도 포대는 산산조각이 나 버릴 것이다.

반복어 포대장은 포탄 보관을 위해 지하 저장고를 만들고 싶어했다. 포대는 오침 시간만 빼고는 한 사람도 열외가 없이 지하벙커 공사에 투입되었다. 일주일 동안 쉬지 않고 사질토로 된 모래땅을 두더지처럼 파고 흙주머니를 쌓아 지하 벙커의 외벽을 만들었다.

일주일 동안 전 포대원들은 폭염 속에서 노예처럼 밤낮으로 벙커 축조 작업에 달라붙었다.

그러나 단 두 사람의 열외가 있었다. 그는 공팔 구상원 병장과 해녀 기둥서방 방이용 병장이었다. 그들은 매일 아침만 먹고는 포대원이 개처럼 더위 속에 혓바닥을 빼물고 일할 때 슬며시 사라졌다. 그리고 해가 지고 어두워지면 어슬렁거리며 돌아왔다.

포수들이 두 사람을 비난하기 시작했다. 그리고 이해할 수 없는 포대장의 처사에 불평을 터트렸다.

그러나 반복어 포대장은 한 마디 변명도 없이 작업을 독려하기만 했다. 벙커의 외벽이 완성되자 반복어는 작업 중지를 명령했다. 왜냐하면 곧 닥쳐올 우기에 대비한 벙커의 지붕을 덮을 재료가 포대에는 없었기 때문이다.

전 포대원들이 녹초가 되어 점심도 거른 채 오침에 들어갔다. 그런데 30분도 지나지 않아 다시 작업 명령이 떨어졌다.

아직도 잠이 덜 깬 포수들은 불평을 하며 벙커로 모여들었다. 벙커에는 어디서 구해 왔는지 고무로 만든 루핑을 가득 실은 차가 서 있었다. 공팔과 해녀기둥서방이 땀을 뻘뻘 흘리면서 차에서 루핑을 하역하고 있었다.

벙커는 두 사람 덕분에 고무 루핑으로 지붕을 덮은 완벽한 포탄 저장고가 되었다. 포수들은 공팔 구상원 덕분에 우기에 고생을 덜게 되었다며 좋아했다. 아무도 공팔이 그것을 어디에서 가져왔는지 문제를 삼지 않았다. 신동협 병장은 공팔이란 별명이 그의 범상치 않은 행동과 연관이 있다는 것만 눈치 챘을 뿐 구체적으로 알 수는 없었다.

신동협 병장은 그를 좋아할 수가 없었다. 그는 계급이 상병이면서 마이가리(가짜) 병장의 계급장을 달고 다녔다. 신동협 병장은 언젠가 기회가 오면 녀석의 건방진 버릇을 단단히 고쳐 주리라 마음먹었다.

#5 말라깽이

- 몸이 몹시 마른 사람을 조롱하는 말 -

"준비이, 쏴아!"

"꽝, 꽈꽝."

부관 신록 중위의 우렁찬 구령 소리가 벙커 안까지 들려왔다. 여섯 문의 105㎜ 포가 일시에 사격을 하는 굉음은 지축을 흔들었다. 벙커의 천장에서 모래흙이 우수수 쏟아져 내렸다.

하루 내 대지를 달달 볶았던 열대의 태양이 뉘엿뉘엿 지기 시작하자 포대는 진지 주변에 위협사격을 시작했다. 이것은 포대를 기습하려는 V.C의 매복 지점을 사전에 포격으로 강타하는 것이다. 포대를 노리는 적들에게 우세한 화력으로 위협사격을 하여 겁을 주는 일이었다.

건기에 접어들자 포대는 시도 때도 없이 사격 명령이 떨어졌다. 식사시간에도 사격 명령이 떨어졌고 포 다리를 베고 낮잠을 자다가도 명령이 떨어졌다. 포수들은 틈만 나면 잠을 잤다.

그러던 어느 날 밤이었다.

쌔앵, 쌔앵.

그날도 위협사격으로 녹초가 되어 잠이 든 신동협 병장의 귀에 낯익은 톱니바퀴의 쇳소리가 아련히 들려왔다. 국민학교 4학년 겨울방학 때까지 살았던 동부동 신흥목재소에서 들려왔던 그 소리였다.

목재소에서는 밤이 늦도록 소나무 원목을 제지했다. 원반형의 날카로운 이빨을 가진 톱날은 밤이 새도록 소나무를 자르고 갈기갈기 찢어 놓았다.

"쌔앵, 쌔앵."

원형 톱이 거대한 소나무 원목을 절단할 때는 동력의 힘이 모자라 '쌔에앵' 하고 소리를 내지만, 원목이 완전히 절단되면 '쌩' 하는 굉음을 내며 끊어졌다.

"저 새끼, 또 지랄하는군."

정재만 병장이 중얼거리는 소리에 신동협 병장은 잠에서 깨어났다.

"무슨 소리야, 저게?"

"전에 봤잖아, 개미허리가 목검 돌리는 소리야."

"목검 돌리는 소리라고?"

"응, 손목에 고리를 단 목검이 회전하며 내는 소리야."

"왜 저러는 거야? 야밤에 기분 나쁘게……."

"겁주는 거야."

"겁을 줘, 누구에게?"

"공팔과 손무삼 하사에게 경고를 하는 거야. 조심해 임마, 니들은 죽은 목숨이야. 뭐 그런 거겠지. 저 목검이 회전하는 소리는 아무나 할 수 있는 게 아냐. 무술 고단자들만이 가지고 있는 깊은 공력에서 나오는 소리야. 야밤중에 날카로운 쇳소리로 상대방을 위협하는 거야. 내가 마음만 먹으면 네놈들은 귀신도 모르게 처치할 수 있어, 하고"

"왜, 개미허리가 그들을 협박하는 거야. 뭐 땜에?"

"자세히는 모르지만 개미허리 김 하사는 일진으로 이곳에 왔다가 귀국을 했는데 다시 재파월 차출을 당했다더군. 그가 이곳으로 다시 왔을 때 포대에는 기라성 같은 인물들이 자리를 잡고 있었어. 인천 부두 깡패 손무삼, 해녀기둥서방 방이용, H공대 기계과 2학년에 재학 중 입대한 공팔, 고래잡이 원양어선의 포수 맹도기, 헤비급 복싱 선수 양대철, 짭새 한동수 등이 독불장군인 개미허리 김 하사를 경계하기 시작했지."

신동협 병장은 그의 말에 끌려 들어가기 시작했다. 입대 전에 건달 생활을 하던 그들이 전쟁이라는 특수상황에서 어떤 짓을 하고 있었는지 묘한 호기심이 들었기 때문이다. 정재만 병장은 먼저 공팔에 대해 이야기를 하기 시작했다.

공팔 구상원은 충북 제천 태생이라고 했다. 그는 혈혈단신의 전쟁고아라고 했다. 두뇌가 비상하고 똑똑한 구상원은 고아원에서 국민학교를 마치고 중학교에 진학하자, 토마스라는 미군 군속의 집에 하우스 보이로 들어갔다고 했다. 토마스는 영리한 구상원을 친자식처럼 키워 고등학교를 마치고 대학까지 진학시켰다고 한다. 대학 재학 중 토마스가 미국으로 귀국하자, 구상원은 입대하여 월남으로 왔다고 했다. 부대 내에 알려진 그의 사생활은 그게 전부였다.

그는 이틀에 한 번씩 고국의 어떤 여자에게 편지를 보내고 있었는데, 답장도 그 간격으로 도착하고 있었다. 그에게는 그게 삶의 전부인 것 같았다. 평소 전우들은 자기가 사귀는 여자에 대한 자랑도 하고 고국에서 보내온 애인의 편지를 보여 주기도 했다. 그러나 구상원은 한 번도 그의 편지를 보여 주는 법이 없었다. 그는 비밀이 아주 많은 괴팍한 친구였다.

자칭 제임스 본드보다도 한 수 위라는 공팔은, 돈이 생기는 일이라면 어떤 위험도 마다하지 않았다.

공팔은 부대 안에서 할 일 없이 빈둥거리다가 닷지차를 몰고 해녀기둥서방과 함께 시도 때도·없이 슬며시 사라졌다. 공팔이 가는 곳은 미군들의 전투 지역이었다. 격전지는 그에게 돈벌이가 되는 곳이다. 우리가 부르는 그의 주특기는 육군 본부에도 없는 '008'이었다.

언젠가 한 번 공팔은 정재만 병장에게 마빡을 치러 가자고 꼬였다. 정재만 병장이 거절을 하자 공팔은 앙케로 가서 붐붐을 하자고 유혹을 했다. 정재만 병장이 솔깃해서 따라나섰다.

닷지차 운전은 해녀기둥서방이 하고, 선임 탑승에는 공팔, 무전병으로 정재만 병장, 그렇게 셋이 갔다.

닷지차는 19번 도로에 올라서자 시속 160㎞의 속력으로 무섭게 질주를 했다. 정재만 병장은 바람에 날리는 철모의 끈을 바짝 조여 매었다. 닷지차는 1대대 구역을 통과하여 앙케패스로 접어들었다. 까마득히 올려다보이는 절벽 틈새로 아군 매복조의 새까만 얼굴이 보였다.

닷지차는 전속력으로 앙케패스를 지나 앙케 시가지로 들어갔다. 도로에 매복해 있던 흑인 병사들이 손짓으로 인사를 건네 왔다.

해녀기둥서방의 운전 솜씨가 점점 더 거칠어졌다. 앙케 시가지를 빠져나와 산악지대로 접어들었다. 1차선 도로 양옆 언덕 위에서는 수많은 미군 전차들이 내려다보고 있었다. 전차는 포신으로 언덕 아래 도로를 겨냥한 채 살기등등한 모습으로 통과 차량들을 주시하고 있었다.

닷지차가 1차선 도로의 좁은 계곡을 통과하자 고슴도치처럼 삼중 철조망을 두른 목조 가교가 나타났다. 삼엄한 미군들의 검문소였다. 공팔이 따이한 작전 차량이라고 하자 미군들이 통과시켜 주었다. 한참을 가자 다시 2차 검문소가 나타났다. 검문소는 계곡을 가로지르는 목조 가교를 통제하고 있었다. 삼중 철조망의 바리케이드를 열고 한 손에 M16 소총을 든 흑인 병장이 닷지차를 정지시켰다.

"이런 촌놈의 새끼들! 맹호도 몰라봐? 너 임마, 세수도 안 했잖아? 그러니 만날 당하지. 세수 좀 해라. 세수해서 남 주니."

해녀기둥서방이 흑인 병사에게 욕설을 퍼부었다. 그러나 흑인 병사는 무슨 말인지 몰라 멍하니 쳐다보기만 했다. 그들은 몹시 지쳐 있었다. 정글복은 진흙투성이며 몹시 남루했다. 그들의 눈동자와 하얀 이빨만 살아 있었다.

"전방 일 킬로 지점에서 교전 중이다. 아군은 퇴각 중이야. 돌아가라."

흑인 병장이 손을 내저으며 통행을 저지했다. 그는 입속 가득히 하얀 거품을 물고 있었다.

"위 마스트 고(우리는 가야 한다). 우린 작전 차량이야."

공팔이 흑인 병장을 달래느라 진땀을 빼고 있었다.

"깜상! 니 까불래."

해녀기둥서방이 눈알을 하얗게 부라리며 흑인 병사를 노려보았다.

"오케이, 우린 책임 못 진다. 패스(통과)!"

흑인 병사가 손을 흔들자 다리를 가로막고 있던 두 대의 탱크가 길을 열었다.

꽝꽝.

갑자기 폭음이 울리며 흑인 병사의 몸뚱이가 산산조각이 났다. 닷지 차 옆에 박격포탄이 떨어진 것이다. 닷지차의 운전석 안으로 흑인 병사의 누런 골수가 함박눈처럼 쏟아졌다.

위잉.

해녀기둥서방이 액셀러레이터를 힘껏 밟았다. 닷지차는 덜커덩하고 가교 위를 올라 질풍처럼 내달렸다.

꽝꽝꽝.

목조 가교 아래로 박격포 탄이 우박처럼 떨어졌다. 미군들이 비명을 지르며 나동그라졌다. 탱크가 포신을 돌려 응사를 시작했다. 자욱한 연기와 포성, 그리고 비명 속에서 닷지차는 쏜살같이 내달렸다.

도로 위에 미군들이 M16 소총으로 응사를 하며 도망을 치기 시작했다. 부상당한 미군들이 피를 흘리며 진지를 탈출하여 정글 속으로 내빼고 있었다.

닷지차가 포연을 헤치고 미군들의 진지로 들어갔다. 그곳은 미군들의 군수품 보급창이었다. 미군들이 산더미처럼 쌓인 씨레이션, 모포, 연료 드럼통, 정글화, 의약품 등을 화염 방사기로 소각을 하고 있었다. 그들은 진지를 버리고 퇴각하기 전에 군수품을 적들이 사용하지 못하도록 소각하고 있었다. 백인 상사가 군수품의 소각을 지휘하고 있었다. 공팔이 닷지차에서 뛰어내려 상사에게 달려갔다.

"헤이 싸전. 우린 인근 지역에서 작전 중인 부대다. 보급품이 부족해서 고생한다. 이것 좀 주라."

상사는 어깨를 으쓱하며 난처한 표정을 지었다. 공팔이 상사에게 사정을 하며 매달렸다.

"좋다, 싣고 가라. 어차피 폐기할 물건인데 마음대로 싣고 가라."

상사가 승낙을 하자 공팔과 해녀기둥서방 그리고 정재만 병장은 산더미처럼 쌓인 군수품을 닷지차에 싣기 시작했다. 정글화, 의약품, 모포, 씨레이션 등을 손에 잡히는 대로 닷지차에 실었다. 닷지차에 군수품이 가득히 실리자 해녀기둥서방은 시동을 걸고 핸들을 돌렸다.

"굿럭. 행운을 빈다. 잘해 봐라."

공팔이 상사에게 인사를 건넸다. 해녀기둥서방이 재빨리 닷지차를 몰고 보급소를 급히 빠져나오기 시작했다. 보급소의 외곽 초소에서 이미 교전이 시작되고 있었다.

꽝! 하는 폭음과 함께 산더미처럼 쌓인 연료 드럼통에 불이 붙기 시작했다. 시커먼 불길에 휩싸인 휘발유 드럼통들이 폭죽처럼 하늘 높이 터지며 치솟아 올랐다. 그것은 마치 축제날의 거대한 불꽃놀이와 같았다. 드럼통의 파편들이 닷지차 위에 소낙비처럼 떨어졌다.

보급소의 외곽 진지에서 시커먼 불길이 솟아올랐다. 그리고 미군 병사들이 메뚜기처럼 여기저기서 도망을 치고 있었다.

닷지차가 보급소의 정문으로 내달렸다. 정문은 이미 열려 있었다. 보급소 정문 벙커의 병사들이 허둥지둥 도망치고 있었다. 해녀기둥서방이 미친놈처럼 낄낄거리며 수류탄을 까서 길가의 숲 속으로 던졌다.

정재만 병장이 겁에 질려 M16 소총으로 정글을 향해 위협사격을 했다. 이건 완전히 미친놈들이 하는 짓이었다. 이런 곳인 줄 알았다면 애당초 오지도 않았을 것이다.

돈을 벌자고 하나뿐인 목숨을 걸어? 미친 새끼들!

조금 전 박격포의 기습으로 파손된 목재 가교에 도착했다. 이미 미군들의 검문소는 철수하고 없었다.

민간인들이 미친 듯이 가교를 건너가고 있었다. 그들은 두려움에 눈이 뒤집혀 있었다.

벌거벗은 몸뚱이에 닭 한 마리만 달랑 안고 도망치는 노파, 어린애를 가슴에 꼭 껴안고 어쩔 줄을 모르며 발만 동동 구르는 어머니, 가족들은 모두 팽개치고 혼자서만 살려고 도망치는 남편. 수많은 민간인들이 좁은 도로를 가득 메우며 도망치고 있었다.

"큰일 났어, 저것들이 길을 막잖아. 갈겨 버려!"

해녀기둥서방이 화를 내며 욕설을 퍼부었다. 공팔이 벌떡 일어서며 소총으로 위협사격을 시작했다. 민간인들이 개미처럼 흩어지며 길을 열었다.

"어메, 이쁜 것들! 완전히 발가벗었잖아, 에헤헤……."

해녀기둥서방이 겁에 질려 도망치는 아가씨를 보며 이죽거렸다. 공팔은 무엇이 그렇게도 즐거운지 연방 웃음을 터뜨렸다.

닷지차가 대로에 들어서자 퇴각하는 미군들이 도로를 가득 메우고 있었다. 그들은 눈이 뒤집혀 있었다. 눈에 보이는 모든 것들을 향해 닥치는 대로 총을 갈기고 있었다.

닷지차가 전쟁터를 빠져나와 앙케 시가지로 접어들자 해녀기둥서방은 '투바'라는 술집 앞에 차를 세웠다. 해녀기둥서방이 차에서 내리자 민병대원 한 사람이 나타나서 술집 옆의 창고로 닷지차를 몰고 들어갔다.

해녀기둥서방과 정재만 병장이 술집의 문을 열고 안으로 들어갔다. 귀청을 때리는 강렬한 트위스트 리듬 속에 한 패거리의 흑인 병사들이 부끄러운 곳만 가린 아가씨들과 어울려 야하게 몸을 비비며 춤을 추고 있었다.

점멸하는 조명 속에서 4인조 캄보 밴드가 신나게 상하이 트위스트를 연주하자 구석 자리에 앉아 있던 거구의 흑인 병사가 키가 작은 아가씨를 달랑 들어 껴안고 춤을 추기 시작했다. 흑인 병사의 우악스러운 손바닥이 콩까이의 작고 하얀 젖가슴을 움켜쥐자 그녀는 몸을 비틀며 비명을 질러댔다.

두 사람이 구석 자리 테이블에 앉자 공팔이 나타났다. 그의 뒤에는 흰 아오자이를 입은 3명의 아가씨가 따라 들어왔다.

"야, 너 몇 살이냐?"

해녀기둥서방이 아직도 앳된 아가씨를 껴안으며 말했다. 그는 아가씨의 아오자이 속에 손을 집어넣다 말고 키득키득 웃었다.

"얘는 아주 벗었잖아. 아오자이 속에 아무것도 안 입었어."

공팔이 아가씨의 하얀 젖가슴을 더듬으며 홀 안으로 사라졌다. 몸집이 작고 허리가 가냘픈 아가씨가 정재만 병장의 무릎 위에 앉았다. 그녀는 정재만 병장의 무릎 위에 앉아 엉덩이를 흔들며 트위스트 리듬에 맞춰 몸을 흔들었다.

"어디서 왔니?"

"후예."

"멀리서 왔는데, 붐붐 오케이?"

정재만 병장이 그녀의 귓불을 깨물며 나직이 물었다. 아가씨가 의자에서 일어나 정재만 병장의 손을 잡고 이끌었다. 후끈한 열기와 음악 소리가 귀청을 때리는 홀을 지나 포탄 박스로 엉성하게 지은 밀실의 방문 앞에 아가씨가 섰다. 콩까이가 출입문을 열었다.

"뭐야? 저리가."

해녀기둥서방이 삐걱거리는 침대 위에서 가쁜 숨을 몰아쉬며 소리를 질렀다. 순간 아가씨는 자지러지듯 신음 소리를 내질렀다. 아가씨는 고양이처럼 남자의 등허리를 손톱으로 할퀴며 야릇한 비명을 쉴 새 없이 내지르고 있었다.

빈방을 찾아 정재만 병장과 아가씨가 들어갔다. 정재만 병장이 상의를 벗고 삐걱거리는 간이 목침대 위에 걸터앉았다. 그는 군복 상의 호주머니 속에서 5달러짜리 군표를 끄집어냈다. 그리고 콩까이의 손에 건네주었다.

아가씨는 군표를 반으로 접어 무심코 허리춤에 넣으려 했으나 벌거벗은 아가씨의 손은 허공을 더듬고 있었다. 그녀는 정재만 병장을 힐끗 쳐다보며 수줍은 미소를 지었다. 그리고 지폐를 어디에 보관할까 망설이는 눈치였다.

한동안 주저하던 그녀는 빨간 삼각팬티의 허리춤에 지폐를 끼워 넣었다. 콩까이가 팬티를 벗자 조금 전에 허리춤에 끼워둔 군표가 떼구르 굴러 바닥에 떨어졌다.

콩까이는 풍만한 엉덩이를 치켜들고 허리를 굽혀 바닥에 떨어진 군표를 집어 들었다. 박꽃 같은 하얀 엉덩이, 시커먼 체모, 그리고 육감적인 몸짓과 요상한 그곳이 한눈에 들어왔다.

침대 위에 앉아 있던 정재만 병장이 미소를 지으며 아가씨에게 손을 내밀었다. 콩까이가 부끄러운 듯 미소를 지으며 군표를 내밀었다. 정재만 병장은 돈을 받아 반으로 접은 뒤, 다시 정글복 상의 호주머니 속에 집어넣었다.

"라면 먹을래?"

콩까이가 미소를 지으며 정재만 병장에게 물었다. 한 손으로 분홍빛 젖가슴과 다른 손으로 육감적인 아랫도리를 가리면서 말했다. 정재만 병장은 고개를 가로 저으며 그녀의 풍만한 젖가슴에 입술을 가져갔다. 콩까이가 침대 위에 발랑 누웠다. 두 사람은 야릇한 신음 소리를 토하며 침대 아래로 굴러 떨어졌다. 남자의 두터운 혀끝이 계집의 입술을 애무하자 콩까이는 신음 소리를 토했다. 그리고 끈적끈적한 해파리 같은 다리로 정재만 병장의 아랫도리를 휘감고 늘어졌다.

#6 해녀기둥서방

- 전쟁 앞에서는 유능한 병사도, 무능한 병사도 없다.
  단지 그들 앞에는 죽음만이 있을 뿐 -

닷지차의 엔진 소리가 고양이의 숨결처럼 부드럽게 가르랑거렸다. 세 사람은 피로와 포만감에 젖어 있었다.

닷지차는 텅 빈 도로를 거침없이 달리고 있었다.

"망할 년! 그런 색골은 처음이야."

해녀기둥서방이 졸음을 쫓으며 공팔에게 말했다.

"지난번에도 넌 그 애와 잤지? 또 그 요상한 낙타 눈깔을 썼지? 미친놈!"

"에헤헤⋯⋯."

"너, 그러다가 그 앨 죽일 거야."

"끝나고 보니 낙타 눈깔이 없어졌어."

"그럼 숲 속을 수색해야지. 낙타 눈깔 값이 얼만지 아니? 요즘은 하도 찾는 놈이 많아 가격이 올랐어."

공팔이 군복 상의 호주머니를 뒤집었다. 그리고 작은 약병을 손에 꺼내 들었다.

"정 병장, 이거 받아."

"뭐야, 이건?"

"테라마이신."

겨우 요거야? 정재만이 기가 막힌 얼굴로 공팔을 쳐다보았다. 공팔처럼 돈에 집착하는 놈은 처음이었다. 대다수의 병사들은 월남에서 무사히 귀국할 수만 있다면 더 이상을 바라지 않았다.

그러나 공팔은 생각이 달랐다. 그는 오직 돈을 벌기 위해 월남에 온 것 같았다. 오늘 일만 해도 그랬다. 순전히 돈을 벌기 위해 목숨을 걸고 교전 지역을 찾아다니는 것이다.

대다수의 병사들은 봉급날 단 한 번 고국에 달러를 송금했다. 국가는 달러로 받는 병사들의 전투 수당의 90%를 강제로 송금시켜 버렸다. 따라서 병사들은 나머지 10%로 담배를 사 피우고 잡비로 썼다.

당시 군사정부는 경제개발에 대규모 자금이 필요했다. 그리고 민간 기업들은 구멍가계 수준으로 자본금이 없어 회사를 설립할 수가 없었다. 한마디로 토종자본이 없었다. 따라서 정부는 병사들로부터 강제로 송금한 돈으로 경부고속도로를 만들었고 경제개발 5개년 계획을 수립하였다. 뿐만 아니라 민간 기업들은 병사들의 목숨의 대가로 월남으로 진출하여 기업 활동을 하였다. 이렇게 월남전쟁의 특수로 성장한 기업들이 최초의 토착 자본금을 형성하여 후일 세계 경제대국 10위권에 드는 선진한국, 경제 강국으로 성장한 것이다.

공팔 구상원은 이렇게 모은 돈을 수시로 고국에 보냈다. 그것도 정상적인 루트가 아닌 환치기 수법으로 송금을 했다.

그는 물건을 구입하기 위해 달라가 필요한 병사들을 은밀히 물색했다. 그들은 대다수가 인근 부대의 병사들이었다. 그는 현지에서 달러를 그들에게 건네주었다. 달러를 받은 병사들은 P.X나 월남 현지에서 외제 전자제품을 구입한 다음 서울에서 공팔이 지정하는 사람에게 한국 화폐로 지불하였다. 그것이 바로 공팔이 쓰는 환치기 수법이었다.

병사들은 달러를 구하기 위해 물불을 가리지 않았다. 월남에서 110 달러짜리 흑백 TV를 구입해서 한국으로 가져가면 부르는 게 값이었다.

따라서 많은 병사들이 달러를 빌려 TV나 냉장고를 구입했다. 그리고 귀국 박스에 숨겨 고국으로 가져왔다. 당시에는 TV 방송이 대중화되기 전이었다. 따라서 극소수의 상류층 사람들만이 TV를 시청할 수 있었다. TV를 소유하는 일은 곧, 부의 상징이 되기도 했다.

공팔은 귀국하는 장병들의 박스를 사기도 했다. 귀국하는 병사들은 일정한 규격의 개인 사물함을 가지고 귀국할 수가 있었다. 포탄 상자를 해체하여 만든 귀국 박스에는 병사들이 월남 현지에서 사용하던 생활용품과 씨레이션, 의약품, 라디오, 커피포트 등 돈이 될 만한 물건이 들어 있었다.

그러나 최전선 정글 속을 박박 긴 병사들은 합법적으로 배정된 귀국 박스를 채울 물건들이 없었다. 그때는 자기에게 배정된 귀국 박스를 다른 병사에게 돈을 받고 팔았다. 그것은 아주 은밀하게 거래가 되었다. 공팔은 수시로 귀국 박스를 사서 고국으로 보냈다. 닷지차의 엔진이나 혼다 오토바이, TV나 냉장고 등 고가의 외제 전자제품을 사서 서울로 보냈다. 공팔이 보내는 물건들은 서울에서 고가로 매매될 것이다. 그렇게 해서 공팔은 얼마나 많은 돈을 벌었을까?

언젠가 한 번 공팔의 신상명세서를 본 적이 있었다. 그는 고아로 기록되어 있었다. 그런 그가 악착같이 돈을 모아 송금하는 곳은 어디일까 궁금했다.

그가 송금하는 주소는 흑석동에 있는 중앙대학교 부근이었다. 병사들은 공팔이 누구에게 돈을 송금하는지 몹시 궁금하게 생각했다. 그러나 공팔은 한 번도 자기 신상에 대해 말한 적이 없었다. 행정계 박 상병은 수신자가 정동희라는 여자인데 그 주소가 고아원이 틀림없다고 말했다. 공팔이 그렇게 보내는 돈은 많은 고아들을 먹여 살린다고 했다. 또 부대 안에서 이상한 소문이 돌았다. 공팔이 송금하는 돈을 수신하는 사람은 미모의 과부라는 것이다. 그러나 어느 누구도 정확하게 공팔에 대해 아는 사람은 없었다. 어쨌든 공팔은 돈에 환장한 놈이었다.

정재만 병장의 이야기는 인천 부두 깡패 출신 손무삼 하사로 이어졌다.

손무삼은 목이 어깨에 달라붙은 아주 천하게 생긴 작자였다. 톡 튀어나온 개구리눈에 고릴라처럼 눈두덩이가 흉측하게 불룩한 모습, 딱 벌어진 어깨와 땅딸막한 작은 키는 천성이 범죄자의 얼굴이었다. 그는 입대 전에 레슬링을 했다면서 자기가 출전하여 승리한 경기에 대해 떠벌리고 다녔다.

연병장이나 좁은 지하 벙커 속에서 툭하면 몸을 홀딱 뒤집으며 재빨리 일어서는 레슬링의 기본 동작을 보여 주며 힘자랑을 하곤 했다. 그런 행위는 일종의 자기 과시와 다른 병사들에게는 위협을 주는 일이었다.

우람한 체격에 비해 제비처럼 날렵하게 움직이는 몸동작은 그가 오랫동안 프로레슬링을 했으며 그 부분에서는 뛰어난 선수였다는 것을 자랑하고 있었다.

그들은 대다수가 조금씩 체력을 단련한 병사들이다. 태권도, 합기도, 검도, 유도, 쿵푸 등 다양한 운동을 한 병사들이 많았다. 태권도 2단 정도는 운동을 했다고 말을 꺼낼 형편이 못 되었다.

병사들이 손무삼 하사를 싫어하는 가장 큰 이유는 레슬링이 겁이 나서가 아니라, 그의 잔인하고 고약한 성격 때문이다. 그는 매사 행동이 잔인하고 무서웠다.

손무삼은 부대 내의 다양한 인물들을 규합해서 개미허리 김이수를 따돌리기 시작했다. 그들은 개미허리 김이수 하사와 인사조차 나누려 하지 않았다. 개미허리 김이수가 재파월을 해서 포대로 돌아왔을 때 그

는 손무삼 일당에게

"난, 네가 하는 일에 개입하지 않겠다. 너도 내가 하는 일에는 간섭하지 말아 달라."고 서로 불간섭 협상을 했다고 한다. 그런데 손무삼은 약속을 지키지 않고 개미허리를 따돌리고 견제를 하기 시작했다. 그리고 어떤 연유인지는 몰라도 개미허리는 지난 번개 작전에서 5중대로 파견이 되어 목숨을 잃어버릴 정도로 위험한 일을 당했다고 한다. 개미허리는 지금도 그가 5중대로 파견된 것을 손무삼 일당의 장난으로 믿고 있었다.

작전이 종료되고 자대로 귀대했을 때 개미허리 김이수 하사는 완전히 외톨이가 되어 있었다. 그리고 그의 공식 보직은 태권도 교관이었다.

그는 남들이 모두 늦잠을 자는 이른 새벽에 기상하여 신병들 몇 사람을 데리고 태권도 기본 동작을 가르쳐야 했다.

실제로 포대에서는 태권도 훈련과 아침 점호가 없었다. 밤새도록 사격한 포수들이 녹초가 되어 잠이 들었는데 누가 태권도 훈련을 하겠는가?

그래서 불만에 가득 찬, 자칭 태권도 19단인 개미허리는 식당 앞에 의자를 갖다 놓고 밥을 먹으러 오는 병사들에게 억지로 소금을 먹이게 하거나 쓸데없이 일등병들의 팔의 급소를 잡아 비명을 지르게 하는 일이 고작이었다. 소외된 자의 화풀이였다.

그런 그가 무슨 이유 때문인지는 몰라도 지난주부터 깊은 밤중에 꼭 한 번씩 목검을 돌리며 막사 주위를 배회하기 시작했다. 20㎝ 길이의 작은 단검, 니스를 칠해 윤이 반짝반짝 빛나는 작은 목검.

단검이 회전하며 깊은 밤중에 우는 소리는 소름이 쪽쪽 끼치도록 섬뜩하고 기분이 나빴다. 병사들 사이에는 개미허리가 곧 손무삼 일당을 징계할 것이라는 소문이 파다하게 떠돌았다. 오늘 아니면 내일쯤일까?

신동협 병장은 혼자서 벙커 속에 엎드려 모처럼 집에 편지를 쓰고 있었다. 그가 인기척이 들려 고개를 쳐드니 개미허리 김이수 하사가 들어오고 있었다.

"뭐 하나?"

"보면 몰라?"

그동안 두 사람의 비슷한 군대 밥그릇 수와 고향이 경상도 북부지역이라 쉽게 친해졌다. 그리고 금방 친구가 되었다. 아니, 그것보다 더 중요한 계기는 신동협 병장이 장몽두리의 이야기를 했을 때 개미허리는 펄쩍 뛰며 반가워했다. 신동협 병장은 개미허리에게 장몽두리의 근황을 알려 주었다. 그리고 두 사람은 친구가 되었다. 두 사람이 급속히 가까워지자 인천부두 깡패가 은근히 신동협 병장을 견제하기 시작했다.

어젯밤에 개미허리는 말했다. 인천부두 깡패를 더 이상 그냥 둘 수는 없다고 했다. 번개 작전이 시작되기 전에 그는 인천부두 깡패를 징벌하고 싶어했다.

"자리 좀 비켜."

벙커 속으로 들어온 개미허리가 생글생글 웃으면 신동협 병장에게 말했다. 그의 몸에는 섬뜩한 한기가 돌고 있었다.

자리에서 막 일어서려는데 손무삼 하사가 들어왔다. 그의 얼굴은 긴장으로 딱딱하게 굳어 있었다.

"김 하사, 나 보자고 했어?"

부두 깡패가 빈정거리며 말했다. 러닝셔츠만 걸친 그의 우람한 상체의 근육은 긴장으로 팽팽하게 부풀어 있었다.

"너한테 진 빚을 갚아야겠어."

개미허리가 눈웃음을 치며 말했다

"좋아! 나도 원하는 바야."

부두 깡패가 깐깐한 목소리로 대답을 했다.

두 사람의 눈길이 마주 부딪쳤다. 부두 깡패의 시커먼 눈동자는 활활 타오르는 불길과도 같았다. 그는 자기의 격정적인 감정을 억제하지 못해 무진 애를 쓰고 있었다. 그의 얼굴은 새빨갛게 충혈되어 있었다.

그러나 개미허리의 얼굴 표정은 그게 아니었다. 녀석은 하얀 덧니를 활짝 드러내며 생글생글 웃고 있었다. 그리고 얼굴 가득히 냉소를 띠며 손무삼을 비웃기 시작했다.

"난 말이야, 돼지 같은 비계 덩어리만 보면 구역질이 나. 왝왝왝! 에헤헤……."

"개미허리, 넌 오늘 죽었어. 신 병장, 저리 꺼져!"

부두 깡패가 인상을 잔뜩 쓰며 말했다.

신동협 병장은 말없이 벙커를 나왔다.

벙커 밖에는 아무도 없었다. 타오르는 한낮의 열기만이 대지를 가득 채우고 있었다. 그러나 수송부 벙커 뒤편에는 많은 병사들이 수군거리며 모여 있었다. 공팔, 고래잡이 포수 맹도기, 헤비급 복싱 선수 양대철 등 손무삼 패거리들이 모여서 벙커를 노려보고 있었다.

"야, 왜들 그러냐?"

인사계 강 상사가 걱정스러운 얼굴로 말했다. 그러나 아무도 대답하는 병사들은 없었다. 부관 신록 중위가 나타났다.

"개미허리와 부두 깡패가 맞붙는다며? 그냥 두면 한 놈은 꽥꼴락 할 거야, 말려야 하지 않겠어."

"말려서 될 일이 아니오, 가만히 계셔."

고래잡이 포수 맹도기가 부관을 노려보며 말했다.

건너다보이는 통신반 벙커 속에서는 아무 소리도 들리지 않았다. 그렇게 시간이 흘러갔다. 한참 후 누군가 벙커 속에서 나타났다. 그는 개미허리 김 하사였다.

그는 여전히 생글생글 웃고 있었다. 병사들은 긴장한 얼굴로 그의 표정을 살펴보았다. 그러나 그는 여전히 미소를 지으며

"뭘 봐 임마, 날아가는 파리 보지라도 봤어? 공팔 가 봐, 꼬봉이 찾는다."

그렇게 말하고 그는 어슬렁거리며 휑하니 취사반으로 가 버렸다. 손무삼 패거리들이 우르르 몰려 통신반 벙커 속으로 달려갔다. 인천부두 깡패두목 손무삼 하사는 얼굴이 벌겋게 상기되어 있었다. 그는 어떻게 당했는지 자리에서 일어서지를 못했다. 외부로 드러나는 상처는 전혀 없었다. 그러나 그는 기동을 하지 못했다. 손 하사는 그때부터 일주일 동안 물 한 모금도 먹지 못하고 앓아누웠다.

그날 밤 미군 58공병대가 적으로부터 기습을 받았다. 앙케로 가는 19번 도로가 완전히 차단되었다. 적의 공세가 시작되고 있었다. 곧 사단 작전이 시작될 것이라는 소문이 포대에 나돌기 시작했다. 상황이 악화되고 있었다.

더구나 7중대에 파견된 유종석 병장이 매복 중 부상으로 후송이 되자 개미허리 김 하사가 그 후임으로 헬기를 타고 A포대를 떠나갔다.

개미허리가 소속된 7중대의 벙커 안은 목욕탕 속의 한증막처럼 후텁지근하고 답답했다. 끈적하고 진득한 기름 같은 땀이 목덜미를 타고 흘러내렸다. 잠자리에 들기 전에 휴대용 모기약을 잔뜩 몸에 처발랐으나 모기는 허벅지를 물었다. 모기들의 성화에 못 이겨 모포를 머리끝까지 뒤집어 써 보지만 지독한 놈들은 모포를 뚫고 또 피를 빨았다.

무더위 때문에 잠을 이룰 수가 없었다. 벙커 지붕 위에는 매복을 나간 전우들 외의 병사들이 올라앉아 잡담을 하며 더위를 식히고 있었다.

검은 벨벳 같은 장막을 드리운 밤하늘에는 무수히 많은 잔별들이 흰 모래알처럼 흩어져 졸고 있었다. 자정이 지나 은하수를 베고 누운 남십자성이 얼굴을 내밀자, 병사들은 두더지처럼 벙커 속으로 기어 들어갔다.

남호구 병장은 야전용 전화기를 목침대 위에 올려놓고 베개처럼 머리에 베고 누웠다. 벙커C유 같은 끈적끈적한 땀방울이 목덜미를 타고 전화기 위에 방울방울 떨어졌다. 그는 더위 때문에 몸을 뒤척이다가 겨우 잠이 들었다.

따르릉 따르릉.

갑자기 야전용 전화기의 벨이 울리기 시작했다. 남호구 병장이 전화기를 베고 자는 것은 긴급한 명령 때문이었다. 그는 잠에 취한 채 수화기를 집어 들었다.

"너 누구냐?"

느닷없이 위압적인 음성이 튀어나왔다.

"맹호, 7중대 남호구 병장임다."

남호구 병장은 차갑고 냉랭한 음성에 놀라 재빨리 대답했다. 밤늦게 걸려오는 전화치고 반가운 소식이 없었다. 돌발적인 사고나 작전명령이 떨어지기 때문이었다.

"준비됐냐?"

상대는 조급하게 서두르며 신경질을 부렸다. 어물쩍하다가는 날이 새면 조인트가 묵사발이 될 것이다.

"준비 완료."

칠흑같이 어두운 지하 벙커 속에서 준비는 무슨 놈의 준비.

남호구 병장은 대답부터 하고는 목침대 위에 벗어둔 상의 호주머니 속에서 볼펜을 뽑아 들었다. 목에 끼고 있는 수화기를 타고 땀방울이 쪼르르 흐르며 팔꿈치를 따라 팬티 속으로 뚝뚝 떨어졌다. 금방 팬티가 축축하게 젖어 들었다.

남호구 병장은 잠자리에 들기 전에 언제나 M16 소총에 탄띠와 정글화를 함께 묶고 총 끝에는 철모를 씌워 두었다. 비상시에 총만 들고 뛰면 모든 게 해결되기 때문이다.

"작전명령 맹호 A호, 귀 부대 출발시간 04시 52분, 좌표 240339 842663, 출동 인원 140분의 6."

남호구 병장은 명령을 재빨리 볼펜으로 넓적다리에 적은 후에 야광 시계 바늘을 흘긋 바라보았다. 03시 59분. 한 시간도 안 되는 시간에 중대는 기갑연대 연병장으로 집결을 해야 했다.

"이상!"

전화가 끊어지자 남호구 병장은 어둠 속에서 목침대 밑을 더듬어 랜턴을 찾아 들었다.

랜턴의 스위치를 누르자 어둠이 걷히며 눈앞이 밝아졌다. 그는 재빨리 군용 러닝셔츠로 불빛을 가리고 사타구니 사이를 비춰 보았다. 땀에 젖어 번들거리는 넓적다리 위에 황급히 갈겨쓴 볼펜 글씨가 나타났다.

이제 중대는 분초를 다투며 출동 준비를 해야 할 것이다. 그는 팬티 바람으로 중대 지휘소로 달려갔다.

"중대장님, 작전명령이 떨어졌습니다."

"뭐, 뭐라고?"

깊은 잠에 곯아떨어져 있던 불도그 박동수 대위는 야전용 침대에서 벌떡 일어났다. 그리고 랜턴 불빛으로 남 병장의 넓적다리를 비춰 보았다. 불빛에 누런색 팬티 사이로 시커먼 불알과 거웃이 나타났다. 중대장은 갑자기 소리쳤다.

"야 당번, 전 부대 비상!"

#7 갑작 사랑 긴 이별
- 짧은 사랑과 이별 -

충남 대덕군 회덕면 보건소.

"언니, 월남에서 편지 왔어. 애인 편지야."

"정말?"

"언니, 우리가 지난번 맹호부대로 위문편지 보낸 거 있지? 그건 왜, 답장이 안 올까?"

이미옥 간호원이 편지를 흔들며 강혜원에게 다가왔다.

"언니는 회답이 오는디 난, 왜 여태까지 안 온디야. 같이 보냈는 디……. 언니 같이 보자, 으응?"

이미옥은 평소에 쓰지 않던 사투리로 애교를 부리며 김이수가 보낸 편지를 강혜원의 눈앞에서 흔들었다. 혜원이 웃으며 손을 내밀었다.

"김이수? 맹호부대에서 왔는데. 언니, 이분 지난번에 이야기하던 그 사람 맞지?"

혜원은 말없이 편지를 받아 들고 책상 서랍 속에서 가위를 꺼내 들었다. 그리고 편지 봉투를 잘랐다.

"언니 그분에게 나도 펜팔 소개 좀 해 달라고 해요, 저녁 살게."

이미옥은 강혜원의 손에서 편지를 뺏어 들고 큰소리로 읽기 시작했다.

"내 사연 날아날아 어디 메에 자리 하나. 산 넘고 바다 건너 멀고 먼 나라. 검은머리 다홍치마 마음 착한 아가씨 만나거든 내 사연 전하고 회답받아 오너라. 어머나! 정말 멋있다, 어쩜."

혜원은 말없이 그녀의 손에서 편지를 받아들고 읽기 시작했다.

혜원!

작년에 귀국했을 때 나는 그곳 군대 생활에 적응을 할 수가 없었습니다. 양구에서 추운 겨울을 보내면서 밤마다 꿈속에서 월남 생활을 그리워했지요. 따뜻한 날씨와 어두운 밤하늘에 떠오르는 남십자성의 영롱한 별빛, 자장가처럼 들리는 포성과 요란한 총성. 그리고 이따금 길게 꼬리를 그리며 떨어지는 붉은 조명탄.

조용한 밤이 왜 그렇게 무섭고 두려웠던지? 정말 그런 생활이 싫었습니다. 그래서 나는 다시 월남으로 돌아왔습니다. 난, 이곳이 좋아요. 총소리와 포성이 자장가처럼 울려 퍼지면 편하게 잠을 이룰 수가 있습니다.

혜원,

당신과 같이 보낸 3일 동안은 내 생애에 가장 행복했던 시간이었습니다. 부석사, 희방사, 소수서원, 이젠 모두가 꿈속의 일처럼 느껴져요. 우리가 그곳에서 만났던 건 우연이었을까요?

우연? 우리가 만나게 된 것이 우연이었을까? 혜원은 편지를 읽다가 생각에 잠겨 들었다.

지난해 12월 성탄절을 일주일 앞두고 그녀는 1군 사령부에 근무하는 형부를 따라 원주에서 살고 있는 언니 집에 가서 연말휴가를 보내기로 했다. 그래서 김천에서 경북선 열차를 타고 영주역에 도착했다. 영주역에서 원주로 가는 중앙선 교행 열차는 오후 4시에 있었다.

그녀는 열차 시간을 기다리며 대합실에서 서성거리다가 우연히 벽에 걸려 있는 부석사의 겨울 사진을 보게 되었다. 눈에 덮인 겨울 사진은 너무 아름다웠다. 혜원은 갑자기 그 유명하다는 부석사에 가 보고 싶었다. 그래서 역무원에게 물어보았더니 부석사로 가는 교통편을 친절하게 알려 주었다.

버스를 타고 부석사 앞에서 내렸다. 일주문을 지나 안양루로 올라갔다. 눈에 덮인 사찰은 바람소리와 이름 모를 새소리만 들려오고 있었다.

안양루 밑에 계단을 올라서 무량수전 앞마당에 들어서자, 눈이 발목까지 쌓여 있었다. 텅 빈 무량수전 앞마당에는 조사당으로 올라가는 오솔길에 한 사람의 발자국이 외로이 찍혀 있었다.

성탄절을 일주일 앞둔, 겨울철 무량수전 앞마당은 썰렁하고 스산했다. 그녀는 무량수전에 잠깐 들렀다가 석등 앞에서 산 아래를 내려다보았다.

아! 감탄사가 절로 흘러나왔다. 쾌청하고 화창한 날씨 속에 멀리 눈에 덮인 크고 작은 산봉우리들이 그림처럼 아름답게 펼쳐 있었다. 정말 빼어난 경관이었다. 그녀는 경치에 취해 추운 줄도 몰랐다. 그녀의 긴 머리카락이 바람에 구름처럼 휘날리고 있었다.

"경치 좋지요?"

갑자기 등 뒤에서 굵은 남자 목소리가 들려왔다. 혜원은 깜짝 놀라 뒤를 돌아다보았다. 한 남자가 등 뒤에 서 있었다. 아니, 하사 계급장을 단 군인이 서 있었다. 그는 가냘픈 몸매에 삼각이 진 얼굴을 하고 있었다. 웃을 때마다 쌍꺼풀이 진 동그란 두 눈과 하얀 이빨이 마치 순진한 소년과 같았다. 그는 검둥이처럼 새카만 얼굴에 하얀 이빨과 눈만 살아서 반들거리고 있었다.

"김이숩니다."

그는 순진한 장난꾼처럼 손을 쑥 내밀며 악수를 청했다.

"강혜원이에요."

혜원이 손을 내밀자 그는 잘 아는 사람의 손이라도 잡듯 덥석 잡았다. 혜원이 깜짝 놀라 손을 빼려 하자 그는 놓아 주질 않았다. 그녀가 뿌리치려 하자, 빙글빙글 웃기만 했다.

"어머, 그만 놓으세요."

"도망치려고요? 전, 조금 전 법당에서 부처님께 기도를 올릴 때 이렇게 말씀드렸죠. 오늘부터 손을 잡는 아가씨는 누구든지 삼일간은 절대로 놔주지 않겠다구요."

"피이, 그런 엉터리가 어딨어요."

"어허허, 진짜라구요."

"어머, 말도 안 돼. 그런 억지가 어디 있어?"

"말이 돼요, 제 얘기 들어 볼래요."

혜원은 그 깜둥이 군인이 싫지 않았다. 그는 사람을 끄는 묘한 매력이 있었다. 마치 누나에게 떼를 쓰는 순진한 소년과 같았다.

깜둥이 군인은 부석사는 의상대사가 절을 세웠는데 사랑의 힘으로 중생을 구제하기 위해 세운 절이라고 말했다.

신라 때 당나라에 유학을 간 의상대사는 그곳에서 선묘낭자와 사랑을 나누었는데, 대사가 귀국을 하려 하자 스님을 사모한 낭자가 용으로 변해 풍랑이 심한 서해 바다를 무사히 건너게 해 주었다. 그래서 대사께서는 부석사 무량수전 법당에 모신 아미타 부처님 좌대 밑에 연못을 파고 선묘낭자의 용을 묻었다고 했다. 부석사는 의상대사와 선묘낭자의 위대한 사랑이 세운 명산고찰이라고 말했다.

"정말 좌대 밑에 못이 있어요?"

"그럼요, 전 못에서 용도 봤는데."

"거짓말도 잘하셔라."

"정말이라니까."

그 군인은 자기는 3일 뒤에 월남 전쟁터로 가는데 오늘 아침부터 절에 와서 부처님과 선묘낭자에게 간절히 기도를 했다고 한다. 이번에 월남에 가면 죽을지도 모르는데 그곳으로 떠나가기 전에, 자기와 인연이 있는 아가씨를 꼭 한 번만 만나게 해 달라고 졸랐다고 한다. 그랬더니 비몽사몽간에 어떤 여인이 나타나 무량수전 출입문 앞 두 번째, 기둥에 걸려 있는 어떤 글귀를 가리키더라고 말했다.

"에이, 거짓말!"

"진짜요, 저기."

"어느 것 말예요?"

"오른쪽에서 두 번째, 기둥에 적힌 글요."

"저거요?"

"네."

"不守自性隨緣成(불수자성수연성), 저게 무슨 뜻이죠?"

"글쎄요, 전 무슨 말인지 모르겠어요."

"저 스님에게 물어보죠? 스님!"

혜원은 종무소에서 무량수전으로 올라오고 있는 노장스님을 가리켰다. 군인이 노스님에게 인사를 올렸다.

"스님, 저 기둥에 쓰인 글이 무슨 뜻이죠?"

"어느 거요?"

"오른쪽에서 두 번째 거요, 기둥에 적힌."

"불수자성수연성."

"예."

"그건 주련이라고 부르는 건데 의상 대사님의 법성계에 나오는 법어이지요. 중생들의 성품은 극히 미묘해서 자기 성품을 따라가지 않고 인연을 따라간다는 뜻입니다. 두 분 사이는?"

"처음 만났어요, 여기서."

"허, 그런데 어찌 손을 그리 잡고 있노?"

"옛?"

두 사람은 황급히 손을 놓아 버렸다. 혜원이 부끄러워하며 서 있자, 김이수가 스님에게 조금 전 법당에서 꾼 꿈을 이야기했다.

"정말 그런 꿈을 꿨어요?"

"예."

노장 스님은 깜짝 놀라 두 손을 모아 합장을 하며

"놀랍군요. 참된 성품은 극히 미묘해서 자기 성품을 따라가지 않고 인연을 따라 간 답니다. 하나가 곧 일체요 일체가 곧 하나니, 끝없는 무량겁이 일념으로 변해 두 분의 인연은 다음 생으로 이어지리다. 아미타불!"

하며 법당 안으로 들어갔다.

스님이 법당 안으로 들어가자 두 사람은 자연스럽게 손을 잡고 부석사에서 내려왔다. 김이수는 대구에서 사는데 안동이 고향이라고 했다. 그는 3일 뒤에 월남으로 가는데 출국을 하기 전에 마뜩 자기 고향집이 보고 싶어 왔다고 했다.

혜원은 원주 언니 집으로 가지 않고 영주에서 김이수와 함께 3일을 지냈다. 그들은 김이수가 월남으로 가기 전까지 3일 동안 삼화장 여관에서 묵으며 함께 사랑을 나누며 지냈다.

두 사람은 희방사, 흑석사, 소수서원 등 인근 관광지를 모두 찾아다니며 함께 보냈다. 그리고 3일 뒤에 김이수는 월남으로 떠나갔다. 남녀 간의 사랑이란 참으로 미묘했다. 어느 날 부석사 무량수전 앞마당에서 만난, 군인과 간호사가 사랑에 빠져 3일 동안을 함께 지냈다. 사랑은 두 가지의 모양이 없어, 자기 그릇 따라 생과 사를 함께하니 그 사랑은 갑작스런 긴 이별이었다.

"이 사람, 언니 많이 보고 싶나 봐. 사진 좀 보여 줘, 응?"

이미옥이 혜원을 졸라댔으나 그녀는 편지를 소중하게 접어 책상 서랍 속에 넣었다. 그리고 미옥이 사무실에서 나가자, 다시 편지를 꺼내 읽기 시작했다. 편지를 모두 읽은 그녀는, 창문가에서 보건소 마당에 서 있는 느티나무를 바라보고 있었다. 바람이 쌩하고 불 때마다 느티나무 잎사귀가 소리 없이 떨어지고 있었다. 송 기사가 오토바이를 타고 부르릉거리며 보건소 앞마당으로 들어오고 있었다. 그녀는 얼굴을 들어 금방이라도 비가 쏟아질 것만 같은 늦가을 하늘을 쳐다보았다. 그녀의 얼굴은 근심으로 가득 차 있었다. 그녀는 책상 앞에 앉아 16절 갱지 위에 조용히 답장을 쓰기 시작했다. 이따금 얼굴을 찡그리며 한숨을 내쉬기도 했다. 그녀의 아름다운 얼굴은 수심이 가득 차 있었다. 그녀는 보기 드문 미인이었다.

#8 도꾸중대장

- 어리석은 지휘관은 자신은 죽이지 않는다. 단지 부하를 죽일 뿐 -

7중대가 키가 큰 관목 숲을 빠져나오자 갑자기 눈앞에 갈대로 뒤엉킨 늪지대가 나타났다. 7중대가 전진하고 있는 오른쪽 저 멀리 안개 속에는 죽음의 계곡이라고 불리우는 킬러밸리의 산 그림자가 검은 장막처럼 버티고 서 있었다. 그곳은 7중대의 작전 구역 밖이었다.

7중대는 2열 횡대로 산개하여 늪지대를 통과하기 시작했다. 김영길 중위의 1소대가 소총을 머리 위에 치켜들고 허리까지 차오르는 물속을 허우적거리며 건너고 있었다.

M16 소총수는 80발의 실탄과 수류탄 3개, LMG 사수는 100발의 실탄을 휴대하고 있었다. 대인 살상용 크레모아는 분대별로 3개씩 휴대하고 M79 유탄 발사기와 타식 조명도 가지고 있었다. 중대의 기본 장비치고는 대단한 화력이다.

중대가 늪 속을 통과하여 다시 울창한 관목 숲에 집결하자, 머리 위로 요란한 폭음과 함께 수송기가 지나가고 있었다. 하늘을 가린 밀림 사이로 이슬비가 내렸다.

"변 일병, 이기 뭐꼬? 해가 쨍쨍 나는데 우째 요래 비가 오노?"

임태호 상병이 신기한 듯 물었다.

"비구름이 지나가겠지요."

변을수 일병은 건성으로 대답을 했다.

"흠흠, 이게 무슨 냄새지?"

변을수 일병이 코를 벌렁거리며 말했다. 가랑비가 내리자 무슨 약제 같은 냄새가 나는 것 같았다. 경유일까?

"임마가 와 이리 똥개맨쿠로 낑낑 그래 쌌노? 변 일병, 니 뭐 잘못 묵었나?"

임태호 상병이 야유하듯 이죽거렸다.

"비에서 냄새가 나요."

변을수 일병이 젖은 군복을 손가락으로 가리키며 말했다.

"이런 자슥, 가랑비에서 무슨 냄새가 나노?"

임태호 상병이 코를 킁킁거리며 냄새를 맡았다. 그리고 이렇게 말했다.

"아, 이거! 이기 그기다."

"그게 뭔데요?"

"V.C들이 정글 속에서 양식할라꼬 농사 안 짓나. 그걸 미군 아이들이 비행기로 휘발유를 확 뿌려 불 싸질러 뿌리는 기라. 고라면 콩들이 뭐 묵고 살겠노? 배가 고파서 정글 속에서 안 기나오겠나 그자? 식량이 없는데 지들이 우째 숨어 있겠노. 그기 미군들 작전인기라."

"임태호, 니 또 구라치제, 그거 어디서 들었노? 내사 마 그런 말 몬 들었다."

가랑비 속에서 씨레이션 비스킷을 먹고 있던 권영준 병장이 비웃으며 말했다.

"5중대 정 상병이 그라는데 저거 지역에도 V.C들이 식량 할까 봐

미군들이 헬기로 논에다가 기름을 뿌리고 화염 방사기로 확 싸질러 뿌렸다카던데. 분명히 그래 말했다꼬."

"빙신 자슥, 아무리 미군들이 돌대가리지만 우째 이 너른 정글을 비행기로 기름을 뿌리고 다 태우겠노? 말도 안 되는 소리하지마라."

권영준 병장은 임태호 상병의 말을 믿으려 하지 않았다.

"그라면 전마들이 뿌리는 기 뭐꼬?"

"비행기가 빵구가 나서 기름이 새는 긴지 누가 아노, 히히히……."

그랬다. 다른 지역은 어떤지 몰라도 적어도 7중대가 작전 중인 지역에서는 비행기가 살포하는 것이 무엇인지 모르고 있었다. 미군들은 약제의 효과를 높이기 위해 약제에 경유를 섞어서 살포하고 있었다. 후에 안 사실이지만 풋갓 비행장에서 이륙한 미군 비행기는 빈케를 중심으로 앙케 지역 일대에 많은 양의 '에이전트 오렌지(고엽제)'를 뿌렸던 것이다.

그러나 당시 대다수의 병사들은 임태호 상병처럼 미군들이 베트콩 거주 지역의 논밭 작물을 태우기 위해 기름을 살포하는 것으로 알고 있었다. 적어도 그땐 그렇게 알고 있었다.

중대가 밀림 지역을 빠져나오자 어느새 시곗바늘은 13시를 가리키고 있었다. 열대의 강렬한 태양이 키가 큰 갈대밭을 용광로처럼 후끈하게 달구어 놓았다. 조금 전 밀림 속에서 가랑비에 젖어 있던 군복은 어느새 땀으로 뒤범벅이 되기 시작했다. 두터운 방탄조끼 속으로 땀이 줄줄 흐르고 있었다.

"정지, 그 자리에서 20분간 휴식!"

병사들은 나무 그늘에 누워 방탄조끼를 베고 휴식을 취했다. 며칠 전까지만 해도 병사들은 탄띠에 매달아 놓은 수통을 베고 누웠었다. 병사들이 누울 때 수통은 멋진 베개가 되었다.

그런데 6중대 무전병이 그것을 베고 누워 사고를 친 뒤부터는 아무도 그렇게 하지 않았다. 탄띠에는 4개의 수통과 M16 실탄, 그리고 엑스밴드에는 2발의 수류탄이 달려 있었다. 어떤 병사들은 크레모아도 달고 있었다. 그 재수 없는 무전병은 베고 있던 탄띠에 걸어 놓은 수류탄의 고리를 잠결에 손가락을 걸어 뽑은 것이다. 그러니 어떻게 되었겠는가? 무전병과 같이 누워 있던 분대는 모조리 날아가 버렸다. 그 사고 이후 탄띠를 베고 자지 못하게 했다.

　털털털…….

　갑자기 중대의 머리 위로 H21 헬기 1대가 불쑥 나타났다.

　"헤이, 깜둥아 잘 지냈어?"

　임태호 상병이 철모를 벗어 흔들자 헬기의 옆구리에 매달려 아래를 내려다보던 흑인 기총 사수가 하얀 이빨을 활짝 드러내며 손을 흔들며 반가워했다. 병사들은 두 손을 흔들며 답례를 보냈다.

　7중대는 아직도 사기가 왕성한 상처받지 않는 호랑이었다. 작전이 개시된 지 벌써 일주일, 현재까지 중대는 전과도 없고 피해도 없었다. 이대로라면 연대장의 뜻에 꼭 맞는 작전이 될 것 같았다.

　인근 양쪽 측면에서 작전을 펴고 있는 6중대와 8중대가 대대에 전과를 보고하는 무전을 청취할 때마다 중대원들은 부러움을 느꼈다. 하지만 그게 뭐 대수인가? 남의 나라 전쟁에서 전과보다는 희생이 없다는 게 더 잘하는 작전이지.

　인근에서 작전 중인 6중대는 적 사살 6명과 중화기를 포함해서 13정의 무기를 노획했으나, 사병 3명이 전사하고 부상자도 다수 있다고 한다. 6중대는 중대원 모두가 격정적인 흥분 상태에 빠져 있었다.

　그러나 7중대는 중대장 박동수 대위 이하, 전 대원이 마치 캠핑이라도 나온 듯 느긋한 마음으로 야영을 즐기고 있었다. 그들은 보이스카우트 기본 훈련이나 가을 소풍을 나온 초등학생들처럼 조금은 들뜬 기분에 젖어 있었다.

헬기에서 랜딩한 순간부터 지금까지 소풍의 연속이었다. 더구나 현재의 위치로 이동하기 전에는 할매네 집 부근에서 3일 동안 호화판으로 지내기도 했다.

7중대는 무전병 김이수 하사의 말처럼 연대장이 지난번 작전 때, 풋 갓에서 고생을 했다고 휴가를 보내 준 것으로 착각할 정도로 평온했다.

병사들은 아직까지도 할매네 집에서 같이 놀았던 아가씨들의 야들야들한 젖가슴과 풍만한 엉덩이를 잊지 못하고 있었다.

할매네 집은 포탄 박스와 씨레이션 마분지로 지붕을 가린, 정말 엉성하게 만든 초라한 움막이었다. 움막 안은 목침대 크기의 방을 다섯 개나 만들어 놓았는데, 바로 옆방에서 들려오는 병사들의 신음 소리와 콩까이들의 꿍꿍거리는 코맹이 소리가 모두 들렸다.

"야, 너 다 되어 가냐?" 하고 옆방에서 물으면, 콩까이들의 교성과 함께 "아직 안 끝났어." 하고 대답하곤 했다.

할매네 집에는 자기 동생을 잡아먹은 뱀을 키우고 있는 이 엔이라는 아가씨도 있었다. 그녀는 밤에 뱀과 같이 동침한다고 했다. 이 엔의 어린 동생은 첫돌도 지나지 않은 꼬마였는데 야자수 밑에서 놀고 있는 것을 지나가던 뱀이 냉큼 집어삼켜 버렸다고 했다. 그런 뱀을 이 엔은 동생처럼 키우고 있다고 했다.

거대한 뱀은 길이가 2m가 조금 넘는데 이빨이 하나도 없었다. 뜨겁게 푹 삶은 무를 뱀의 입에 물려 놓고 재빨리 잡아당겨 이빨을 모두 뽑았다고 했다.

큰 뱀은 보기에도 몹시 징그러웠다. 번들번들한 찬피동물의 촉감은 조금만 피부에 닿아도 얼음 조각처럼 섬뜩하고 징그러웠다.

병사들은 그녀의 뱀을 목에 걸고 기념 촬영을 했다. 이 엔은 한 번 사진을 찍는데 군표 2달러를 받았다.

멀리 남쪽 8중대 지역에는 한낮의 무더운 열기 속에서 요란한 총성과 함께 검은 연기가 먹구름처럼 태양을 가리고 있었다. 천지를 진동하는 105㎜의 포성과 함께 하늘을 선회하며 사격하는 헬기의 발칸포 소리, 그리고 M16 소총의 다급한 난사음이 들려오고 있었다.

북쪽 6중대 지역에서도 검은 연기와 함께 붉은 화염이 하늘 높이 치솟으며 대낮의 열기 속에서 생사를 건 혈투를 벌이고 있었다.

그러나 7중대는 아직도 V.C의 그림자도 볼 수가 없었다. 중대장 박동수 대위가 철모를 벗어 들고 이마에 흘러내리는 땀방울을 손바닥으로 훔치며 부중대장에게 간부 대원들의 소집을 명령했다. 그들은 작전 도면을 중심으로 빙 둘러앉아 수색 구역을 다시 한 번 점검하기 시작했다.

털털털…….

갑자기 서편 야산 위로 헬기 한 대가 불쑥 나타났다.

"야! 보급 헬기다. 자식들, 제법 약속을 잘 지키는데……."

임태호 상병이 소리치며 헬기의 착륙장소로 달려갔다. 갈대밭에서 휴식을 취하고 있던 각 소대의 전령들이 중대 본부로 모여들었다. 헬기 편으로 고국에서 보낸 우편물이 도착하기 때문이다.

헬기는 랜딩을 하자, 바로 보급품을 하역하기 시작했다. 레이션 상자, 각종 탄약, 의약품, 급수통, 신선한 과일, 우편 행낭 등이 하역되었다. 그중에서도 가장 반가운 것이 고국에서 보내온 편지였다.

"편지 아이가? 울 어메가 태호 잘 있나, 편지 보냈데이."

임태호 상병은 편지 한 통을 손에 들고 껑충껑충 뛰며 흔들었다.

"김 하사님 애인한테서 편지 왔심더, 받구마."

임태호 상병은 개미허리에게 다가오더니 무엇이 그리도 급한지 편지
한 통을 훌쩍 집어던지고는 뒤도 돌아보지 않고 가 버렸다. 개미허리는
임태호 상병의 짓궂은 장난을 익히 아는지라 속지 않으려 관심이 없는
척했다.

"제기랄! 편지 올 데가 있어야지."

개미허리는 월남으로 오기 전에 만났던 강혜원을 잊고 있었다.

정말 그녀의 편지가 왔을까? 그는 엉거주춤한 자세로 일어나 편지
봉투를 집어 들고 이리저리 뒤적거렸다. 그러나 편지는 분명히 하사 김
이수 앞으로 보내온 것이었다. 그것도 아주 달필인 여자의 글씨로 말이
다. 그는 흥분을 감추고 편지의 발신인을 찾아보았다.

강혜원! 개미허리는 그녀의 이름을 보자 짜릿한 흥분으로 몸을 떨었
다. 세상에 그녀가 답장을 보내다니……. 개미허리는 떨리는 손으로
봉투를 찢고 편지를 끄집어냈다.

"수 맹호에게
내 사연 날아날아 어디 메에 자리하나.
산 넘고 바다 건너 멀고 먼 나라.
수 맹호 만나거든 소식 받아 오렴."

수 맹호가 제게 보낸 편지는 잘 받았습니다. 부석사에서 우리가 만
났던 일이 마치 어제 같군요. 전, 그때 3일 동안 이수 씨와 같이 지낸
일 때문에 집에서 쫓겨날 뻔했답니다.

저는 집에서 쫓겨나면 갈 데도 없답니다. 언니가 엄마를 달래서 겨
우 용서를 받았답니다. 수 맹호, 나 쫓겨나면 받아 줄래요, 호호호…….

수 맹호께서는 주님을 믿지 않으세요? 전, 주말이면 대전에 살고 있는
엄마에게 간답니다. 아직은 엄마 품을 멀리 떠나지 못하는 애송이고요.

지난번 보내신 편지는 같이 근무하는 미스 리가 '내 사연 날아날아 어디 메에 자리하나' 하고 큰소리로 읽어 우리 모두는 무척 웃었답니다. 아니, 오해는 마시고요. 수 맹호의 편지를 놀리거나 비웃는 건 절대로 아니랍니다.

이곳에서는 수 맹호의 편지가 제일 인기가 있답니다. 지금까지 우리가 월남에서 받은 편지 중에서는 제일 재미가 있대요. 저는 수 맹호의 편지를 성경책 갈피 속에 끼워 두고 생각이 날 때마다 읽어본답니다. 저는 수 맹호와의 이해할 수 없는 인연에 깊은 연민의 정을 느낀답니다. 전에는 결코 이런 감정을 느껴 본 적이 없었거든요.

수 맹호의 부모님은? 다음 번 편지에는 좀 더 자세히 수 맹호의 가족 이야기를 듣고 싶습니다.

답장 늦으면 그냥 안 둘 거예요. 혜원도 화를 내면 무서운 사람입니다. 어흥! 우리 집 조카애들이 고모를 얼마나 무서워하는데요. 잠자리에 들기 전에 주님께 수 맹호의 건승을 기도드립니다. 그럼 안녕!

회덕에서 혜원이 수 맹호에게

추신: 요즘은 부석사 그 스님, 사랑은 두 가지의 모양이 없다는 말이 자꾸 생각이 나요.

왜 그럴까요?

개미허리는 편지를 손에 들고 가슴에 꼭 껴안았다. 그녀가 몹시 보고 싶었다. 그녀의 착한 마음씨와 따뜻한 체온이 가슴속에 전해 오는 것만 같았다. 그는 강혜원의 마음을 이해할 수 있을 것만 같았다. 그는 편지를 접어 소중히 전투복 상의 호주머니 속에 집어넣었다. 그리고 수첩을 찢어 답장을 쓰기 시작했다.

"어이 2소대장, 애들 멀리 가지 말라고 혀."

7중대장 박동수 대위가 2소대장 장영숙 중위에게 말했다.

"쩌거, 야자수꺼정만 수색하라고 했시요."

2소대 1분대는 첨병 분대로 중대 전진 통로를 정찰하고 있었다.

"저길 보라고. 저기, Y자를 옆으로 눕혀 놓은 것 같은 길이 보이지? 우린 저 밑에서 올라왔어. 저 위쪽은 6중대 구역이야. 그리고 저기 보이는 직선 오솔길부터는 우리 작전 구역 밖이야. 내 말 잘 알겠지? 저기부터는 재수 없는 킬러밸리야."

"킬러밸리? 기분 나쁜 이름이야."

정영숙 중위가 혀를 끌끌 차며 중얼거렸다.

"저긴 말이야. 프랑스가 월남을 지배했던 당시, 프랑스군 2개 연대가 저길 치기 위해 들어간 모양이야. 전차와 포를 동원하고 중화기로 무장한 정예 연대가 한창 신나게 전투를 하는데 갑자기 우기를 만난 거야. 전부 진흙탕 속에 빠져 꼼짝도 못 했지. 적들이 그냥 두겠어? 전부 꽥 꼴락 했다. 쪼다 같은 새끼들……. 그래서 킬러밸리라고 했다더군. 저 속에 뭐가 숨어 있는지 알게 뭐야. 우리와는 상관없는 일이야, 암 상관 없고말고. 적의 사령관이 발가벗고 날 잡아 잡수 해도, 난 거길 갈 생각이 없어. 왜냐? 우린 지금 휴양 중이거든."

7중대장 박동수 대위가 호기롭게 익살을 부리자 1소대장 김영길 중위와 3소대장 홍영식 중위가 큰소리로 따라 웃었다.

7중대장 박동수 대위. 그는 키가 185㎝의 거구에다 씨름 선수같이 생긴 사람이었다. 짧게 깎은 스포츠형 머리와 토마토처럼 둥글넓적한 얼굴, 그리고 검붉은 입술에는 항상 너털웃음이 끊이지 않는 호인이었다. 그는 고향이 원주 부근의 농촌으로 순진하고 착한 사람이었다. 그러나 한 가지 흠은 산돼지처럼 우직한 성격상의 결점을 가지고 있었다.

그는 군대 생활이 아주 체질에 잘 맞는 사람이었다.

박동수 대위는 사병들과 어울려 내기를 잘하는데 특히 말굽 던지기나 트럼프, 화투, 단검 던지기를 잘했다. 사병들은 그런 그를 겉으로는 흉을 보았지만 마음속으로는 무척 따르고 좋아했다.

"야 도꾸 온다, 도꾸."

사병들은 그를 '부루도꾸'라고 불렀는데 한 번 결정하면 불도그처럼 앞뒤도 가리지 않고 우직하게 몰아붙이는 성격 때문에 붙여진 별명이다. 그는 우직하나 사병을 괴롭히는 지휘관은 아니었다.

꽈앙.

갑자기 전방 500m 지점의 관목 숲에서 날카로운 폭음이 터져 나왔다. 폭음 소리는 무심히 졸고 있던 한낮의 대지를 산산조각 내 버렸다.

"뭐야, 뭐? 저건 수색조 아냐?"

박동수 중대장이 놀라서 소대장들을 쳐다보자 휴식을 취하고 있던 중대는 명령이 없이도 장비를 챙겨 들고 재빨리 사주 경계에 들어갔다.

"야, 무슨 일이야?"

정영숙 중위가 무전기를 들고 다급하게 외쳤다.

"당했습다. 소대장님! 당했습다."

"누구야? 박 병장?"

"예, 분대장님이 부비트랩에 걸렸습니다. 사망 1명, 행불 1명, 부상자 다수."

"이런 병신들! 니들이 신병이야, 어린애냐. 그 따위에 당하게. 뭐에 걸렸나?"

"인계 철선에 걸린 수류탄."

"알았다, 무전기 키 열고 대기해."

첨병 정찰조가 V.C가 설치한 부비트랩에 걸린 것이다. 분대장 안정수 하사가 즉사하고 소총수 정우병 일병이 행방불명이 되었다고 한다.

"야, 흑곰 최 하사 불러. 최 하사!"

중대장이 부르자 최수경 하사가 헐떡거리며 달려왔다. 평소 중대장 박동수 대위는 흑곰 최수경 하사를 싫어했다. 그는 최수경 하사와 개미 허리 김이수 하사를 징그러운 뱀처럼 싫어하고 미워했다. 그들은 일진으로 이곳에 와서 하사까지 진급한 고참들이다.

백곰 안정수 하사, 흑곰 최수경 하사, 그리고 무전병 김이수 하사는 이곳 지리에 밝은 중대 최고참들이었다. 그런데 방금 안정수 하사가 당한 것이다.

흑곰과 백곰은 이름처럼 두 사람 모두 키가 큰 거구의 덩치였다. 안정수 하사는 별명처럼 얼굴이 흰 미남자였고 최수경 하사는 얼굴이 새카맣게 탄 검둥이처럼 생긴 청년이었다. 그들 두 사람은 단짝으로 무척 친한 사이였다.

중대장 박동수 대위가 흑곰을 찾은 것은 그가 이곳의 지리에 가장 밝은 고참이기 때문이다. 허겁지겁 달려온 흑곰이 상황을 파악하자 무전기를 들고 입을 열었다.

"어이 박 병장, 나 최 하사야. 사주 경계하고 자리에 앉아. 움직이면 모두 죽는다. 내 말 알아듣겠지? 주변에 돌무더기나 나뭇가지 꺾어진 게 보이나?"

"관목 가지가 꺾어진 게 보인다, 오바."

"부비트랩 지역 표시야, 움직이지 말고 대기하라."

"좌측에 꺾어진 관목 가지 사이로 인계 철선이 보인다. 전진이 불가능하다. 구조 요청 바란다, 오바."

"발밑을 조심해. 밑에도 있어."

"어어엇! 이건 또 뭐야? 참말로 미치겠네."

"뭐야?"

"사방이 거미줄이다. 꼼짝도 못 하겠다."

"2소대가 방금 출발했다. 내 말을 잘 들어라. 오른쪽 갈대밭으로 빠져나와 능선에서 대기하라."

"알았다. 지시대로 움직이겠다."

"조금 전에 통과한 길로는 절대로 나오지 마라. 거긴, 벌써 거미줄을 쳤을 거야. 무슨 말인지 알겠지? 적은 가까이에서 지켜보고 있다. 콩은 소수야. 겁내지 말고 엄폐물에서 대기하라."

7중대장 박동수 대위의 두 손이 와들와들 떨리며 경련을 일으키기 시작했다. 그의 안색은 새파랗게 질려 있었다. 지금까지 잘해 왔는데, 겨우 귀국 2주를 앞두고 백곰이 허망하게 죽다니 믿을 수가 없었다.

얼마 지나지 않아 2소대 1분대, 정찰조가 피투성이가 되어 철수해 왔다. 부비트랩에 당한 분대원들은 한마디로 처참한 몰골을 하고 있었다.

더구나 판초우의에 둘둘 말아 끌고 온 백곰의 시신은 금방 배를 갈라놓은 돼지와 같았다. 그의 복부는 갈기갈기 찢어진 누더기로 변해 있었다. 핏방울이 아직도 찢어진 복부 사이로 흘러내리고 있었다. 백곰은 아직도 못다 한 생의 미련 때문에 가늘게 실눈을 뜨고 열대의 푸른 하늘을 하염없이 바라보고 있었다.

조금 전까지만 해도 캠핑이라도 나온 것처럼 희희낙락했던 중대 분위기가 순식간에 싸늘하게 변했다. 병사들은 처참하게 죽은 전사자의 시신과 부상자들을 보는 순간, 눈에 살기가 감돌기 시작했다.

우선 박동수 중대장부터 이를 북북 갈기 시작했다. 박동수 대위는 순박하고 단순한 사람이었으나 일단 분노하면 이성을 잃고 물불을 가리지 못하는 성미였다.

전사한 분대장을 대신해 박상용 병장이 정찰 결과를 보고했다. 전면에 보이는 관목 숲을 통과하면 3 그루의 야자수가 나란히 서 있는 2채의 농가가 나타난다고 했다. 농가 뒤편으로는 실개천이 흐르는 개활지가 있는데, 그 지점에서 보면 좌측으로는 킬러밸리로 가는 작은 오솔길이 보인다고 했다. 오솔길의 전면에는 낮은 언덕이 가로막고 있다고 했다. 박상용 병장이 그곳에서 당한 이야기를 눈물을 흘리며 풀어냈다.

중대원 모두가 거칠어지기 시작했다. 알 수 없는 분노와 주체할 수 없는 증오심 때문에 중대 전체가 미쳐 돌아가기 시작했다.

"저 새끼들을 깐다."

박동수 대위가 이를 악물며 내뱉었다.

"안 됩니다 중대장님, 거긴 작전 구역 밖입니다."

1소대장 김영길 중위가 정면으로 거부하고 나섰다.

"이런 쪼다 같은 친구. 누가 거기 눌어붙자고 했어? 치고 빠지는 거야."

박동수 중대장이 목에 핏대를 세우며 고함을 질렀다. 그는 미친놈처럼 흥분하고 있었다.

"그러다가 저쪽과 맞붙게 되면 어떡하고요?"

"그럼 불알 맞은 수캐처럼 꽁지 빠지게 도망치잔 말이야? 난 못 해, 죽어도 못해! 백곰을 봤잖아, 또 정 상병은 어떡하고?"

소대장들은 모두 잘 알고 있었다. 박동수 중대장이 제정신이 아닌 것을 말이다. 그는 킬러밸리 입구에 매복을 하자는 것이다. 개활지의 오솔길은 킬러밸리에서 외부로 통하는 유일한 통로로 오늘 밤 그들이 나오면 매복으로 치고 헬기로 뜨자는 것이다.

그러나 김영길 소대장의 생각은 달랐다. 우선 그는 작전 구역 밖으로 나가는 것이 재미가 없다고 말했다. 더구나 개활 지에서 적과 조우하는 경우, 괜히 화를 자초하게 된다고 했다. 미친개에게 물린 셈 치고 철수하자고 박동수 중대장을 달래었다.

그러나 그 누구도 박동수 중대장의 광기를 꺾을 수가 없었다. 박동수 대위의 고집도 나름대로 꺾을 수 없는 이유가 있었다. 안정수 하사의 전사보다 소총수 정우병 상병의 행방불명은 엄청난 의미를 가지고 있었다. 부비트랩에 걸리는 순간, 적과의 교전도 없이 분대 후미에 있던 소총수가 감쪽같이 사라졌으니 어떤 희생을 치르더라도 그의 행방을 찾아야만 했다. 그것이 바로 전우애였다.

　　제2소대가 그 부근의 숲을 이 잡듯 샅샅이 뒤졌으나 어떤 흔적도 발견할 수가 없었다.

　　"야 무전병! 무전기 죽여. 별명이 있을 때까지 상부와 교신을 금한다, 알겠지? 출발!"

　　박동수 중대장이 명령을 내렸다.

　　한편 대대장은 7중대의 전황이 궁금했다. 그들은 상황을 보고하는 교신이 없었다.

　　"어이 부관, 7중대는 지금 어디 있나?"

　　대대장 전무한 중령이 부관 황정태 대위에게 물었다.

　　"열세 시 이십 분에 교신한 후 아직까지 보고가 없습니다."

　　부관 황정태 대위가 대답했다.

　　"7중대의 현재 위치는 어디야? 도꾸 새끼, 왜 보고하지 않는 거야?"

　　대대장이 화를 내며 부관에게 고함을 질렀다.

　　"여기는 한라산, 벽돌장 칠은 응답하라. 여기는 한라산."

　　상황실 무전병이 7중대를 호출하기 시작했다. 그러나 7중대와의 무전 교신은 여전히 두절되고 있었다.

　　"무전기가 죽어 있습다, 키를 껐습니다."

　　상황실 무전병인 정재철 병장이 보고를 했다.

"뭐야! 무전기를 죽여?"

전무한 대대장은 점점 기분이 나빠지기 시작했다. 얼굴이 험상궂게 변했다.

"도꾸, 그 자식은 뭐 하고 있는 거야? 어디 가서 나자빠져 있는 게야. 개새끼! 무전기 일루 줘 봐. 여기는 한라산, 벽돌장 칠은 응답하라. 아, 아아! 여기는 한라산, 벽돌장 칠은 응답하라. 이런 미친 자식! 왜 대답이 없는 거야? 야 부관! 어떻게 된 기야."

그는 느닷없이 부관 황정태 대위의 무릎을 워커 발로 까 버렸다.

"무전병, 육 중대장에게 물어봐. 칠중대와 교신이 있었나."

부관은 얼굴이 벌겋게 상기된 채 무르팍을 손바닥으로 싹싹 문지르며 다시 6중대와 교신을 시도했다. 그러나 6중대 무전병도 7중대와는 교신이 없었다고 전했다.

"이놈의 새끼들, 나무 그늘에 처박혀 자고 있구먼. 육 중대와 팔 중대는 목숨을 걸고 사투를 벌이는데 이것들이 무전기까지 죽이고 나자빠져 자? 요런 쳐 죽일 놈들! 야 부관, 헬기 띄워! 이놈의 자식들 찾기만 해 봐라, 내 손으로 죽여 버릴 테니."

전무한 대대장은 미친 사람처럼 날뛰기 시작했다. 곧 전무한 대대장을 태운 헬기는 7중대가 최종 보급품을 수령한 지점으로 날아갔다. 그리고 그곳에서 다시 무전 교신을 시작했다.

"야 칠중대! 칠중대는 응답하라."

대대장이 무전기를 잡고 직접 호출을 하였으나 7중대는 여전히 응답이 없었다. 시곗바늘은 어느새 16시 10분을 가리키고 있었다. 전무한 대대장은 문득 불안한 마음이 들었다.

"기수를 저쪽으로 돌려!"

"거긴 안 됩니다, 작전 구역 밖입니다."

부관이 황급히 대답을 했다.

"킬러밸린가?"

"그렇습니다."

"누가 알아? 멍청한 자식들이 그쪽으로 갔을 런지?"

"작전회의 시 그쪽으로 가면 절대로 안 된다고 강조했습니다. 절대로."

부관 황정태 대위가 자신 있게 말했다.

"좋아! 돌아가자. 칠중대장을 당장 소환시켜. 이놈의 자식을 죽여 버려야지. 군법회의도 필요 없어, 내 손으로 죽여 버릴 거야."

H21 헬기는 대대 본부를 향해서 기수를 돌렸다.

"망할 놈의 세상! 7중대가 감쪽같이 없어졌어, 이게 말이나 돼. 어디 숨은 거야? 막강한 7중대가 유령 중대가 되다니 누가 믿겠어? 내, 이놈의 자식들을 찾기만 해 봐라. 다리몽둥이를 부러뜨려 놓을 테니."

전무한 대대장은 혼자서 중얼거리다가 쪼그리고 앉아 잠이 들었다. 축 처진 눈꺼풀과 창백한 얼굴이 피곤에 지쳐 파리하게 보였다. 잠 속에서도 그는 불안한 마음을 감추지 못하고 중얼거렸다.

"어디로 갔지……."

부관 황정태 대위가 살며시 대대장의 철모를 벗겼다. 영감쟁이가 요즘 어떻게 신경질을 부리는지 죽을 맛이었다.

8중대 지역은 지금 한창 불꽃놀이를 하고 있었다. 먹구름 속에서 A10 경비행기는 거대한 독수리처럼 검은 그림자로 나타났다. 그리고 적의 매복지역을 발칸포로 공격하기 시작했다. 따르륵 따르륵 하고 퍼붓는 발칸포는 어두운 밤하늘에서 두 줄기의 붉은 점선이 되어 쏟아졌다. 아니 두 줄기 붉은 사다리가 되어 떨어졌다. 마치 하늘로 가는 거대한 길처럼 보였다.

신동협 병장은 발칸포 소리를 들으며 잠을 청했다. 개미허리가 언젠가 말했다. 옆 동네에서 잔치판을 벌일 때는 안심해도 된다고 했다. 마음 놓고 잘 수 있는 기회는 이때였다. 그러나 신동협 병장은 좀처럼 잠이 오지 않았다. 개미허리 때문이었다. 비록 개미허리가 자기 한 몸은 지킬 수 있다는 믿음이 있었지만 오늘만은 어쩐지 불안했다.

개미허리는 신동협 병장의 유일한 친구였다. 그런데 그와 통신이 두절되고 있었다. 아니, 개미허리의 소속 부대인 7중대가 통째로 증발한 것이다.

갑자기 장몽두리 생각이 떠올랐다. 신동협 병장에게 개미허리를 처음으로 소개한 사람은 장몽두리였다. 장몽두리는 무사히 제대를 했을까? 아니면 또 한 번 남한산성에 갔을까? 그 모든 게 기껏해야 한 달 전에 있었던 일이었는데 까마득한 옛이야기 속의 전설처럼 느껴졌다.

#9 구만리 38교
- 남자들만의 의리와 눈물이 함께 있는 곳 -

월남에 온 지 벌써 한 달, 아직도 신동협 병장은 구만리 중대에 편지를 보내지 못하고 있었다. 그는 구만리에 있었을 때 앞서 월남으로 간 전우들이 편지를 보내오지 않는 것을 비난한 적이 있었다.

신동협 병장은 한 달 전 구만리 중대 시절이 아련히 떠올랐다.

"단결! 병장 신동협은 월남으로 전출 명령을 받았기에 이에 신고합니다. 단결!"

신동협 병장은 관물이 든 더블 백을 C. P.(지휘관실) 바닥에 내려놓고 구만리 중대장 윤용한 대위에게 신고를 했다.

"신 병장, 잘 가게. 그간 고생 많았어. 우리 부대도 곧 갈 거야. 자꾸 차출만 하니 어쩔 수 없잖아. 내 맘 이해하겠지?"

"예, 이해함다."

"그쪽은 이곳과 사정이 다르다. 목숨 걸고 하는 전쟁터야. 도착하거든 바로 그곳 사정을 자세히 전해 다오. 남아 있는 우리 애들을 위해서 말이야. 알겠지?"

"예, 알겠습다. 도착하면 바로 편지부터 쓰겠습다."

"에 또, 그리고 말이야. 너, 외상값 떼어먹은 거 없지? 춘자네 떡값 줬어? 오팔팔 빵집은? 정문 앞 곰배팔이네 닭 잡아먹은 거 없지? 지난주에 떠난 멍게 자식 때문에 난 아직도 홍역을 치르고 있단 말이야. 왜 하필이면 곰배네 닭은 잡아 처먹어? 온 동네 닭을 모두 두고 말이야. 곰배팔이 그 자식, 대단하더라고. 예까지 쳐들어와서 멍게가 잡아먹은 닭 값을 물어내라고 악바리를 쓰며 깽판을 치는데 이건 아주 미치겠더라니까. 아무리 전쟁터에 가는 몸이지만 남자는 뒤가 깨끗해야 쓰는 법이여. 넌, 먹물이니 그런 일은 없겠지?"

"그런 일은 없습다. 지난주에 벌써 다 청산했습다."

"좋아, 넌 신사여. 이거 받아, 내 작은 성의야. 오음리에 가서 훈련 중 목마르거든 막걸리나 사 먹어."

"고맙습니다, 단결!"

"그럼, 잘 가게. 몸조심하고."

윤용한 대위의 걱정은 당연한 일이다. 요즘 월남으로 차출되는 병사들은 대다수가 떠나기 전에 문제를 일으켰다. 지난주에 출발한 최시열 상병만 해도 그랬다. 녀석은 평소에는 무척 착하고 순진한 병사였다. 그런데 월남으로 차출이 되자 일주일 전부터 개판을 치기 시작했다. 전쟁터에 죽으러 간다며 마을 이장, 뺑코네 씨암탉을 두 마리나 잡아 처먹고는 훌쩍 떠나 버렸다. 달포 전에 떠난 칠규는 순자네 개까지 잡아먹고 날아 버렸다. 녀석들이 떠나고 나면 반드시 말썽이 뒤를 따랐다. 닭 값이나 개 값을 누가 물어주었겠는가? 그야 물론 중대장인 윤용한 대위가 물어야 했다.

윤용한 대위는 중대 C.P. 문 앞까지 따라 나와 신동협 병장을 배웅했다. 그는 더블 백을 등에 멘 채 연병장을 가로질러 위병소 쪽으로 걸어가고 있는 신동협 병장을 멍하니 내려다보았다.

신동협 병장은 대학 재학 중 입대한 먹물이라고 했다. 가정 형편도 괜찮은 것 같았다. 그리고 성품이 무던하고 다른 병사들과 사이도 좋았다.

그러나 신동협 병장은 재수 없게 구만리까지 와서 한마디로 2년간 좆뺑이를 치다가 월남으로 떠나는 것이다. 신동협 병장이 처음 부대에 전입 왔을 때에는 샌님처럼 나약한 성격의 소유자였다. 그러나 전방 군대 밥을 먹더니 이제는 제법 쓸 만한 물건으로 변해 있었다. 그런데 월남으로 차출되다니.

요즘 월남 차출은 시도 때도 없었다. 그쪽 사정이 워낙 다급해서일까?

신동협 병장이 정문 위병소에 도착하자, 위병소 안에서 장무수 일병이 고개를 내밀었다. 장무수 일병의 별명이 바로 장몽두리(몽둥이)이다.

장무수 일병은 입대 전, Y대에서 영문학을 전공했던 엘리트였다. 입대 후에 구만리 중대로 배속된 그는 첫 휴가 때 같은 과 출신인 애인 경희와 함께 제주도로 무전여행을 떠났었다. 그런데 공교롭게도 태풍을 만나 귀대 날짜에 맞춰 부대로 돌아올 수가 없었다.

그는 탈영자로 처리가 되었다. 그는 17년 동안 남한산성의 감방에서 보냈다. 그의 나이 38살로 구만리 중대 인사계와 입대 동기였다.

그는 그동안 탈영과 수감 생활, 그리고 복귀를 계속해서 이젠 그 세계에서는 명물이 된 사람이다. 남한산성에서는 소장보다 더 편한 생활을 한, 대한민국에서는 단 하나뿐인 이등병이었다. 그런 그가 무슨 영문인지 제대 5개월을 앞두고 다시 17년 전에 근무했던 원 부대로 찾아온 것이다. 남한산성에서 수많은 수감자들을 한 손에 움켜잡고 마음대로 요리했던 감방장 정도면 서울 근교의 좋은 부대로 복귀할 수도 있었다. 그런 그가 왜, 하필이며 이등병 때 근무했던 첫 근무지로 다시 돌아왔는지 아무도 이해할 수가 없었다. 아무튼 그는 군대 생활 당시

36개월을 하는데 17년이나 걸린 이등병이었다.

신동협 병장이 장무수 일병을 만난 것은 지난여름, 가랑비가 촉촉이 내리던 날이었다. 시간은 오후 3시경이다.

"단결, 신 병장님 큰일났심더!"

정문 위병소에 근무 중인 윤종철 상병의 다급한 전화였다.

"뭐야?"

"빨리 좀 와 보이소. 뭐, 저런 문디이 같은 자슥이 다 있는 교? 미치고 환장하겠심더."

신동협 병장은 부리나케 위병소로 달려갔다. 아마도 높은 사람이 순찰을 나온 것 같았다. 지난주에도 주번 사령관 김동구 중위의 불시 순찰에 걸려 사람을 진땀나게 고생시키더니 이번에는 또 무슨 난리인가?

멀리 내려다보이는 정문 앞에는 위병소의 윤종철 상병과 송문환 일병이 두 손으로 귀를 잡고 신병들처럼 쪼그려 뛰기를 하고 있었다. 이런 못난 친구들 같으니. 그러니까 근무 시간 중에는 한눈팔지 말고 보초 잘 서라고 했지.

"이 자식들, 동작 봐라. 낮은 포복 실시!"

뒷짐을 지고 큰소리로 호령을 하고 있는 장교는 얼른 보기에도 몹시 화가 나 있는 것 같았다. 신동협 병장은 등 뒤에서 단결하고 경례를 했다.

"쉬어!"

장교는 뒤도 돌아보지 않고 간단하게 대답했다. 신동협 병장은 장교에게 한 걸음 다가섰다.

아, 그런데 놀랍게도 그는 장교가 아니라 새카만 이등병의 계급장을 모자에 달고 있었다. 굳게 다문 입술과 이마에 깊은 잔주름이 패인 얼굴은 인사계보다도 훨씬 더 나이가 들어 보였다.

"뭐 이따위가 있어? 새까만 쫄따구가 겁도 없이 근무 중인 위병에게 기합을 줘?"

신동협 병장은 기가 차서 이등병을 노려보며 말했다. 그리고 아직도 쪼그려 뛰기를 하고 있는 위병 근무자에게 욕설을 퍼부었다.

"야, 근무를 어떻게 서는 거야? 일어나 임마!"

얼굴이 벌겋게 달아오른 윤종철 상병이 멋쩍게 일어서며 투덜거렸다.

"저 자식이 겁대가리 없이 위병소에 들어서더니 다짜고짜 우리한테 원산 포격을 하래요. 뭐, 자기한테 경례를 안 했다나요. 나 참, 더러워서. 군대 생활 십팔 개월에 이등병한테 기합 받기도 처음일세."

그는 아직까지도 분이 덜 풀렸는지 씩씩거리며 흥분하고 있었다.

신동협 병장은 얼굴 가득히 미소를 머금고 있는 늙은 이등병을 바라보았다.

보통 키에 다부진 체격, 시커먼 눈썹과 쌍꺼풀진 도끼눈, 생글생글 웃고 있는 입가의 미소, 윤이 반짝반짝하게 닦아 신은 군화, 신품 군복에 모자에는 이등병 계급장이 달려 있었다.

이등병에게는 함부로 대할 수 없는 위엄과 권위가 있었다. 그는 이 소동을 마음껏 즐기고 있는 것만 같았다. 그에게는 이해할 수 없는 여유와 느긋함이 있었다.

"용무는?"

신동협 병장이 딱딱한 목소리로 물었다.

"집 찾아온 것도 죄냐? 에헤헤……."

그는 박장대소를 하며 웃음을 터뜨렸다.

'감자(수감자 출신)인가?'

신동협 병장은 기가 막혀 이등병을 노려보았다. 간혹 남한산성을 거쳐 온 수감자들 중에는 이런 장난을 치는 병사들이 있었다. 그러나 이 사람은 군대 생활을 하기에는 너무 늙고 나이도 많이 들어 보였다. 그는 마흔 살도 더 돼 보이는 것 같았다. 머리카락이 모두 빠진 문어 대가리에, 쪼글쪼글하게 주름진 얼굴, 그리고 꾸부정한 어깨와 허리가 매우 낯설게 보였다.

"야, 너 몽두리 아냐? 여긴 어떻게 왔어?"

갑자기 등 뒤에서 나타난 101 후송 병원 인사계 박 상사가 반색을 하며 늙은 이등병에게 다가갔다.

"어이 박 상사, 아직도 여기 있어?"

늙은 이등병은 껑충 뛰며 박 상사와 포옹을 했다. 그리고 몹시 반가워했다.

"야 임마, 몽두리! 너 아직도 제대 못 했어? 너도 참 한심한 인간이다, 얼마나 남았냐?"

"오 개월."

"아이쿠! 이 자식아, 군대 생활을 이등병으로만 십칠 년을 하는 놈은 내 평생에 처음이다. 우리 같은 말뚝이라면 또 모를까."

"잘 봐주라 임마, 나 여기서 제대하게. 정명호는 요즘 어디 있나?"

"니네 부대 인사계야. 정 상사가."

"정명호가 인사계야? 아직 제대 안 했어?"

"넌 인제 죽었다 임마, 이히히. 같이 입대한 동기생들 중에는 그 애와 나, 둘이만 남았어. 이젠 너꺼정 셋이지만……. 오늘 밤에 우리 집에서 같이 저녁 하자. 정말 반갑다, 이 친구야!"

이튿날 새벽 점호 시간에 중대장은 장무수 이병은 제대가 얼마 남지 않은 고참으로 정식으로 열외를 한다고 말했다. 그리고 노병이 무사히 제대할 수 있도록 모두들 도와주라고 말했다.

그가 구만리 부대에 전입 와서 가장 먼저 한 일은 매일 무엇인가 꼼꼼하게 수첩에 메모를 하는 일이었다. 처음 신동협 병장은 그가 무엇을 그렇게 열심히 쓰는지 알 수가 없었다. 신동협 병장은 그 일을 몹시 궁금하게 생각하고 있었다. 그는 매일 남아 있는 제대 날짜를 셈하고 있는 것이 아닐까? 그러나 그건 아니었다.

그가 수첩에 꼼꼼하게 메모해 놓은 내용은 부대 인근 주민들의 환갑이나 결혼, 돌잔치, 이사, 집수리, 상갓집, 생일 등을 기록한 것이다.

그는 매일 아침 점호를 마치면 인근 부락으로 외출을 나갔다. 그가 이른 아침부터 부대 밖을 나가서 하는 일은 주민들의 잔칫집을 찾아가서 돼지를 잡아 주거나 자질구레한 잔심부름을 거들어 주는 일이었다.

그는 집수리를 하는 집을 찾아가서는 방구들을 고쳐 주거나 부엌을 수리해 주었다. 콩 타작을 하는 집에서는 타작을 거들어 주고, 회갑 잔칫집에 가서는 그 집 친척들보다 더 열심히 일을 했다. 모르는 사람들은 그를 잔칫집과 아주 가까운 친척으로 오해했다.

특히 상갓집에서 그의 역할은 아주 뛰어난 것이었다. 그는 우선 상주를 만나 문상을 한 후, 바로 두건을 하나 얻어 썼다. 그러고는 문상객이 오면 아주 열심히 곡을 하기도 하고 손님 접대를 했다. 그가 아주 슬픈 목소리로 어이, 어이 하고 통곡을 하면 다른 사람들은 덩달아 슬피 울었다. 그는 다른 사람들을 울리는 데도 아주 특별한 재주를 가지고 있었다. 아마도, 그는 자기 일이라도 그렇게는 지극 정성으로 하지는 못했을 것이다.

그가 하는 일이 상갓집에 방해가 되거나 피해를 주었다면 사람들이 싫어했을 것이다. 그러나 그는 주인의 마음이 아주 흡족하도록 일을 해 주었다.

장례식이 끝나면 상주는 코가 땅에 닿도록 그에게 절을 하며 후하게 일당을 쳐서 사례를 했다. 그는 그 분야에서 아주 뛰어난 전문가였다.

때때로 주민들은 그의 솜씨가 필요해서 별도로 모셔 가기도 했다.

그때는 일당을 아주 두둑이 쳐서 받았다. 그는 유능한 목수이며 시멘트 일을 잘하는 미장공이며, 잘 훈련된 기능공이었다.

그는 부대 밖으로 나갔다가 귀대 시에는 맨손으로 돌아오는 법이 없었다. 잔칫집에 일을 거들기 위하여 외출한 날은 잔치 음식을 얻어 왔다. 농사일을 하기 위해 외출하는 날은 감자, 고구마, 콩 등을 닥치는 대로 얻어 왔다.

영내에는 굶주림에 지쳐 있는 많은 병사들이 그가 가져오는 음식물로 허기를 달래고 있었다. 어느새 그가 하루 일과를 마치고 영내로 돌아오면 졸병들은 그의 손을 쳐다보는 버릇이 생겨났다. 그는 병사들의 구세주였다.

간혹 그는 위병소 앞에서 시간을 보내기도 했다. 그런 날은 민간인의 제과 차가 P.X에 빵을 납품하는 날이었다. 빵 차는 아주 오래된 고물 차로 위병소 앞의 언덕길을 오르기가 힘이 들었다. 그는 민간인의 빵 차를 밀어 주고 그 대가를 빵으로 받았다. 물론 비공식적으로 말이다. 트럭의 뒤를 밀어 주는 척하며 빵을 훔치는 것이다. 그리고 허기에 지친 졸병들에게 나누어 먹였다.

언제부터인가 그는 일등병 계급장을 달고 다녔다. 정확히 언제부터 그가 일등병 계급장을 달고 다녔는지는 아무도 몰랐다. 그는 이등병에서 더 이상 진급을 할 수가 없는 사고자였다. 그런데도 그는 일등병으로 진급해 있었다. 물론 마이가리(가짜)였다.

그러나 정확히 말하면 중대원 모두가 그를 한 계급 진급시킨 것이다. 중대장까지도 그를 장 일병, 장 일병 하고 불렀다.

지난겨울, 인근 공병 중대 병사들이 집단으로 야간에 탈영을 시도한 적이 있었다. 그들은 달이 없는 그믐날 밤에 2대의 덤프트럭을 훔쳐 타고 부대를 집단으로 빠져나왔다. 이유는 심한 구타와 굶주림, 그리고 혹한 속에 계속되는 야간작업에 있었다. 그 부대는 감자들의 집합소라고 했다.

칠흑같이 캄캄한 밤에 2대의 덤프트럭은 라이트도 켜지 않고 위병소의 바리케이드를 치고 들어왔다. 감자들은 부대로 침입하여 연병장에 진지를 설치했다.

감자들은 전부가 M1 소총으로 무장을 했고 살기가 등등했다. 모든 것을 포기하고 집단으로 탈영한 그들의 행동은 눈에 보이는 게 없었다.

순식간에 전 부대에 비상이 걸리고 무장을 한 병사들과 탈영병들이 연병장에서 정면으로 대치하는 숨 막히는 전투 상황이 벌어졌다. 최전방 1개 중대가 지휘계통을 무시하고 무장 반란을 일으킨 것이다. 그리고 대대본부를 장악하고 정면으로 대치한 것이다.

뒤따라 온 공병 중대장이 나타나서 감자들에게 그간의 일에 대해 사과를 하고 대대장이 그들의 분노를 달래려 무진 애를 썼다. 잘못하다가는 우군끼리 전투로 수많은 인명이 살상을 당할 위험한 상황에 처해 있었다.

#10 장몽두리

- 군대의 가장 큰 장점은 총명한 인간을 어리석게 만드는 데 있다 -

그때 어둠 속에서 한 병사가 나타났다. 그의 손에는 5파운드짜리 곡괭이 자루가 쥐여 있었다. 그는 곡괭이 자루를 질질 끌며 연병장 단상 위로 뛰어 올라갔다.

"주목!"

그는 칠흑 같은 어둠 속에서 칼날 같은 목소리로 외쳤다.

"니들, 나를 알겠지? 내 이름은 장몽두리야. 감자들아! 내 이름은 들었겠지?"

순간 쥐 죽은 듯이 조용하던 연병장은 웅성대기 시작했다.

탕, 탕.

그는 곡괭이 자루로 단상의 바닥을 소리 나게 쳤다.

"아, 조용조용! 내가 누구라고?"

"장몽두리!"

"장몽두리가 누구라고?"

"남한산성 감방장!"

"니들이 여길 온 것은 나를 찾아왔으렷다. 장몽두리가 여기 있는 것을 용케도 알아냈구나. 난, 제대가 얼마 남지 않았지만 뉘들이 다시 한번 같이 가자고 하면 또 한 번 탈영할 생각이다. 남한산성은 내 집이야, 십칠 년 동안 그곳에 드나들었거든. 그런데 탈영하는 이유나 알고 가자."

어둠 속에서 많은 병사들이 한꺼번에 외치기 시작했다.

"뭐라고? 잘 안 들려…… 응, 그래그래, 그게 이유야? 알았어."

그는 어둠 속에서 몽둥이를 질질 끌며 단상을 천천히 내려갔다. 그리고 단상 아래 초조하게 서 있는 중대장을 만나고 대대장과 대화를 나누었다. 한참 동안 시간이 흐른 후, 그가 다시 단상 위로 올라왔다.

"대대장님과 중대장님께서 감자들의 요구 조건을 모두 수락했다. 그리고 오늘 밤 일은 없는 것으로 하겠다고 장몽두리에게 약속을 했다."

"감자들아, 장몽두리를 믿느냐?"

"믿습니다."

"감자들아, 한 가지만 묻겠다! 오늘 밤에 귀관들은 중대 밖을 나온 적이 있었는가?"

"없슴다아!"

"그려, 그게 바로 정답이야. 감자들은 일찍 잠자리에 든 거여, 그렇지?"

"예에!"

"그리고 얌전하게 잠을 잤지? 안 그르냐?"

"맞슴다아!"

"그러나 한 가지 짚고 넘어갈 게 있다. 오늘 밤 니들이 사전에 나한테 한마디 상의도 없이 집단으로 탈영한 것은 잘못이여, 안 그러냐?"

"맞슴다."

"남한산성 갈래, 빳다 맞을래?"

"빳다 맞겠슴다."

"뭐야, 빳다 맞겠다고? 좋았어, 엎드려! 오랜만에 운동 좀 하자."

병사들이 연병장에 나란히 엎드렸다. 캄캄한 어둠 속에서 몽둥이가 사정없이 날아가기 시작했다. 감자들이 짚단처럼 픽픽 쓰러졌다. 어느 누구 한 사람도 비명을 지르거나 신음 소리를 내는 병사들은 없었다.

그들은 전원 감자였다. 순간적인 불만으로 사고를 쳐서 그 지긋지긋한 남한산성으로 또 한 번 갈 뻔했는데 장몽두리가 나서서 사건을 해결한 것이다. 남한산성 감방장 출신인 장몽두리의 뛰어난 지휘 능력이 사건을 무사히 수습한 것이다.

장몽두리를 찾아온 것이 얼마나 다행한 일이었던가? 감자들은 가슴을 쓸어내리며, 다시 공병대 덤프트럭에 올라탔다. 그리고 중대로 귀대를 했다.

싸나이로 태어나서 할 일도 많다만

너와 나 나라 지키는 영광에 살았다아.

전투와아 전투 속에에 맺어진 전우야아

그들은 씩씩하게 군가를 부르며 어둠 속으로 사라졌다. 그들은 조금 전처럼 불평과 불만에 쌓인 불량집단은 아니었다. 씩씩하고 건강한 젊은 병사들이었다.

그 사건이 있은 후 운용한 중대장은 그를 진심으로 아끼고 사랑했다. 그리고 칙사 대접을 했다.

그 일이 있은 지 얼마 지나지 않아 구만리 중대에서도 안전사고가 발생했다. 우명식 이병이 말 번 보초 근무를 마친 후, 장전된 실탄을 제거하지 않고 그냥 둔 것이다. 말 번 근무를 마친 사병은 반드시 실탄을 제거하여 주번에게 반납을 해야만 했다.

그런데 공교롭게도 막사 청소 당번인 주영창 일병이 격발 점검 중

실탄이 발사되어 오른쪽 눈 부위를 뚫고 나갔다.

중대는 순식간에 분위기가 살벌하게 변해 버렸다. 중대장 지휘하에 전 중대원이 기합을 받았다. 동지섣달 꽁꽁 얼어붙은 한밤중에 팬티만 걸친 채 발가벗고 연병장에서 누웠다.

초저녁부터 진눈깨비가 추적추적 내리기 시작했다. 아니나 다를까 예감대로 사병들이 죽기보다도 더 싫어하는 기합, 가장 무서운 형벌인 십자가가 시작되었다.

십자가란 팬티 차림으로 눈 덮인 연병장에 예수님처럼 두 팔을 활짝 벌리고 밤하늘을 쳐다보며 가만히 누워 있는 기합이었다. 몸을 조금만 움직이며 5파운드짜리 몽둥이가 날아왔다.

차라리 곡괭이 자루로 엉덩이가 얼얼하도록 얻어터지는 게 훨씬 좋지.

얼굴에 떨어지는 진눈깨비를 피하려 고개를 돌리면 가슴 위에 떨어졌다. 처음에는 제법 견딜 만했는데 시간이 흐를수록 고통은 점점 더 심해졌다. 떨어지는 진눈깨비가 바늘처럼 피부 속을 깊이 파고들기 시작했다. 이젠, 더 이상 피할 방법이 없었다. 병사들은 생전 처음으로 죽음의 공포를 느끼며 정신을 잃었다.

중대원을 그렇게 골탕 먹인 우명식 이병은 이튿날 관할 헌병대로 이첩되었다. 헌병대로 잡혀가기 전에 우명식 이병은 아무도 모르게 취사반으로 불려갔다. 그곳에는 장몽두리가 기다리고 있었다.

그는 느닷없이 우명식 이병을 개 잡듯이 패기 시작했다. 병사들은 왜 그가 그렇게 화를 내며 이등병을 때리는지 이해할 수가 없었다. 장몽두리는 지난밤의 단체 기합에도 열외로 빠져 있었다. 그리고 평소에는 우명식 이병을 동생처럼 아끼고 돌봐 주었다.

장몽두리는 우명식 이병을 취사반의 시멘트 바닥에 설설 기도록 때렸다. 그리고 한 장의 쪽지를 내밀며 이렇게 말했다.

"이건, 아무것도 아냐 임마! 넌, 죽었다. 앞으로 많은 기합을 받을 거다. 내 말을 명심해서 들어라. 지금 내가 주는 이 쪽지는 앞으로 너의 생명과도 같은 거다. 남한산성에 가면 반드시 이 쪽지를 감방장에게 전해라. 그러면 너는 편하게 지낼 것이다. 만일 이 쪽지를 잃어버리거나 빼앗기면 너는 내 손에 죽을 줄 알아! 알겠어?"

"명심하겠슴다, 흑흑흑……."

"다시 한 번 더 반복하겠어, 소지품은 모두 빼앗겨도 좋다. 그러나 이 쪽지만은 결코 뺏겨서는 절대로 안 된다. 목숨 걸고 숨겨서 감방장에게 전해라, 알겠지?"

장몽두리에게 단단히 교육을 받은 우명식 이병은 오후에 16헌병대로 이첩되었다. 우명식 이병이 헌병대로 잡혀간 후 한 달이 지나갔다. 중대는 어느새 그 일을 까맣게 잊고 있었다.

그런데 우명식 이병의 늙은 아버지가 멀리 해남에서 장무수 일병과 중대장을 찾아왔다. 농사꾼인 우명식 이병의 아버지는 장무수 일병의 손을 잡고 주름진 얼굴에 눈물을 흘리면서 고맙다고 인사를 했다. 우명식 이병은 남한산성에서 감방장의 보호 아래 편하게 잘 지내고 있다고 했다. 그것은 오직 장몽두리가 보낸 쪽지 덕분이었다.

신동협 병장은 장몽두리와 함께 지내며 그에게서 인간적인 정을 매우 많이 느꼈다. 마치 큰 형님같이 느껴졌다. 그런 장몽두리를 정문 위병소에서 만나자 가슴이 뭉클할 정도로 반가웠다.

"어이 신 병장, 지금 가는 거여?"

"단결! 장 일병님, 이번에는 꼭 제대하셔야 합니다."

"알았어 임마! 너 월남 가거든 몸조심해라. 그리고 잠깐만 들어와."

신동협 병장이 위병소에 들어서자, 장무수 일병은 군복 상의 호주머니 속에서 군인 수첩을 꺼내 들었다. 그리고 수첩 갈피 속에서 사각으로 접은 천 원짜리 지폐 한 장을 꺼내 들었다.

"이거 받아."

"싫어요, 단결!"

"야 임마! 너 정말 그럴 거야?"

장무수 일병은 막무가내로 돈을 신동협 병장의 손에 쥐여 주었다.

"널 만나려고 아침부터 기다렸어."

"형님, 그만 떠날라우."

"그래, 인연 있으면 또 만나자."

"단결!"

"너 혹시 기갑연대에 배속되면 개미허리를 찾아봐라. 자식이 죽었는지 소식이 없어."

신동협 병장은 천하의 장무수 일병이 관심을 갖고 있는 개미허리라는 인물에 부쩍 호기심이 생겼다.

"개미허리? 개미허리가 누군데요, 이름은?"

장무수 일병은 남한산성 감방에서 일어났던 일을 회상하듯 지난 이야기를 시작했다.

#11 문덩이 자슥

- 기분 나쁜 친구 -

"감방장님요, 큰일 났심더, 우째면 좋겠심니꺼."

작업반장 배동태 이병이 가뿐 숨결을 헐떡이며 말했다.

"왜 그라?"

"뭐, 저런 자슥이 다 있습니껴. 문덩이 같은 자슥이 일을 몬 하게 합니더. 생긴 건 꼭 쥐새끼 같은 놈이……."

"뭐야!"

장몽두리는 깜짝 놀라 언성을 높였다.

"어느 놈이 감히 장몽두리가 하는 일을 방해를 해. 여기가 어딘 줄 알고, 남한산성하고도 형무소다. 죽으려고 색 쓰냐?"

남한산성 장몽두리는 공식적인 계급이 이병 장무수였지만, 여기선 형무소장 다음가는 최고의 실력자이며 권력자였다.

그런데 감히 장몽두리가 하는 일을 방해해? 그것도 하늘같이 떠받드는 형무소장 아니 옥황상제보다 한 계급 더 높은 오말구 대령님의 명령을 받자와 목숨을 걸고 하는 공사를 방해하다니 어느 놈인지는 모르지만 넌 이제 죽었다.

작업반장 배동태의 이야기로는 쥐새끼같이 생긴 말라깽이 한 놈이 작업을 방해한다는 것이다.

형무소장은 파노라마를 만들기 위해 주머니를 털어 다섯 리어카의 빨간 벽돌을 구입해서 장몽두리에게 넘겨주었다. 그런데 말라깽이가 그 비싼 적벽돌을 못쓰게 만들어 놓는다는 것이다.

장몽두리의 얼굴이 새빨갛게 변했다. 그는 어금니를 악물고 5파운드 짜리 곡괭이 자루를 들고 자리에서 벌떡 일어났다.

"끄응, 앞장서거라!"

장몽두리가 일어서며 작업반장에게 말했다.

어젯밤 일이었다. 형무소장 오말구 대령이 아무도 모르게 장몽두리를 그의 소장실로 불렀다.

"어이 몽두라, 자재는 내가 구해 줄게. 멋지게 해봐라, 니 솜씨 하나는 끝내주잖아."

형무소장 오말구 대령이 장몽두리를 은근히 꼬이기 시작했다.

"소장님, 적벽돌 구하기가 어려워서……."

"야야, 걱정 마. 내가 알아서 구해다 줄게, 공사나 잘해."

장몽두리는 오말구 대령이 무엇을 요구하는지 잘 알고 있었다. 다음 주 월요일에 국방부에서 높은 사람들이 형무소 시찰을 오기로 일정이 잡혀 있었다. 남한산성 형무소장 오말구 대령은 승진 서열에 들어가 있는데 이번 시찰단에게 점수를 잘 따야 별을 달수가 있었다.

그는 장무수 이병의 능력과 감자들을 다루는 지도력을 잘 알고 있었다. 오말구 대령이 남한산성의 공식적인 형무소장 이라면 장몽두리는 그의 손이 미치지 않는 다른 세계의 형무소장이다.

감자들 중에는 솜씨 좋은 친구들이 아주 많았다. 벽돌공, 미장공, 조적공, 화공, 철근공 등 기술자들이 많았으나 그들을 다루는 데는 장몽두리만큼 능숙한 인물이 없었다. 장몽두리는 자재만 구해다 주면 형무소 안에서 대포도 만들 녀석이었다. 형무소장은 감호소 연병장 입구에 환경정리 사업으로 파노라마를 만들어 시찰단의 눈에 확 띄게 하고 싶었다.

드디어 장몽두리 인솔하에 파노라마 작업이 시작되었다. 벽돌공, 미장공, 시멘트공, 철근공 등 수많은 감자들이 개처럼 혀를 빼물고 노예처럼 장몽두리에게 얻어터지며 무더위 속에서 파노라마 작업에 매달렸다. 그런데 그 작업을 방해하는 놈이 있다는 것이다. 그는 단걸음에 파노라마 작업장으로 달려갔다.

감자들은 일은 하지 않고 로봇처럼 삐쭉하게 서서 벚나무 밑을 바라보고 있었다. 벚나무 밑에는 빨간 벽돌이 수북이 쌓여 있었다. 그리고 어떤 말라깽이 녀석이 수도로 툭 쳐서 그 비싼 적벽돌을 반쪽으로 만들고 있었다.

그는 빙글빙글 웃으면서 손바닥으로 툭 쳐서 적벽돌을 두 동강을 내서는 나무 밑으로 휙 던져 버렸다. 적벽돌은 돌처럼 단단해서 망치로 내려쳐도 잘 깨지지 않았다. 그런데 녀석은 손바닥으로 두부모를 치듯이 가볍게 툭 때려 박살을 내 버렸다.

작업반장 배동태 이병이 전하는 말은 파노라마 기초 작업을 위해 녀석에게 굴토 작업을 명령하자, 녀석은 빙글빙글 웃으면서 '미쳤나, 니가 해라'라고 말했다는 것이다.

배동태 이병이 깜짝 놀라 녀석을 노려보자, 말라깽이는 두말도 않고 나무 그늘에 앉아 붉은 벽돌을 깨기 시작했다고 한다. 버릇을 고치기 위해 기합을 주려고 해도 녀석은 눈도 깜짝하지 않고 벽돌장만 깨고 있다는 것이다. 하는 짓이 하도 괴상망측한 놈이라 겁이 나서 말도 붙이지 못하고 구경만 하고 있다고 했다.

장몽두리는 말없이 곡괭이 자루를 질질 끌면서 녀석에게 다가갔다. 녀석은 못 본 척하며 여전히 벽돌장을 깨고 있었다. 벽돌장은 녀석이 손으로 내리칠 때마다 거짓말처럼 두 동강이 나고 있었다. 벌써 한 리어카분의 벽돌장이 두 동강이 나서 나뒹굴고 있었다. 보통 놈이 아니었다.

장몽두리는 곡괭이 자루로 녀석의 정수리를 단번에 박살을 내려다가 마음을 가라앉히고 녀석의 옆에 서서 얼굴을 자세히 관찰하기 시작했다. 녀석은 장몽두리를 모른 척하고 있었다.

녀석이 다시 벽돌장을 손으로 내리쳤다. 순간, 장몽두리는 깜짝 놀랐다. 싸늘한 눈빛, 아무 감정이 없는 무표정한 눈동자, 그러나 호수처럼 잔잔하면서도 불타는 화산을 가득 품고 있는 저 강렬한 눈빛.

어디서 저 눈빛을 보았을까? 장몽두리는 생각에 잠겨 들었다.

#12 남한산성

- 군 형무소가 있었던 곳, 수감자들의 집 -

그날은 장몽두리가 남한산성 형무소에서 밀양 형무소로 이감되는 날이었다. 남한산성을 떠나기 전에 형무소장이 그를 불렀다.

"몽두라, 그간 수고 많았다, 포항 가서 하루 쉬고 밀양으로 가거라."

형무소장 윤봉구 대령이 말했다.

"그동안 감사했습니다, 소장님."

"밀양 소장한테 내가 전화를 했어. 거기 가면 감방장을 맡게 될 거야. 전임자가 이번에 출감하는 모양이야. 자넨 능력이 있으니 잘할 거야. 자네, 여포 알지. 문 대령 말이야."

"전에 한번 모신 적이 있습니다."

"그래서 내 전화를 받고 좋아했군, 잘 가게."

"단결."

남한산성 형무소장은 그간 감방장으로 고생이 많았다며 밀양으로 가는 길에 포항 송도 해수욕장에 가서 하룻밤을 쉬고 가라며 노자까지 보태 주었다.

형무소장이 그에게 그런 대접을 하는 데에는 이유가 있었다. 남한산성 형무소는 소장의 지휘와 통제 아래 움직였다. 그러나 소장의 지휘가 미치지 못하는 곳도 있었다.

남한산성 형무소에는 탈영, 폭행, 살인, 절도 등 각종 범죄자들이 함께 생활하고 있었다. 그들은 막가는 인생이었다. 감자들은 죽음도 두려워하지 않았다.

현역병만으로 그들을 통제하는 것이 불가능했다. 감자들을 통제하는 유일한 방법은 그들 스스로가 자생 조직을 만들어 감자들끼리 조화와 균형을 이루도록 하는 것이다. 즉, 그들 자신의 힘으로 조직을 통제하도록 지휘 체계를 만들어 놓는 것이다. 마치 야생의 늑대들이 저희끼리 싸워서 리더를 만들도록 하는 방법과 같았다. 장몽두리는 그렇게 해서 남한산성의 야간 형무소장으로 군림했다.

녀석은 여우처럼 교활하며 늑대처럼 야비하고 곰처럼 미련하고 호랑이처럼 용감했다. 그는 5파운드짜리 곡괭이 자루 하나로 남한산성의 수많은 수감자들을 꼼짝 못 하게 통제했다. 그는 밤이면 5파운드 곡괭이 자루를 질질 끌며 형무소의 구석구석을 세밀하게 순찰했다. 수많은 감자들이 녀석이 끌고 다니는 몽둥이 소리에 가슴을 조이며 겁을 집어먹었다.

장몽두리가 남한산성에 있는 동안에는 형무소에 폭동이 일어나거나 감자들이 말썽을 부리는 일이 없었다. 형무소장은 몽두리를 이감시키는 게 섭섭할 정도였다. 그래서 형무소장은 약간의 전별금을 그에게 전한 것이다.

장몽두리는 버스로 대구까지 내려왔다. 그리고 대구에서 포항행 열차에 올랐다.

아직도 열차가 출발하려면 10분이나 더 기다려 했다. 장무수 이병은 더블 백을 들어 창문가의 스팀대 위에 올려놓았다. 그리고 창문틀에 팔을 얹고 손바닥으로 턱을 괴고 눈을 감았다. 찜통 같은 무더위, 가슴팍으로 흘러내리는 땀방울, 그런데도 웬 놈의 피서객들은 이렇게도 많은지, 콩나물시루처럼 터질 것만 같은 열차 객실로 계속 승객들이 올라왔다.

조금 전부터 장무수 이병은 자꾸만 출입구 쪽에 모여 있는 한 패거리들이 마음에 걸렸다.

넝마주이, 구두닦이, 걸인, 깡패, 껌팔이 등이 한곳에 모여 있었다. 그들은 점잔을 빼고 있었지만 아무래도 그게 더 이상했다. 더구나 옷 속에서 삐쭉이 내밀고 있는 흉기가 마음에 걸렸다.

그들은 피서를 가는 행락 인파와는 전혀 다른 목적을 가지고 있는 것 같았다.

장몽두리 옆에는 거구의 청년이 앉아 있었고 맞은편 좌석에는 바싹 마른 청년과 빨간 미니스커트를 입은 아가씨가 나란히 앉아 있었다.

장무수 이병은 조금 전 대구역 대합실에서 읽은 매일신문 기사를 생각하고 섬뜩한 기분이 들었다. 기사의 내용은 대구 지역을 통일한 깡패 두목 백호가 일간에 포항으로 원정을 간다는 것이다. 포항 송도 해수욕장을 중심으로 그곳에 터를 잡고 있는 야수파 두목 야수가 지금까지 대구 깡패들에게 상납을 해 왔는데 근간에 들어 그들이 독립을 선언했다는 것이다. 그래서 백호가 일간에 포항의 깡패들을 징계하기 위하여 원정을 갈 것이라는 기사였다. 따라서 포항으로 해수욕을 떠나가는 피서객들은 이 점을 유의하시기 바란다는 내용이었다.

대구 깡패 두목 백호의 얼굴은 아무도 본 사람이 없다고 했다. 단지 지금까지 알려진 바로는 그는 약관의 청년으로 몸이 아주 허약해 보여 아무도 그가 깡패 두목으로 보지 않는다고 했다. 일설에는 폐병쟁이라는 말도 있다고 했다.

장무수 이병은 자는 척하며 옆 좌석에 앉아 있는 검은색 양복을 점잖게 차려입은 거구의 청년을 관찰하기 시작했다. 그는 '일요서울'을 보고 있었다. 청년은 수영복을 입고 선정적인 포즈를 취하고 있는 여자의 누드 사진에 흠뻑 빠져 있었다. 그와 마주 앉은 짧은 미니스커트 차림의 멋쟁이 아가씨는 검정 선글라스 너머로 창밖을 무심히 바라보고 있었다.

　장무수 이병은 다리를 포개 앉은 그녀의 허연 허벅지와 어쩌다 드러나 보이는 새빨간 팬티에 자꾸만 눈길이 갔다. 그녀의 옷차림은 너무 도발적이고 선정적이었다.

　그녀의 옆 좌석, 바로 장무수 이병의 맞은편 좌석에 앉아 있는 사람, 검정 넥타이에 흰색 양복을 점잖게 차려입은 청년도 예사롭게 보이지 않았다.

　그는 모자를 쓰고 하얀 마스크를 하고 있었다. 그 멋쟁이 청년은 아마도 여름 감기라도 걸린 모양이었다. 그는 고개를 푹 숙이고 자는 것 같았다.

　열차가 동촌역에 도착하자 또 한 패거리의 거지와 껌팔이, 넝마주이들과 구두닦이, 그리고 깡패들이 열차를 타기 위해 모여들었다. 그들은 개찰구와 반대편의 철로를 건너 열차를 타고 있었다. 차장과 승무원들이 호루라기를 불며 정지를 명했으나 그들은 척도 하지 않았다. 열차가 다시 출발을 했다.

　열차가 영천을 지나 경주역에 들어서자 또 한 패거리의 깡패들이 올라탔다. 이젠 열차 승무원들도 사태의 심각성을 알아차리고 그들을 제지하지 않았다. 승객들은 놀라서 끽소리도 못 하고 더운 객실 속에 갇혀 포항으로 가고 있었다.

　마주 앉은 말라깽이 청년이 고개를 드는 순간, 장무수 이병의 눈길과 마주쳤다. 장무수 이병은 깜짝 놀라 움칠했다. 마주 앉은 청년이 보통 사람이 아니라고 생각했다. 꾼은 꾼을 알아보는 법이다. 장몽두리는 그가 백호일 것이라고 단정을 했다. 이 열차에 타고 있는 모든 깡패들을 지휘하며 포항으로 원정을 가고 있는 백호임이 분명했다.

장무수 이병은 전국의 군 형무소를 모두 거친 감자였다. 깡패, 탈영, 살인, 폭행, 절도 등 한다는 꾼들이 그의 손에 끽소리도 못 하고 녹아났다. 감자들은 죽음도 두려워하지 않는 막가는 인생들이다. 그러나 장몽두리는 곡괭이 자루와 눈빛 하나로 수많은 감자들을 제압한 경력을 가지고 있었다.

그런데 그와 무릎을 마주 대고 앉아 있는 저 말라깽이 청년의 눈빛은 정말 무서웠다. 수많은 감자들을 제압한 장몽두리도 말라깽이 청년의 눈빛을 보는 순간, 두려움에 치를 떨었다.

장몽두리가 조금만 이상한 몸짓을 해도 옆자리에 앉아 있는, 그의 보디가드인 거구의 청년이 칼을 날릴 것이다. 아니면 미니스커트 아가씨가 먼저 손을 쓸 것이다. 장무수 이병은 등 뒤로 식은땀이 주르르 흘러내리기 시작했다.

포항 인근 역에 도착하자 깡패들은 어느새 열차에서 슬금슬금 뛰어내리기 시작했다. 객실 안은 숨 막힐 듯한 더위와 정적으로 죽은 듯이 조용했다. 드디어 열차가 포항역에 도착했다. 보디가드가 자리에서 일어서며 길을 열었다. 미니스커트 아가씨가 중절모와 마스크로 얼굴을 가린 말라깽이 청년의 겨드랑이 밑에 팔짱을 끼며 부축을 했다. 말라깽이 청년이 좌석에서 일어났다. 그는 천천히 일어나 통로로 나갔다. 누가 보아도 그는 환자였다.

갑자기 말라깽이 청년이 몸을 획 돌렸다. 그리고 양복 안주머니 속에서 무엇인가 꺼내 장무수 이병의 손에 쥐여 주었다. 무심한 표정을 가장하며 유리창에 비치는 말라깽이의 행동을 관찰하고 있던 장몽두리는 깜짝 놀라 펄쩍 뛰었다. 그러나 어느새 말라깽이 청년은 일행 속에 파묻혀 저만치 통로를 걸어가고 있었다.

그날 밤 송도 해수욕장에서는 포항 깡패와 대구에서 원정 온 깡패들이 집단으로 패싸움을 벌였다. 포항 깡패의 보스인 야수는 해수욕장 부근에 있는 힐튼장에서 작전을 짜던 중 대구 깡패 독사에게 칼침을 맞았다. 독사는 야수의 무릎 인대를 회칼로 도려 버렸다.

야수는 그 후 그 세계에서 은퇴하였으나 평생을 앉은뱅이로 보내야 했다. 그러나 포항 깡패들은 어느 누구도 백호의 얼굴을 아는 사람이 없었다. 포항의 조직은 그 후 대구로 흡수되어 버렸다.

장몽두리는 그제야 수도로 적벽돌을 박살내고 있는 말라깽이가 누구인지 확신을 했다.

"너 임마! 백호지? 죽을래."

#13 개미허리

- 개미처럼 가는 허리 -

장몽두리가 녀석의 귀에 대고 조용히 속삭였다. 말라깽이가 깜짝 놀라 펄쩍 뛰었다. 그는 몹시 당황하는 것 같았다.

녀석이 장몽두리의 얼굴을 자세히 살펴보았다. 그리고 서서히 얼굴에 웃음이 번지기 시작했다.

"군인 양반, 늙은 이등병."

말라깽이가 중얼거렸다.

"이제야 기억이 나는 모양이군, 알아보겠어?"

"잊을 리가 있나."

"자아, 안으로 들어가서 이야기하자고."

장몽두리가 말라깽이를 데리고 사무실로 들어갔다.

"여긴, 어떻게 왔어?"

"애들이 사람을 죽였어. 그래서 입대를 했지. 군대보다 더 안전한 곳이 어디 있겠어? 여긴 못 쫓아올 거라는 생각을 했지. 그런데……."

"사고를 쳤나?"

"아냐, 짜부들이 내가 입대한 걸 눈치 챘다더군. 연락이 왔어. 그래서 아무 이유 없이 소대장 따귀를 몇 대 갈겼더니 여길 보내더군. 여기보다 더 안전한 피난처가 어디 있겠어."

"잘 왔어, 백호. 그런데 포항서는 왜, 내게 돈을 줬나? 생전 처음 보는 이등병한테⋯⋯."

"난, 자는 척하며 널 관찰했지. 넌, 보통 사람이 아니었어. 그 눈빛이 섬뜩했지. 난, 속으로 깜짝 놀랐지. 만일 이 친구가 적이라면 큰일 났다는 생각이 들더군. 시선이 마주치는 순간, 넌 황급히 눈길을 피했어. 그때 내 적은 아니로구나 하는 확신이 들었지. 마음을 놓고 널 찬찬히 살펴보았지. 나이에 비해 계급은 이등병, 감자라는 생각이 들더군. 안됐다는 생각이 들었어. 그래서 호주머니를 털었지."

"그땐 정말 고마웠어. 그 돈으로 포항에서 하룻밤을 잘 보냈어. 여긴 내 나와바리(구역)이고 넌, 내 손님이야. 니가 원하는 건 내가 모두 다 해 줄 수가 있어. 걱정 말고 편히 쉬라고. 너네 집 안방처럼 생각해."

"짜부들이 여기까지 찾아오면 어떡하지?"

"걱정 마라, 그땐 널 월남으로 보내 주지. 거기까진 못 찾아갈 걸. 흐흐흐⋯⋯."

"정말?"

얼마 후 장몽두리는 대구 제일의 주먹 백호를 월남으로 보내는 데 결정적인 역할을 했다. 그 백호가 바로 개미허리였다.

장무수 일병의 이야기는 거기서 끝났다. 그 뒤 신동협 병장은 개미허리와 평생을 두고도 잊지 못할 가슴 아픈 추억을 맺게 되었다.

신동협 병장은 장무수 일병과 작별 인사를 하고 위병소를 빠져나왔다. 그리고 중대 진입로를 지나 아스팔트가 곱게 깔린 큰길에 내려섰다.

신동협 병장은 고개를 길게 뽑아 산 위에 고즈넉이 서 있는 중대 막사를 쳐다보았다. 장무수 일병이 아직도 위병소 정문 앞에서 손을 흔들고 있었다.

신동협 병장은 2년 전 어느 날, 눈보라가 사정없이 몰아치던 겨울밤에 이곳에 도착했다. 그날 밤은 영하 29도가 넘는 엄청나게 추운 날씨였다.

중대 막사는 칼날같이 높은 산들이 병풍처럼 빙 둘러싸고 있는 분지 속에 위치하고 있었다. 병사들은 인가가 없는 외딴 계곡 속에 곰처럼 움츠리고 있었다. 막사 지붕까지 쌓인 눈, 살갗을 에는 무서운 추위, 허기진 배를 움켜쥐고 짐승들처럼 먹을 것을 찾아 헤매는 폭설 속에 감옥이었다.

한 주먹도 안 되는 보리밥과 멀건 콩나물국은 강추위 속에서 기본적인 체온을 유지하기에도 힘이 들었다.

누더기 군복에는 손가락만 집어넣어도 손톱 끝에 이가 집혀 나왔다. 이는 시도 때도 없이 기어 나왔다. 이는 머리카락 속에서 굼실굼실 기어 나와 하얀 김이 모락모락 나는 콩나물국 속으로 툭 떨어지기도 했다.

밤에는 언제나 목에 걸고 다니는 DDT 주머니의 고약한 약품 냄새 때문에 두통을 앓았다. 병사들은 겨울 6개월 동안 한 번도 목욕을 한 적이 없었다. 도대체 물이 있어야 목욕을 하지 않겠는가. 꽁꽁 얼어붙은 개울물은 이듬해 유월에야 몸을 적실 수가 있었다.

신동협 병장은 그런 생활을 2년 동안이나 이곳에서 했다. 그는 인간의 가장 기본적인 욕구, 즉 사람은 굶주림을 해결하기 위해서는 못 할 짓이 없다는 교훈을 힘들여 배우고 있었다. 그것은 가장 뼈아픈 삶의 방식이었다.

그런데도 그는 할 수만 있다면 다시 구만리 중대로 돌아가고 싶었다. 이제 막 위병소 정문을 떠났음에도 밤이면 살갗을 마주하고 같이 잠을 청하던 전우들이 벌써 그리워졌다. 그는 손등으로 흐르는 눈물을 훔치며 중얼거렸다.

"이젠, 어쩔 거여, 어떻게 살지?"

장몽두리가 몹시 보고 싶었다. 형님처럼 살갑게 대해 주던 그에게 돌아가 목 놓아 실컷 울고 싶었다. 그런데 가만, 장몽두리가 월남엘 가면 누군가를 만나 보라고 말했는데…….

메뚜기허리, 매미허리? 아참, 이제야 생각이 나는군. 개미허리라고 했지.

등 뒤에서 갑자기 끼익 하는 소리와 함께 헌병 백차가 급정거를 했다. 깜짝 놀란 신동협 병장은 그제야 정신이 번쩍 들었다.

"찡 좀 봅시다."

운전석 앞자리에 앉아 있는 병장이 거만하게 손을 내밀었다. 신동협 병장은 허둥지둥 군복 상의 호주머니로 손이 갔다. 외출 증명서가 있을 리가 없었다.

'내겐 그런 것은 없다. 난, 전쟁터로 가는 몸이야. 죽을지도 모르는데 뭐가 겁나겠어?'

신동협 병장은 헌병 병장을 똑바로 쳐다보았다.

"난, 그런 거 없소. 파월잡니다."

"아 그렇습니까? 단결! 군단까지 모셔다 드리겠습니다. 타시죠."

헌병의 자세는 조금 전과는 달리 180도로 변했다. 신동협 병장을 태운 백차가 멀리 보이는 군단을 향하여 38교를 건너기 시작했다.

'자식들, 이제야 사람을 제대로 알아보는군. 이제야 난, 겁나는 게 없는 사람이야.'

이제야 겨우, 신동협 병장은 앞서 월남으로 떠난 병사들의 심정을 이해할 수 있을 것만 같았다. 순자네 개를 잡아먹고 떠난 김칠규 병장이나 최시열 상병의 괴롭고 서러운 마음을 알 수가 있었다.

백차는 구만리의 38교, 소양강을 가로지르는 목재로 만든 다리를 건너기 시작했다. 거무칙칙한 기름을 잔뜩 먹인 긴 나무다리, 한없이 넓은 강변과 푸른 강물, 군사 작전용 비극의 다리, 분단된 민족이 만든 역사의 산물인 다리였다.

다리 위로는 군사용 차량들이 질주하고, 끝 간 데 없이 가마득하게 내려다보이는 강바닥은 절망의 나락처럼 보였다.

2년 전 어느 겨울밤에 신동협 병장은 구만리의 38교를 건너 이곳으로 왔다. 그러나 이제 그는 구만리의 38교를 건너 새로운 세계로 가고 있었다.

내일을 기약할 수 없는 낯선 곳. 그곳에는 무엇이 기다리고 있을까?

다리를 건너자 멀리 군단 연병장이 보이기 시작했다. 그곳에는 이미 많은 병사들이 집결해 있었다. 그곳에서 오음리로 가서 한 달간 현지 적응 훈련을 받은 후 월남으로 떠나갈 것이다.

"까불지 마, 개새끼들아! 난, 떠난다 말이야. 죽을지도 모르는데 뭐가 겁나겠어, 다시 안 돌아오면 될 거 아냐."

그는 자꾸만 흐려지는 두 눈을 손바닥으로 훔치며 중얼거렸다.

#14 오음리

- 파월장병 훈련소 -

파월 참전자들은 어느 날 갑자기 차출 명령이 떨어졌다. 그들은 자대에서 한 달에 한 번씩 인사 특명을 받아 3군단 사령부에 집결하였다. 그리고 20여 대의 트럭에 실려 춘천으로 갔다. 춘천에서 다시 파월장병 훈련소가 있는 오음리로 수송이 되었다. 오음리는 지형이 삼태기처럼 생겼다고 했다. 그래서 훈련소는 외부 세계와 철저하게 차단이 되었다.

당시 오음리 파월장병 훈련소는 진입 도로가 없어 병사들은 트럭을 타고 산 밑에서 내려 야간에 더블백을 메고 험한 계곡과 산길을 따라 훈련소가 있는 분지로 올라가야 했다. 캄캄한 밤중에 한 줄로 서서 좁은 산길을 걸어 고지대를 올라갔다. 자정이 지나 산 위에 있는 넓은 분지에 도착했다. 말로만 들었던 파월장병 훈련소 오음리였다. 병사들은 전깃불이 환하게 켜진 군용 텐트로 안내되었다.

그곳에서 병사들은 소대 규모로 재편성하였다. 일병에서 중사까지 있었으나 피교육생으로 계급장은 몰수되었다. 계급장이 없는 훈련복과 치약, 칫솔, 타월 등 보급품이 지급되었다.

누더기가 된 군복이 회수가 되고 훈련복으로 교체되었다. 병사들은 이곳으로 오기 전에 이미 자대에서 쓸 만한 군복은 모두 바꿔 입었다. 오음리 훈련소에 가면 기존 군복은 모두 회수가 되고 훈련복이 지급된다고 했다. 그래서 죽으러 가는 병사들은 쓸 만한 군복은 모두 자대 병사들의 폐품 옷으로 바꿔서 입고 왔다. 그래서 군단에 집결했을 때 거대한 포로들이나 거지 집단이 모인 것 같았다. 그런 군복을 모두 회수하고 DDT로 소독을 하고 새로 훈련복을 받았다.

신병 훈련소처럼 임시로 차출이 된 내무반장이 잠시 소집되어 나갔다. 그리고 2개의 상자를 받아 가지고 왔다.

그리고 한 사람 앞에 빵 3개와 사탕 1봉지를 나누어 주었다. 병사들은 놀라서 눈이 휘둥그레졌다. 야간에 간식까지 나눠 주는 군대도 있나 하고 놀랐다.

당시 오음리로 차출된 병사들은 대다수가 전방 병사들이었다. 3군단 예하 인제, 원통에 근무했던 병사들은 몹시 굶주렸다.

계속되는 훈련, 혹독한 노동, 밤새 치워야 하는 제설 작업 등은 병사들을 처참하게 만들었다. 찌그러진 양재기에 멀건 콩나물국 한 그릇과 보리쌀이 섞인 밥, 그것도 반 그릇도 안 되는 밥은 한창 혈기왕성한 청년들에게는 간에 기별도 안 가는 음식이었다.

혹독한 추위 속에서 오랫동안 굶주린 병사들은 음식이 얼마나 소중한지 잘 알고 있었다. 영하 20도의 강추위 속에서는 엄지손가락만 한 돼지비계 한 조각만 입속에 넣고 씹어도 지방이 섭취되며 몸이 더워지며 추위가 가셨다.

전방에서 근무한 병사들은 최악의 조건 속에서 살아남기 위해서 물불을 가리지 않았다. 봄, 여름, 가을철에는 그래도 먹을 것이 있어서 좋았다. 봄에는 산나물과 칡뿌리를 캐 먹었고 여름에는 옥수수나 호박을 생으로 먹었으며 가을철이면 콩 이삭을 주어 주전자에 넣고 삶아 먹었다. 그러나 눈 덮인 겨울철에는 먹을 것이 없었다.

산짐승도 굶어 죽는, 눈으로 덮인 부대 인근에는 먹을 것이라고는 하얀 눈뿐이었다. 굶다 못해 부대 인근 민가의 김치 단지나 감자 구덩이를 털었지만 주민들은 하도 많이 당해 김칫독을 부엌 바닥에 묻어 놓았다.

북쪽의 병사들이 청와대를 기습한 사건이 있은 후 최전방에는 벙커 구축 작업이 시작되었다. 그곳에 가면 밥을 많이 준다고 했다. 너무 굶주린 병사들이 그 소문을 듣고 자원을 했다.

그런데 그곳에 다녀온 병사들은 한 달 만에 반쪽이 되어 돌아왔다. 이유를 물었더니 밥은 많이 주는데 하루 15시간씩 햇빛도 들어오지 않는 지하 땅굴 속에서 노예처럼 혹독한 작업을 했다는 것이다.

병영 생활이 너무 힘들어 병사들은 자해를 하기도 했다.

101후송 병원이나 원주 병원에 갈 수만 있으며 병신이 되어도 좋다고 생각했다. 그래서 총으로 자기 다리를 쐈다. 그런데 총구에 닿은 피부에 묻은 화약 때문에 자해로 판정이 되어 영창으로 갔다.

병사들은 새로운 방법을 개발했다. 다리 위에 나무 널빤지를 올려놓고 총을 쏴 성공한 병사도 있었다.

월남에 가면 위험은 하지만 굶어 죽을 염려는 없다는 소문이 퍼졌다. 여기서 추위에 떨며 고생을 하다 굶어 죽는 것보다는 따뜻한 나라로 가서 위험은 하지만 배부르게 살다가 죽는 게 더 낫다고 생각했다.

이렇게 살아오던 병사들이 갑자기 밤에 간식으로 빵과 사탕 봉지를 나눠 주자 그들은 먹지 않고 굶주림에 대비해서 다람쥐처럼 먹이를 더블백 속에 숨겨 놓기 시작했다. 야생의 세계에서 인간도 짐승과 다를 바가 없었다.

아침에 일어나 천막 밖으로 나가자 바로 실개천이 나타났다. 병사들은 개울물에 이도 닦고 세수도 했다. 그리고 배식을 하는 천막 앞에 줄을 섰다. 그들은 밥과 국, 그리고 반찬을 따로 나눠 담는 배식 판을 처음 보았다. 전방에서는 찌그러진 양재기 2개뿐이었다. 하나는 밥, 하나는 국, 그리고 숟가락 하나.

처음 보는 배식 판이 무척 신기했다. 정말 희한한 것을 만들었다고 생각했다.

배식 줄을 따라 나가자 똑같은 파월 교육생들이 밥과 국, 반찬을 배식 판에 담아 주고 있었다. 제법 많은 밥을 배식 판에 담아 주었다.

"야, 더 줘."

"먹고 더 먹어, 여긴 밥이 많아."

배식병이 여긴 밥이 얼마든지 있다고 말했다. 그러나 전방 병사들은 그 말을 믿지 않았다. 그들은 너무 많이 속으며 살아왔다.

"야, 이 새끼야, 밥 더 못 줘!"

드디어 전방에서 온 병사가 인상을 쓰며 쳐다보았다. 후방에서 온 배식병은 전방 병사를 노려보았다. 깡마르고 새카만 얼굴에는 독기만 잔뜩 흐르고 있었다. 후방 병사는 전방 병사의 새카만 얼굴을 보는 순간, 두려움에 떨었다.

"실컷 처먹고 배 터져 뒈져라."

밥주걱으로 배식 판에 밥을 수북이 퍼 주었다. 그제야 전방 병사는 배시시 웃으며 그 많은 밥을 다 먹었다. 그리고 한 번 더 타 먹었다.

전방에서 온 병사들은 오음리 파월장병 훈련소에서 배가 터지도록 밥을 먹었다. 오랫동안 굶주렸던 병사들은 밥을 마음껏 먹자 통통하게 살이 올랐다.

무엇보다 밥을 마음껏 먹을 수가 있어 좋았다. 오음리에서부터 급식은 미군들이 보급한다고 했다. 배가 부르자 전방 병사들은 월남 전쟁터로 가는 것이 잘한 선택이었다고 좋아했다. 그들은 전방에서 죽으나 월남에서 죽으나 죽을 확률은 똑같다고 생각했다.

아침에 일어난 병사들은 깜짝 놀랐다. 고지대 오음리의 넓은 분지에는 눈이 모자라도록 끝없이 군용텐트가 늘어서 있었다. 수많은 장병들이 이곳에 모여 훈련을 받고 있었다.

오음리에는 민간인도 살고 있었다. 도로도 있고 차량도 다녔다. 훈련병들은 야간에 군용트럭을 타고 극장에 가기도 했다. 그리고 훈련수당이라며 많은 돈을 주었다. 전방에서 고생하던 병사들은 여기가 낙원이었다. 기본 훈련도 받고 유격훈련도 받고 현지 적응훈련도 받았다. 그렇게 한 달이 흘러 내일이면 퇴소를 하는데 오늘은 현지 전투 시범을 보여 준다고 했다.

언덕 위 야외 훈련장에 도착해서 내려다보이는 곳에 생전처음 보는 이상한 마을이 있었다. 그리고 검정 파자마처럼 생긴 옷에 이상한 삿갓을 쓴 사람들이 들판에서 일을 하고 있었다.

완전 군장을 한 우군 1개 분대가 수색 작업을 하며 마을로 진입하고 있었다. 장내 방송은 이 상황을 자세히 설명하고 있었다. 마치 한 편의 영화를 보는 것 같았다.

우군이 마을로 진입하자 갑자기 농사짓던 사람들이 총으로 병사들의 등 뒤를 공격하기 시작했다. 순식간에 평화롭던 마을이 전투로 쑥대밭이 되었다.

이걸 본 전방 병사들은 정신이 번쩍 들었다. 그들은 저런 곳으로 가야 하는 것이다. 낯선 나라 저런 곳에서 전투를 해야 하는 것이다. 미래에 대한 회의와 불안감에 젖어 들었다.

그러나 점심밥을 배부르게 먹고 나자 금방 잊어버렸다.

그날 밤 자정이 넘어 파월장병들은 처음 오음리로 들어올 때처럼 다시 더블백을 메고 걸어서 야간에 산길을 내려갔다. 산 밑에는 어둠 속에 많은 군용트럭들이 대기하고 있었다.

병사들은 군용트럭을 타고 춘천역으로 가서 파월장병 전용열차에 올랐다. 열차 속에는 음식물이 든 상자가 쌓여 있었다. 각종 과일과 빵, 음료수와 담배가 쌓여 있었다. 전방 병사들은 호화판 잔치에 놀라 정신이 없었다.

춘천역에는 장병들을 환송하기 위해 수많은 사람들이 역 광장을 가득 메우고 있었다. 군악대가 도라지를 연주하고 여학생들이 꽃다발을 목에 걸어 주었다.

그렇게 파월장병 전용열차는 춘천역을 출발하였다. 용산, 대전, 대구역 등을 지날 때마다 그 지역의 각급 기관장들과 군중이 나와 환송식을 베풀어 주었다. 그리고 캄캄한 밤에 부산 제4부두에 도착하였다.

어둠 속에서 3,000명의 병사들이 14,000톤의 거대한 군인 수송선인 가이거호에 올라탔다. 그리고 이튿날 아침 환송식을 받으며 태평양 바다를 건너 낯선 나라로 떠나갔다.

#15 유령중대

- 위기의 순간, 병사들은 산을 찾는다. 그러나 전지전능하신 그분은
  그 어느 편도 아니라는 것을 곧 알게 된다 -

7중대가 넓은 관목 숲을 통과하자 어느새 시곗바늘은 오후 3시 40분을 가리키고 있었다. 전방에 장막처럼 드리워져 있는 킬러밸리는 이제막 짙은 산 그림자를 만들며 어둠 속에 잠겨들고 있었다. 산이 어둠 속에 잠기자 골짜기는 더욱 선명하게 모습을 드러내고 있었다.

7중대는 평소 그들이 잘 써먹는 수법대로 2열 횡대로 키가 큰 갈대밭을 통과하기 시작했다. 멀리서 적의 첩자가 보면 중대가 2열 횡대로 갈대밭을 수색하며 지나가는 것처럼 보이나 사실은 통과하면서 해당 분대는 매복 지점에 도착하면 감쪽같이 숨어 버리는 것이다. 이런 수법은 적의 첩자에게 중대가 매복 없이 그대로 통과하는 것처럼 보이도록 기만하는 전술이었다.

병사들은 개처럼 혓바닥을 길게 빼물고 헐떡거리며 키 큰 갈대와 잡목으로 뒤엉킨 밀림을 정글 칼로 뚫으며 전진했으나 통과 속도는 아주느렸다. 드디어 선두 소대가 3그루의 야자수가 나란히 서 있는 외딴 오두막집에 도착했다.

방탄복을 입은 중대장 이하 전 장병들은 목욕이라도 한 것처럼 땀에 흠뻑 젖어 있었다. 병사들은 어느새 탄띠에 차고 있던 수통 4개의 물을 모두 마셔 버리고 목이 타서 쩔쩔매고 있었다.

병사들은 소금을 물에 탄 수통 1개, 커피를 물에 탄 수통 1개, 그리고 맹물을 가득 채운 수통 2개를 허리에 차고 다녔다. 정글 속을 수색하다 보면 소금을 탄 수통의 물을 맨 마지막으로 마시게 되는데, 그때에는 몸에 염분이 모두 땀으로 빠져나가 의식이 흐려지기 때문이다. 눈앞이 가물가물해질 때 소금물을 마시면 마치 안경을 쓴 것처럼 금방 눈앞이 확 밝아졌다. 그러나 소금물까지 모두 마셔 버리면 그때부터는 한층 더 목이 탔다. 따라서 고참들은 좀처럼 소금물에는 손을 대지 않았다. 그러나 오늘은 사정이 달랐다. 소금물도 바닥난 것이다.

"야 물이다, 물!"

오두막 뒤편을 수색하고 있던 2소대 지역에서 고함 소리가 들려왔다. 병사들은 누가 말릴 사이도 없이 우르르 그쪽으로 몰려갔다. 그곳은 우물이 아니었다. 스콜이 고여 있는 물 웅덩이였다.

병사들은 철모로 웅덩이의 물을 푹 떠서 입속으로 가져갔다. 그리고 한없이 꿀꺽꿀꺽 마시기 시작했다. 철모 가득히 물을 마신 병사들은 또다시 물을 떠서 몇 모금 마시고는 바닥을 들여다보았다.

철모 속에 담긴 흙탕물 속에는 실같이 가느다란 빨간 지렁이들이 수없이 꼼지락거리며 헤엄을 치고 있었다. 그러나 병사들은 전혀 개의치 않고 철모의 물을 재빨리 수통에 퍼 담았다. 동작이 뜨면 웅덩이의 물도 삽시간에 바닥이 나기 때문이다.

두 채의 오두막은 폐가가 된 지 무척 오래된 것 같았다. 대나무로 얽어맨 벽들은 허물어져 구멍이 뚫렸고 바닥에는 잡초가 무성했다. 집 안에는 찌그러진 바구니와 가재도구들이 함부로 흩어져 있었다.

마당은 잡초가 우거져 쑥밭이 되었고 헛간에는 야생의 들개 한 마리가 커다란 입을 벌리고 죽어 있었다. 들개의 몸에는 하얀 구더기들이 한바탕 잔치를 벌이고 있었다.

그리고 그 옆에는 허리까지 오는 키가 큰 선인장이 탐스러운 하얀 꽃을 머리에 화환처럼 쓰고 있었다. 잠깐 스쳐 가는 미풍에 키 큰 선인장의 짙은 꽃향기가 처녀의 산뜻한 체취처럼 실려 왔다.

잠깐의 휴식을 끝낸 7중대는 곧 작전에 돌입했다.

김영일 중위가 이끄는 1소대는 중대 퇴각로를 확보하기 위해 헬기 착륙장을 만드는 임무를 맡았다.

1소대장 김영길 중위는 소대원을 이끌고 관목이 무성한 나지막한 언덕 위로 올라갔다. 그곳에 도착하자 김영길 중위는 몹시 기분이 좋았다.

멀리서 보기보다는 장애물이 없는 이상적인 헬기 착륙 장소였다. 바로 아래에는 중대 본부가 매복하고 있는 지점과 마른 실개천이 환히 내려다보였다.

실개천 건너편에는 킬러밸리로 들어가는 오솔길이 이제 막 어둠 속에 잠겨 들고 있었다. 킬러밸리의 높은 산들이 점점 검은 산 그림자 속에 잠겨 드는 속도가 빨라지고 있었다.

김영길 중위는 서둘러 헬기 착륙장을 만들기 시작했다. 듬성듬성 서 있는 관목을 정글도로 쳐내자, 멋진 헬기 착륙장이 만들어졌다. 멀리 마른 실개천을 중심으로 본부 중대 병력이 매복 지점을 찾아 재빨리 이동하고 있는 것이 보였다. 병사들은 갈대밭에서 마치 숨바꼭질이라도 하는 것 같았다.

헬기 착륙장을 확보한 1소대는 절반은 갈대밭에 나머지 병력은 관목 숲에 매복했다.

갈대밭에 매복을 한 1소대 2분대장 이용호 병장은 자꾸만 뒤가 걸리는 게 개운치 못했다. 조금 전부터 어쩐지 마음이 무겁고 기분이 좋지 못했다. 누군가 은밀히 그를 감시하며 훔쳐보는 것 같았다. 그는 무전기를 등에 멘 채 매복을 하고 있는 개미허리 김이수 하사를 조용히 불렀다.

"어이 김 하사, 저게 뭐여?"

두 사람은 비슷한 군대 밥그릇 수와 군번 때문에 터놓고 지내는 사이였다.

"왜 그래? 깜상."

"저게 뭐 같애? 쩌기 보이는 게?"

그는 허리를 길게 펴고 일어나 햇볕을 손바닥으로 가리며 조금 전에 그들이 떠나온 두 채의 오두막을 가리켰다. 손바닥으로 햇볕을 가리자 조금 전에 중대가 휴식을 취했던 오두막 뒤로 황급히 도망치는 작은 그림자가 있었다. 더구나 그곳은 이곳보다 표고가 높아 한눈에 이쪽의 움직임을 샅샅이 내려다볼 수 있는 지점이었다.

개미허리가 깜상의 팔을 재빨리 낚아채며 주저앉았다.

"왜 그래?"

이용호 병장이 놀라서 쳐다보았다.

"큰일 났어, 이걸 어쩌지?"

개미허리가 새파랗게 질려서 소리쳤다.

"뭔 소리여?"

"이런 촌놈, 쟤들은 첩자야! 아직도 뱃멀미를 해?"

두 사람은 갈대밭에 쪼그리고 앉아 멀리 보이는 오두막을 노려보았다. 이제 막 넘어가는 석양의 붉은 노을을 두 손바닥으로 가리자 반바지 차림에 머리를 짧게 깎은 소년과 두 가닥으로 머리를 길게 땋아 내린 콩까이가 재빨리 오두막 뒤편으로 사라지고 있었다.

소년은 검정 반바지에 상의를 벌거벗은 알몸이었고 여자는 손에 녹

(삿갓)을 들고 있었다.

깜상 이용호 분대장이 김영길 소대장에게 이런 상황을 보고했다. 김영길 소대장은 펄쩍 뛰며 기겁을 했다.

"뭐야, 이걸 어쩔 거여?"

"매복조를 철수시킵시다. 소대장님!"

"안 돼! 너무 늦었어, 저길 보라고."

그는 서산에 지는 해를 손가락으로 가리켰다. 이젠 매복조를 철수시킬 시간마저도 없었다.

"좋아 깜상, 김 하사와 둘이서 저걸 처리해, 알겠어?"

이용호 병장이 개미허리에게 소대장의 명령을 전했다. 개미허리의 눈이 차갑게 굳어졌다.

이용호 병장은 인천 짠물로 입대 전에는 부두 노동자로 일을 했다. 오척 단구의 짤막한 키에 어깨가 딱 벌어진 몸매는 한 치의 빈틈도 없었다. 더구나 깜둥이처럼 새카맣게 탄 얼굴에 여드름이 덕지덕지 난 피부는 홍게 껍질처럼 흉측하고 징그러웠다. 더구나 숱이 많은 곱슬머리는 정말 흑인의 그것과도 같았다.

그는 생김새와는 달리 평소에는 무척 과묵하고 입이 무거운 사람이었다. 그러나 이따금 드러나는 깡다구와 독한 심성은 전우들에게 호감을 사지 못했다.

두 사람은 늑대처럼 은밀하게 갈대숲을 빠져나와 오두막을 향해 접근하기 시작했다.

'저걸 처리하라니, 무슨 뜻이야. 골로 보내라는 말인가? 아니면 생포하라는 말인가?'

이용호 병장은 갈대숲을 헤치며 중얼거렸다.

한 걸음 앞서 개미허리가 전력을 다해 갈대숲을 헤치며 질주하고 있었다. 천하에 게으름뱅이 개미허리가 저렇게 서두르는 것도 처음 보는 일이다.

오두막에 도착한 개미허리는 한 손에 M16 소총을 들고 장애물 경주 선수처럼 울타리를 훌쩍 뛰어넘었다. 그리고 문짝을 발길로 차고 집 안으로 뛰어들었다.

"없다. 애들이 없어졌어, 어떻게 된 거야?"

개미허리가 소리쳤다. 조금 전까지 보였던 두 사람이 흔적도 없이 사라졌다.

"저기다. 김 하사!"

이용호 병장이 집 뒤편의 관목 숲을 가리켰다. 그들은 민첩하게 울창한 정글 속으로 도망치고 있었다.

"쏴 버릴까?"

이용호 병장이 헐떡거리며 말했다. 그러나 개미허리는 손에 들고 있던 대검을 말없이 흔들었다. 개미허리는 이 상황이 무엇을 의미하는지 잘 알고 있었다.

케산에서도 이렇게 당했다. 아직도 개미허리가 밤마다 악몽에 시달리는 이유가 여기에 있었다.

그날도 오늘처럼 무척 더운 날씨였다. 오후 3시가 지나자 폭염으로 포차의 엔진이 열을 받아 냉각수가 끓어올라 움직일 수가 없었다. 포대는 비포장도로를 따라 탁토로 이동 중이었다.

병사들은 비포장도로의 열기와 육중한 포차, 그리고 105㎜ 포가 일으키는 흙먼지를 목구멍이 메어지도록 하루 내내 마시고 있었다.

선도 차에서 30분간 휴식 명령이 떨어졌다. 병사들은 너도나도 더위에 지쳐 포차 밑으로 엉금엉금 기어 들어갔다. 그리고 녹초가 되어 쓰러졌다.

포차의 그늘은 시원하고 좋았다. 바퀴 사이로 스며드는 산들바람에 정신이 번쩍 들었다. 탈수와 폭염으로 가물가물하던 의식이 조금씩 맑아졌다.

그들은 포차 밑에 누워 수통의 물을 야금야금 마시며 씨레이션을 까먹기 시작했다. 일찍 식사를 마친 병사들은 피곤에 겨워 깊은 잠 속에 빠져들었다.

개미허리는 팔베개를 하고 누워 잠을 청했다. 몸을 뒤척이던 개미허리는 건너편 언덕 위의 관목 숲에서 들소를 몰고 가는 여자와 소년을 보았다. 개미허리의 눈동자가 그들과 마주쳤다.

갑자기 두 사람이 황급히 도망을 치기 시작했다. 왜, 그들이 도망을 칠까? 개미허리는 이상한 생각이 들었다. 그때 갑자기

"꽝!"

하고 박격포 탄이 날아왔다. 취사반장 윤정호 하사가 씨레이션 박스와 함께 산산조각이 나며 허공으로 솟아올랐다. 갑자기 날아온 박격포는 포대 차량 14대를 정확하게 박살을 내 버렸다.

그 콩까이와 소년은 바로 적의 첩자로 정확하게 박격포 사격 지점을 유도하고 있었다. 많은 병사들이 죽거나 부상을 당했다.

그런 생각이 들자 개미허리의 두 눈은 살기로 가득 찼다.

'망할 것들이 어디로 튄 거야? 잡히기만 해 봐라, 쌍!'

개미허리는 그들이 도망친 정글 속으로 뛰어들었다. 정글 속으로 도망가는 콩까이와 소년의 모습이 보였다.

"깜상, 네가 저걸 맡아."

개미허리는 이용호 병장과 헤어져 콩까이를 뒤쫓기 시작했다.

이용호 병장은 성큼성큼 달려가 소년의 목덜미를 럭비 선수처럼 휙하고 낚아채 버렸다. 소년이 갈대로 뒤엉킨 늪 속에 머리를 처박고 쓰

러졌다.

이용호 병장이 그의 목덜미를 잡고 일으켜 세웠다. 소년은 짐승처럼 그의 오른손을 물어뜯었다.

"쌍놈의 자식."

그는 화가 나서 발악하는 녀석의 뺨을 때리고 내동댕이쳐 버렸다. 소년이 나가떨어지자 이용호 병장은 재빨리 녀석의 두 손을 꽁꽁 묶어 버렸다. 소년은 적의에 찬 얼굴로 욕설을 퍼부었다.

"뭐야, 임마!"

이용호 병장은 화가 나서 워커 발로 녀석의 조인트를 까 버렸다. 이용호 병장은 대검을 뽑아 들었다. 그러나 차마 소년을 죽일 수가 없었다. 이 소년이 적의 첩자라고 생각할 수가 없었다. 아마 우연히 7중대 매복 지점을 지나던 중이라고 생각했다. 이용호 병장은 슬그머니 대검을 칼집에 꽂았다.

"좆만 한 게 까불어. 죽으려고 색 쓰냐? 너 임마, 오늘 용꿈 꾼 줄 알아."

이용호 병장은 돌아서다 말고 정글복 하의 주머니 속에서 초콜릿을 꺼내 녀석의 무릎 위에 던지고는 황급히 떠나 버렸다.

"조카 용이도 저만큼 컸겠지."

이용호 병장은 그렇게 중얼거리며 정글을 빠져나오기 시작했다.

이용호 병장은 문득 인기척을 느끼고 방아쇠에 중지를 걸었다. 언뜻 사람의 모습이 보였다. 개미허리였다.

개미허리가 피 묻은 표창을 정글복에 닦으며 이용호 병장에게 물었다.

"깜상, 잡았어?"

"묶어 뒀어."

"뭐야 임마! 미쳤어?"

개미허리 안색이 새파랗게 변했다. 이용호 병장은 개미허리가 이렇게 놀라는 모습을 본 적이 없었다. 개미허리가 재빨리 정글 속으로 뛰어들어 갔다.

"왜 그래, 김 하사?"

이용호 병장의 말이 채 끝나기도 전에 개미허리의 모습은 보이지 않았다.

같은 시각 AK 소총으로 무장한 2명의 V.C가 소년의 묶인 몸을 풀어 주고는 몇 마디 대화를 나눈 후 반대편으로 사라졌다.

잠시 후 꼬마의 행방을 찾지 못한 개미허리가 이용호 병장에게 다가와 사납게 노려보며 말했다.

"너 땜에 오늘 밤, 우리 중대는 번개가 씹하는 걸 볼 거야. 7중대는 유령중대가 될 거야. 두고 봐라. 내 말이 틀리는가? 바보 같은 자식!"

그는 무엇이 그렇게도 두려운지 사색이 되어 불안에 떨고 있었다.

킬러밸리는 이제 막 서산에 지는 해를 정면으로 받으며 서서히 어둠 속에 묻히고 있었다. 하루 내 뜨겁게 달아올랐던 대지는 정적 속에 잠겨 들고 있었다.

#16 예감(豫感)

- 여자들의 예감은 남자들보다 적중률이 높다 -

"그만 자고들 가요. 잠자리가 불편하겠지만 그게 더 좋아."

이장은 진심으로 권했다. 여자들 둘이서 어두운 밤길을 간다는 게 영 마음이 놓이지 않는 모양이었다.

그러나 이미옥 간호원은 막무가내였다.

"어머 안 돼요, 이장님! 오늘 밤 그이와 데이트하기로 약속했어요. 안 가면 나 쫓겨나요, 그만 갈래요."

그녀는 기혼자였다. 이미옥의 남편은 면사무소에 근무하고 있는 정준호 주사였다. 두 사람은 무척 사이가 좋은 신혼부부였다.

"참말로, 이 간호사 고집은 황고집이여. 그럼 이걸 타고 가요. 내일 아침 장에 가는 길에 보건소에 들를 테니."

이장은 할 수 없이 애지중지하는 삼천리표 자전거를 헛간에서 끌고 나왔다. 이미옥은 반가워했다.

"언니 얼른 타유, 늦으면 그이한테 소박맞아요."

강혜원과 이미옥은 가임여성 대상자 조사차 무창으로 출장을 나왔다. 마을 어머니 회장 댁에 들렀더니 그녀는 읍내 미장원에 가고 없었다. 허탕을 친 두 사람은 할 수 없이 마을 손동기 이장 댁을 찾아갔다. 그리고 이장 댁에서 가임여성 대상자 조사를 마친 후, 저녁까지 얻어먹고 자전거까지 빌려 탄 것이다.

이미옥은 자전거 뒤에 강혜원을 태우고 벨을 "따르릉" 울리며 어두운 산속 길을 거침없이 달리기 시작했다.

자전거는 페달을 밟을 때마다 사각사각 소리를 내며 앞바퀴에 달린 발전기가 돌아가기 시작했다. 그때마다 자전거의 헤드라이트는 반딧불처럼 깜박거리며 오솔길을 비추고 있었다.

등 뒤로 이제 막 저녁을 끝낸, 마흔두 채의 농가들이 어둠 속에서 백열등 전깃불을 반짝거리며 잠자리에 들 준비를 하고 있었다. 저녁밥을 재촉하는 삽살개 한 마리가 울자 마을의 모든 개들이 요란스럽게 짖기 시작했다.

동구 밖 새 마을 다리를 건너자 자전거는 좁은 들판 길로 접어들었다.

"얘, 좀 천천히 가."

혜원은 겁이 나서 이미옥의 살찐 엉덩이를 꼬집으며 말했다. 그러나 그녀는 못 들은 척하고 하얗게 얼어붙은 들판 길을 사정없이 달리고 있었다.

"언니, 월남에서 편지 자주 와요?"

"응, 삼 일 만에 한 번씩."

"전쟁은 안 하고 언니에게 연애편지만 쓰나 봐."

"편지 안 오면 걱정이 돼."

"말 안 해도 언니 마음 다 알아. 사랑을 해 본 사람은 안단 말이야."

비포장 오솔길을 달리는 자전거는 몹시 덜커덩거렸다. 그리고 그때마다 그녀의 펑퍼짐한 엉덩이는 자꾸만 들썩거렸다.

강혜원은 자전거의 뒷자리에 앉은 채 어둠 속에 잠겨 있는 높은 산들을 쳐다보았다.

이제 막 둥근달이 검은 능선 위로 천천히 솟아오르고 있었다. 달이 떠오르자 짙은 어둠 속에 잠겨 있던 들판이 금방 환하게 밝아졌다. 달빛이 스며들지 않는 건너편 계곡은 괴괴하고 음산한 어둠 속에 잠겨 있었다. 자전거가 달리자 둥근달도 자전거를 함께 따라오고 있었다.

추수가 끝난 텅 빈 들판, 하얗게 서리가 내린 논바닥, 빈 들판에 홀로 서 있는 전봇대, 그리고 앙상한 두릅 나뭇가지에 걸린 폐비닐 조각이 삭풍에 펄럭이고 있었다.

강혜원은 음산한 겨울 들판이 무서웠다. 그녀는 이미옥의 등허리를 두 손으로 껴안고 어깨에 고개를 파묻었다. 그녀의 따뜻한 체온이 엄마의 품처럼 젖가슴에 와 닿았다.

월남에서 김이수는 수많은 편지를 그녀에게 보내왔다. 강혜원도 하루 건너 김이수에게 편지를 보내고 있었다.

아직도 그녀는 김이수의 첫 편지를 잊지 못하고 있었다. 이젠 하루라도 답장이 오지 않으면 불안하고 두려운 마음이 들어 견딜 수가 없었다. 요즘 그녀의 기분은 월남에서 보내오는 김이수의 편지에 좌우되고 있었다.

'내 사연 날아날아 어디 메에 자리하나.

산 넘고 바다 건너 멀고 먼 나라.'

처음에는 싱겁기만 하고 아무런 의미가 없던 말들이 날이 가고 달이 갈수록 점점 더 마음속 깊이 자리하고 있었다. 혜원은 퇴근한 후 자취방에서 김이수가 보내온 편지를 읽는 것이 유일한 낙이었다.

김이수의 편지는 강혜원을 애타게 찾는 한 남자의 피맺힌 절규가 들어 있었다. 그의 편지 속에는 가슴 저 밑바닥에서부터 전해 오는 짜릿한 슬픔과 애타는 그리움이 군데군데 묻어 있었다.

주님께서 그녀에게 김이수를 인도하신 것이다. 부석사에서 우연히 만나 3일 동안 같이 보낸 시간들이, 이젠 두 사람에게 삶의 전부가 되었다.

월남에서 김이수의 편지가 오지 않으면 그녀는 엄청난 불안에 떨어야 했다. 혜원은 그 이유를 알고 싶었다. 그리고 마침내 그 이유를 발견했다. 그녀는 김이수를 사랑하고 있었다. 주님께서 그녀의 배우자가 누구인지를 알려 주신 것이다.

그때부터 강혜원은 하루에 한 번씩 김이수에게 편지를 보내기 시작했다. 그녀의 하루 일과는 김이수가 보내온 편지에 답장을 쓰는 것으로 시작이 되었다. 이젠 같이 근무하는 이미옥 간호사나 송 기사, 두 사람 모두 강혜원의 행동을 이해하고 감싸 주었다.

강혜원이 월남으로 편지를 보낼 때마다 김이수는 반드시 답장을 보내왔다. 그리고 답장이 하루만 늦어지면 김이수는 몹시 화를 내는 편지를 보내왔다. 한번 만나 3일 동안 사랑을 나눈 남자가 그녀에게 호통을 치고 있었다. 그녀 역시 그것을 당연한 것으로 받아들이고 있었다.

강혜원은 출근할 때마다 책상 위에 놓인 김이수의 사진을 바라보았다. 그 사진은 김이수가 월남에서 한 달 전에 그녀에게 보내온 한 장의 흑백사진이었다.

사진 속 그는 철모를 푹 눌러쓰고 상의를 벗은 채 총을 들고 있었다. 호리호리한 몸매에 가느다란 허리는 김이수가 몹시 허약하고 나약한 사람처럼 보이게 했다. 그는 총을 장난감처럼 들고 있었다.

사진 속의 김이수는 강혜원의 소중한 다른 반쪽이었다.

오늘 아침, 출장을 나오기 바로 전에 강혜원은 김이수로부터 편지 1통을 받았는데 평소와 달리 불안한 느낌이 들었다. 평소 김이수의 편지는 무슨 암호처럼 언제나 '내 사연 날아날아 어디 메에 자리하나'로 시작이 되었다.

그런데 오늘 아침에 받은 편지는 여느 것과 달랐다. 담배 은박지의 뒷면에 볼펜으로 황급히 갈겨 쓴 짧은 글귀였다.

"혜원, 당신이 있기에 나 또한 살아 있다오. 어떤 일이 있더라도 반드시 당신에게 돌아가겠소. 기다려 주오. 하늘이 무너져도 나는 돌아가겠소."

그 짧은 문장이 하루 내내 그녀의 마음속을 휘젓고 다녔었다. 어쩐지 불안했다.

'어떤 일이 있더라도 반드시 돌아가겠소. 기다려 주오.'

그에게 고국으로 돌아오지 못할 어떤 특별한 사정이라도 생겼단 말인가? 혜원은 이미옥의 허리를 꼭 껴안은 채 시름에 겨워 산마루에 걸린 둥근달을 쳐다보았다. 순간, 그녀는 알 수 없는 불안에 몸을 떨며 공포에 사로잡혔다.

이제 막 검은 산 그림자 위로 떠오르는 둥근달의 테두리가 붉은 핏빛으로 물들어 있었다. 요염하고 음산한 핏빛 달무리는 불길한 죽음의 그림자였다. 그것은 사랑하는 사람이 절대절명의 위기에 처했을 때 암컷이 본능적으로 느끼는 초자연적인 현상이었다. 혜원은 이미옥의 등 뒤에 고개를 파묻고 왈칵 울음을 터뜨렸다.

#17 역매복

- 적의 매복 지점을 사전에 알고 은밀하게 숨어서 기다림 -

박동수 중대장과 첨병 소대가 매복 지점에 도착하자 주변은 어느새 짙은 어둠이 깔리고 있었다. 먹구름이 기차 화통의 검은 연기처럼 무럭무럭 피어오르며 순식간에 저녁 하늘을 캄캄하게 뒤덮어 버렸다.

"스콜이 올 모양이야, 빨리 서두르자."

박동수 중대장은 장선호 중위를 재촉했다. 박동수 중대장은 기분이 좋았다. 매복 지점은 멀리서 볼 때보다는 이상적인 장소였다. 진지 주변은 듬성듬성 솟아 있는 바위와 갈대로 뒤덮여 있었다. 유사시 바위는 좋은 은폐물이 될 것 같았다.

드디어 7중대는 마른 실개천을 중심으로 분대별로 매복에 들어갔다. 실개천은 폭이 20m 정도 되는 작은 개활지를 끼고 있었다. 오솔길은 실개천을 건너 500m 지점에서부터 'Y' 자로 급커브를 그리며 킬러밸리로 이어져 있었다.

마른 실개천에는 바윗돌로 듬성듬성 징검다리가 놓여 있었다. 주변이 어두워질수록 실개천 바닥은 더욱 희게 드러났다.

징검다리 정면에는 홍영식 중위의 화기 소대가 LMG와 크레모아를 설치하고 있었다. 중대 전면에는 28발의 크레모아와 39발의 조명탄을 가느다란 인계 철선으로 거미줄처럼 걸어 놓았다.

화기 소대 왼쪽에는 제2소대가 화망을 짜느라 몹시 바쁘게 뛰어다니고 있었다. 만약 오늘 밤에 킬러밸리에 은신하고 있는 적들이 나온다면 먼저 화기 소대가 설치한 조명탄에 걸릴 것이다. 눈에 보이지 않는 인계 철선은 순식간에 조명탄을 대낮처럼 환하게 터뜨릴 것이고 곧이어 28발의 크레모아가 벌집처럼 터지고 중화기와 M16 총탄이 소낙비처럼 쏟아질 것이다.

화망이 구성되자 박동수 중대장은 개미허리에게 통신 점검을 지시했다. 개미허리가 통신 점검을 시작했다. 그는 무전기의 송신기에 입을 대고 '후우' 하고 불었다. 그때마다 각 소대에서 '훅' 하고 짧은 입김으로 회신이 왔다.

이곳은 적지이기 때문에 음성으로는 교신을 할 수가 없었다. 따라서 그들은 입김으로 교신을 하고 있었다. 개미허리가 점검 완료를 보고하자 박동수 중대장은 가볍게 고개를 끄덕이며 말했다.

"좋아, 무전기 이상 없지? 외부 교신 끊고 무전기 재워."

"알겠습니다."

박동수 중대장은 흐뭇했다. 대대에서는 7중대가 킬러밸리에 은신하고 있는 적을 치려고 매복 중인 것을 꿈에도 생각하지 못할 것이다. 중대의 최종 교신 좌표는 오후에 헬기로 보급품을 수령한 위치였다. 대대에서는 7중대가 그 좌표에서 오늘 밤 매복하는 것으로 알고 있을 것이다.

7중대는 외부와 교신도 중단한 채 매복에 들어갔다. 한 가지 걱정은 오늘 밤에 킬러밸리의 적들이 움직이지 않을까 염려스러웠다.

"좆같은 새끼들! 오늘 밤 엿 먹어 봐라. 이 도꾸가 그렇게 쉽게 물러설 줄 알았어? 부하를 죽이고도 꽁지를 사타구니에 끼고 도망치는 그런 비겁한 인간인 줄 알았어? 어림없다. 개새끼들아!"

쏴아.

갑자기 스콜이 쏟아지자 박동수 중대장은 깊은 상념에서 퍼뜩 깨어나 제정신으로 돌아왔다.

"우와 씹팔! 무신 비가 와 이래 오노? 변 일병, 이거 어데 치우면 되겠노? 미치겠다."

임태호 상병은 쏟아지는 소낙비를 맞으며 투덜거렸다. 옆에 있던 변을수 일병이 판초우의를 내밀자 임태호 상병은 화를 벌컥 냈다.

"치워라 임마, 디질려고 환장했나?"

영문을 모르는 변을수 일병은 우의를 자기가 뒤집어썼다.

"하! 이 자슥, 이기 등신이네. 임마, 고참이 판초우의 입지 마라카는데 니, 와 말 안 듣노?"

임태호 상병이 인상을 쓰며 노려보았으나 변을수 일병은 들은 척도 하지 않고 씨레이션 비스킷을 꺼내 입속에 넣고 우물거리며 판초우의를 머리끝까지 뒤집어썼다.

고참들은 쏟아지는 폭우 속에서도 우의를 입지 않았다. 그들은 결정적인 순간에 우의가 얼마나 거추장스러운 물건인가를 너무나 잘 알고 있었다.

매복에 들어간 7중대는 깊은 정적 속에 잠겨 들었다. 쏟아지는 빗속에서 개골개골 하고 청개구리가 울었다. 이따금 비에 젖은 짐승들의 우우 하는 신음 소리와 함께 풀벌레들의 울음소리가 들렸다.

병사들은 오늘 낮에 있었던 일들을 귀엣말로 속삭이며 씨레이션 깡통을 까서 저녁을 먹고 있었다. 그들은 세차게 쏟아지는 비를 맞으며 물에 빠진 생쥐꼴이 되어 버렸다.

손에 든 비스킷이 폭우에 녹아 흐물거렸다. 병사들은 손에 묻은 비스킷을 혓바닥으로 핥으며 허기진 뱃속을 달래야만 했다. 잠시 후 지금부터 움직이는 모든 물체는 사살하라는 명령이 하달되었다.

변을수 일병은 서둘러 왼쪽 손목에 인계 철선을 묶었다. 매복을 서는 병사들은 하루 내 쌓인 피로로 자기도 모르게 깜빡 잠이 들었다.

따라서 그들은 매복 중에 가느다란 인계 철선으로 서로의 손목을 묶고 매복에 들어갔다. 깜깜한 야간에는 아무것도 보이지 않았다. 그들은 손목을 묶은 채 청각을 곤두세우고 매복을 섰다. 병사들은 매복 중에 깜박 잠이 들어도 유사시에는 전우들이 인계 철선을 당겨 잠을 깨워 주었다.

폭우처럼 세차게 쏟아지던 빗방울이 잠시 후 가랑비로 변했다.

변을수 일병은 우의 속에 턱을 묻고 고개를 움츠렸다. 하루 동안 흘린 끈적한 땀과 비에 젖은 몸뚱이에서 풍겨 나오는 비릿하고 괴괴한 자신의 체취, 콧속으로 스며드는 달콤한 온기와 풋풋한 체온이 느껴졌다.

아, 지혜가 보고 싶다. 단 한 번 만져 본 지혜의 작고 하얀 젖가슴과 오디 알 같은 까만 젖꼭지가 그리웠다. 지혜는 지금 무엇을 하고 있을까? 작고 달콤한 입술과 미소 지을 때마다 하얗게 드러나 보이는 덧니. 그녀의 웃는 모습이 희미하게 떠올랐다.

"넌, 내 거야."

우지혜가 을수에게 다가오며 말했다.

그래, 난 지혜 거야. 지혜가 보고 싶다. 그녀의 가슴에 얼굴을 묻고 꺼이꺼이 소리 높여 실컷 울고 싶었다.

월남으로 떠나기 전에 변을수 일병은 오음리로 면회를 온 우지혜와 함께 마지막 외박을 나왔다. 그날 밤 두 사람은 말없이 한강 백사장에 앉아 강 건너 명수대를 바라보았다.

변을수의 손끝이 우지혜의 이마에 흘러내린 머리카락을 치켜 올렸다. 그리고 손가락은 초승달 같은 눈썹으로, 코끝으로, 입술로 옮겨 다니며 그녀를 애무했다. 마침내 긴 입맞춤 끝에 변을수의 손가락이 지혜의 블라우스 단추를 풀었다. 우지혜의 가느다란 목과 풍만한 가슴이 을수의 혀끝에 닿았다.

그녀는 처녀다운 거부의 몸짓과 짜릿한 흥분으로 어쩔 줄 몰라 했다. 우지혜는 다리를 비비꼬며 모래 바닥에 털썩 누워 버렸다. 그리고 산비둘기처럼 가느다란 신음 소리를 토했다.

가슴을 뚫고 들려오는 심장의 고동 소리, 목덜미를 타고 울려 퍼지는 우지혜의 헐떡거림, 고양이처럼 가르릉거리는 숨소리, 타오르는 열정과 흥분으로 목울대를 넘어가는 타액의 소리, 그리고 몸속으로 파고드는 매끄러운 손길과 축축한 체액의 감촉이 을수를 흥분케 했다.

그녀는 가슴으로 파고드는 한 마리의 작은 고양이였다. 원초적인 본능에 어쩔 줄 모르며 몸부림치는 색정에 젖은 귀여운 고양이였다.

갑자기 우지혜가 자욱이 피어오르는 안갯속에서 무희처럼 너울너울 춤을 추기 시작했다. 그녀는 하얀 블라우스를 활짝 벗어 내동댕이쳤다. 그리고 야릇한 동작과 요염한 몸짓으로 빙글빙글 돌며 춤을 추기 시작했다.

사슴처럼 가느다란 목덜미 아래로 풍만한 젖가슴과 금방이라도 터질 것만 같은 둔부, 활처럼 휘어진 허리의 유연한 곡선과 터질 것만 같은 허벅지와 미끈한 다리가 유혹적이었다.

우지혜가 손뼉을 치며 야릇한 괴성을 질러댔다. 그때마다 쿵짝 쿵자작 하는 북과 꽹과리 소리가 들려왔다. 북과 꽹과리 소리 속에서 지혜가 미친 듯이 울부짖기 시작했다.

쿵짝, 쿵짝.

우지혜의 풍만한 젖가슴이 파도처럼 출렁거리며 코앞까지 다가오자 꽹과리는 자지러지게 울부짖었다.

이젠, 그만 그만…….

변을수는 현기증을 일으키며 우지혜를 껴안으려 했다. 그러나 그녀는 생전처음 보는 싸늘한 눈빛으로 매정하게 변을수의 손길을 탁 하고 뿌리쳐 버렸다.

탁!

갑자기 왼손이 다급하게 당겨졌다. 변을수는 깜짝 놀라 두 눈을 동그랗게 뜨고 한 치 앞도 보이지 않는 어둠 속을 노려보았다. 지금까지 꿈을 꾼 것 같았다. 함께 있던 임태호 상병이 호 속에 없었다. 임태호 상병은 어디로 간 것일까?

쿵짝, 쿵짝, 쿵짝.

조금 전 꿈속에서 들었던 꽹과리 소리가 잠이 깬 지금까지 날카롭게 귀청을 파고들었다.

'이게 무슨 조화야? 조금 전, 꿈속에서 들었던 꽹과리 소리가 아직까지도 울리다니?'

변을수 일병은 공포에 질려 새파랗게 얼어 버렸다.

한 치 앞도 볼 수가 없는 캄캄한 어둠 속에서 한꺼번에 수백 명이 북과 꽹과리를 치다니……. 도저히 믿을 수 없는 일들이 벌어지고 있었다. 머리카락이 한꺼번에 곤두섰다. 마치 북과 꽹과리와 같은 시끄러운 소리가 캄캄한 밤하늘을 가득 채우고 있었다.

그때 남호구 병장이 임태호 상병과 함께 호 속으로 뛰어들었다.

"참말로 좆같이 걸렸어. 내 참 더러버서……."

임태호 상병이 몹시 허둥대며 남호구 병장에게 말했다.

"이젠 먼저 쏘는 놈이 먼저 죽는다. 끝까지 기다려."

남호구 병장이 몸을 부르르 떨며 중얼거렸다. 그는 속이 타는지 연방 혀끝으로 입술을 축이고 있었다.

　변을수 일병은 임태호 상병과 남호구 병장이 이렇게 공포에 떠는 모습을 일찍이 본 적이 없었다. 그들은 월남에서 잔뼈가 굵은 사람들이었다. 소위, 무서운 게 없는 현지 고참들이었다. 더구나 임태호 상병은 낙천적이고 허세가 심한 허풍쟁이였다. 그런 그가 왜 저렇게 공포에 질려 떠는지 알 수가 없었다.

　"왜 그래요?"

　변을수 일병이 임태호 상병에게 물었다.

　"아이쿠, 이 미련한 등신아! 니캉 내캉 오늘이 제삿날이다. 우린 적의 역매복에 걸렸다. 이제 알겠냐? 바보 같은 놈."

　"역매복에?"

　"그래, 우째다 중대가 요렇게 쪼다 짓을 했는지 고기이 한심하다마. 전마들이 우리 매복 지점을 우째 요래 정확하이 알고 치겠노. 참말로 귀신이 곡할 노릇 아이가? 믿을 수가 없다카이. 꽹과리와 북, 저건 모택똥이 전법인기라. 씹할 미치겠다마."

　쿵짝 쿵짝.

　또다시 북과 깡통 뚜드리는 소리가 칠흑같이 어두운 밤하늘을 가득 채우며 울부짖기 시작했다. 북과 꽹과리 소리가 점점 템포가 빨라지자 심장은 금방이라도 터질 것같이 쿵쾅거리고 귓속은 벌레가 든 것처럼 멍멍해졌다.

　"변 일병, 전투 배낭과 우의를 버려. 총하고 수류탄 외에는 전부 버리라고, 내 말 알겠지?"

　남호구 병장이 속삭였다.

　"닌 임마, 내 등 뒤에 딱 붙어라. 그라고 함부로 총 쏘지 마라, 알것제? 먼저 쏘면 니가 먼저 디진다 알겠제? 이건 장난이 아인기라. 죽고 사는 기 딸린 문젠기라."

임태호 상병이 변을수 일병에게 다급하게 말했다.

변을수 일병은 전투 배낭과 우의를 벗어 던졌다.

요란하게 울부짖던 북과 꽹과리 소리가 갑자기 뚝 그쳐 버렸다. 무서운 정적, 굉음보다 더 무서운 고요함이 찾아왔다.

변을수 일병은 바람이 가득 찬 풍선에서 공기가 빠지듯 머리에서부터 발끝까지 기운이 쑥 빠져 버렸다.

그때였다.

"악! 나 죽는다, 사람 살려."

갑자기 소름이 오싹 끼치는 처절한 비명 소리가 어두운 밤하늘을 갈라놓았다.

"뭐야?"

변을수 일병은 느닷없는 무서운 비명 소리에 놀라 임태호 상병을 쳐다보았다. 임태호 상병은 어금니를 뿌드득 뿌드득 갈았다.

"내, 이 새끼들을 안 잡아 묵으면 귀국을 안 할 기다. 두고 봐라, 개새끼들아!"

"어머니! 살려줘요, 으으흑흑."

오장육부를 칼로 저미는 듯한 단장의 비명 소리가 또 터져 나왔다.

"정 상병, 정 상병."

남호구 병장이 귀를 틀어막으며 중얼거렸다.

'그럼, 이 비명 소리는 낮에 행방불명이 된 정 상병의 목소리란 말인가?'

변 일병은 공포에 질렸다.

"전마들이 일부로 직이지 않고 납치한 기라. 우리를 칠라꼬 정 상병을 요 부근 어딘가에 묶어 놓고 칼로 살점을 넝마 조각처럼 기리고 있는 기라. 우리가 분노와 공포에 질려 사격을 하도록 유도하고 있는 기라. 저 소리에 기가 질려 우리가 사격을 하면 위치가 노출되는 기야. 고기 전마들의 작전 아이가."

임태호 상병이 중얼거리며 이를 갈았다. 그때 정우병 상병의 비명 소리가 다시 터져 나왔다.

"중대장님! 빨리 죽여줘요. 제발 빨리 좀 죽여줘요. 야, 이 새끼들아! 죽이려면 빨리 죽여라. 비겁하게 칼로 그리지 말고 한 방에 죽여라. 죽여라, 죽여……."

변을수 일병은 울컥 토했다. 자꾸만 뱃속이 울렁거리며 메스꺼워졌다.

정우병 상병은 강원도 명주군이 고향인 순박한 시골 청년이었다. 그는 입대 전에 아버지와 함께 울릉도 부근의 어장에서 오징어를 잡는 어부였다. 제대 후에 그의 꿈은 작은 동력선을 구입해서 아버지와 함께 울릉도 어장으로 나가 오징어 낚시를 하는 것이었다.

아직도 소년티를 채 벗어나지 못한 정우병 상병은 아침까지만 해도 변을수 일병에게 애인 사진을 보여 주며 귀국 후의 꿈을 설계하고 있었다. 그런 그에게 무슨 잘못이 있단 말인가?

변을수 일병은 고개를 들고 칠흑같이 어두운 밤하늘을 쳐다보았다. 시커먼 먹구름 사이로 재빨리 얼굴을 내밀고 사라지는 보름달이 보였다.

아, 오늘이 보름날이었던가? 달빛마저 고국의 그것과 달랐다. 붉은 핏빛으로 물든 요사스러운 달무리.

우린 너희와 싸우고 싶지 않다. 누가 월남 오고 싶어 온 줄 아니? 너희는 잘 모르지만 우리에게는 3년이라는 국방의 의무가 있다. 강제로 끌려 나온 거야. 군대 생활 3년을 못 때우면 우린 취직도 못 해. 장가도 못 가. 거긴 반도라 탈영해서 도망갈 데도 없어. 전방에서 우리가 추운 겨울에 얼마나 고생을 한 줄 아니? 이것 봐라, 얼어서 발톱이 모두 빠졌잖아. 우리는 3년간을 군대에서 보내야 사회생활을 할 수 있다. 제발 우릴 그냥 보내 다오. 고향에 있는 가족들의 품으로 무사히 돌아갈 수 있게 그냥 보내 다오. 우린 너희들과 싸우기 싫어.

#18 광란의 꽹과리

― 미칠 듯이 시끄러운 소리 ―

쿵짝 쿵짝.

또다시 요란스러운 꽹과리 소리가 울부짖기 시작했다. 변 일병은 손목시계를 흘깃 바라보았다. 파란 불빛의 야광 시계 바늘이 10시 25분을 가리키고 있었다.

마음껏 갈겨 보고 싶다. M16 소총으로 타타타 하며 속이 후련하도록 갈겨 보고 싶었다.

정우병 상병을 저렇게 갈기갈기 찢어 죽일 바에는 차라리 단 한 방의 총탄으로 죽여 버리고 싶다. 밤이 새도록 발광을 하는 저 미친 자들을 죽이고 싶다. 가슴속이 후련하도록 갈기갈기 찢어 죽이고 싶다.

화산처럼 활활 타오르는 분노, 용암처럼 부글부글 끓어오르는 증오심, 미칠 것만 같은 적개심이 온몸을 휘감아 돌았다.

"임마 자슥, 이기 미친놈 아이가? 니 직금 대가리 처박고 뭐 하노? 기도하는 기가? 목숨이 눈앞에서 왔다 갔다 카는데."

갑자기 눈앞에서 불이 번쩍 튀었다. 옆에 있던 임태호 상병이 소총의 개머리판으로 변을수 일병의 철모를 내리친 것이다. 충격으로 눈앞이 아찔한 게 머릿속이 빙그르르 돌았다.

어둠과 귀청을 찢는 꽹과리 소리, 그리고 울부짖는 비명 소리……눈에 보이지 않는 적들은 그 짓을 밤새도록 되풀이했다.

시간은 어느새, 01시 30분.

병사들은 점점 적이 노리는 대로 자포자기 상태에 빠져들었다. 끊임없이 계속되는 공포와 미칠 것 같은 분노를 더 이상 견딜 수가 없었다.

적들은 처음에는 20분 간격으로, 이제는 5분 간격으로 북과 꽹과리를 치다가는 뚝 그쳐 버리는 행동을 반복하고 있었다. 이젠 조용한 정적이 더 무섭고 불안했다.

그때였다. 쾅 하는 폭음과 함께 지축이 흔들리며 2소대 3분대가 매복하고 있는 지점에서 섬광이 터져 나왔다. 그리고 불길이 밤하늘 높이 치솟아 올랐다. 매복 지점은 갈대와 잡목에 불이 붙으며 대낮같이 환하게 밝아졌다.

곧이어 16발의 박격포 탄이 우박처럼 그곳을 강타하기 시작했다.

불길 속에서 석종수 하사가 이끄는 분대가 M16 소총으로 난사를 하며 헬기의 착륙장으로 퇴각하기 시작했다. 석종수 하사의 분대를 향해 수많은 붉은 예광탄이 날아가고 있었다. 엄청난 병력이 사격하는 집중 화력이었다. 예상치 못한 적의 공격에 3분대는 우왕좌왕하며 퇴각하기에 급급했다.

쾅!

갑자기 화기 소대 전면에 설치한 크레모아가 지축을 울리며 터졌다.

"악!"

깜상 이용호 병장이 불빛 속에서 처절한 비명을 지르며 벌떡 일어섰다. 이용호 병장뿐만 아니라 분대원 배주환 일병과 김성보 상병도 온몸에 붉은 피를 흠뻑 뒤집어쓴 채 비틀거리며 일어섰다. 그들은 크레모아의 파편에 맞은 것이다.

크레모아는 전면에서 침투하는 적들을 살상하기 위해 우군이 설치한 것이다. 그런데 크레모아의 폭발과 동시에 매복해 있던 아군의 분대장과 병사들이 그 파편을 맞은 것이다. 그들은 몸을 일으키자마자 적의 벌떼 같은 집중사격을 받고 나무토막처럼 힘없이 나동그라졌다.

변을수 일병은 이 어처구니없는 일을 이해할 수가 없었다. 마치 꿈을 꾸고 있는 것만 같았다. 가위에 눌려 식은땀을 줄줄 흘리며 비명을 지르는 악몽, 이게 정말 꿈이라면 얼마나 좋겠는가?

흐릿한 불빛과 메케한 연기 속에서 검은 그림자가 불쑥 앞에 나타났다.

"적이다, 스위치. 크레모아 스위치!"

누군가 소리쳤다. 그때서야 변을수 일병은 정신을 차리고 손에 들고 있던 크레모아 스위치를 누르려고 했다. 순간, 변을수 일병은 뒤로 벌렁 나가떨어졌다. 옆에 있던 임태호 상병이 M16 소총의 개머리판으로 변을수 일병의 손목을 쳐 버렸기 때문이다.

그와 동시에 전면에 설치한 조명탄이 청백색의 강렬한 섬광을 내뿜으며 터졌다. 조명탄 섬광 속에 적의 모습이 선명히 드러났다.

타타탕!

임태호 상병이 벌떡 일어서며 M16 소총으로 비로 쓸듯 갈겨 버렸다.

바로 옆에 매복해 있던 1분대의 전면 크레모아가 꽝 하고 터졌다. 그런데 놀랍게도 크레모아 파편에 쓰러진 것은 적이 아니라 매복해 있던 아군이었다. 병사들은 무서운 비명을 지르며 때굴때굴 굴렀다.

그때야 변을수 일병은 조명탄의 섬광 속에서 조금 전 그가 설치한 크레모아를 자세히 볼 수가 있었다. 크레모아는 야간에 전·후면을 구분하기 위해 후면에 흰 페인트를 칠해 놓았다. 크레모아 안에는 8,000

발의 파편이 들어 있었다. 그런데 어느새 크레모아는 모두 반대편으로 돌려져 있었다. 북과 깡통을 뚜드리며 우리가 정신을 놓고 있을 때 그들은 은밀하게 접근하여 크레모아의 앞뒤를 돌려놓은 것이다. 화기 소대가 아군의 크레모아에 당한 것도 그 때문이었다.

변을수 일병은 임태호 상병이 소총의 개머리판으로 그의 손목을 친 이유를 이제야 알 수가 있었다. 만일 변을수 일병이 크레모아 스위치를 눌렀다면 그는 팔천 발의 파편을 정면으로 맞고 몸은 산산조각이 났을 것이다. 다행히도 월남 고참인 임태호 상병이 그것을 눈치 채고 변을수 일병의 손목을 쳐서 목숨을 구한 것이다.

탁!

본부 소대 매복 지점에서 적색 조명탄이 하늘 높이 솟아올랐다. 눈이 빠지도록 기다리던 공격 개시 신호였다.

따르르륵 따르르륵.

LMG와 M16 소총이 불을 뿜기 시작했다. 그러나 교전 시간이 길어질수록 7중대는 점점 괴멸당하고 있었다.

박동수 중대장은 도대체 영문을 알 수가 없었다. 적의 주력은 어디 있는가? 적의 병력은 얼마나 되는가? 제1소대 지역과 중앙의 화기 소대, 그리고 본부 소대까지 공격을 받고 있었다.

"아냐, 이건 아니야."

박동수 중대장은 놀라서 비명을 질렀다.

처음 그의 생각은 킬러밸리 입구에 은밀하게 매복을 하고 있다가 오늘 밤에 빈딩성으로 출동하는 적의 소규모 병력을 칠 생각이었다.

그런데 정반대의 현상이 벌어지고 있었다. 7중대는 보기 좋게 적의 역매복에 걸려 그물 속의 고기들처럼 꼼짝도 하지 못하고 있었다. 더구나 밤새도록 미쳐 날뛴 북과 꽹과리 소리와 정우병 상병의 처절한 비명에 병사들은 완전히 혼이 빠져 있었다.

귀신도 모르게 매복해 있다고 생각했던 소대들이 적의 벌떼 같은 집중 화력을 받고 순식간에 무너졌다.

더욱이 기절할 노릇은 조명탄과 크레모아로 구성한 중대 화망이 도리어 병사들을 죽이고 있었다. 이것은 예삿일이 아니었다.

"김 하사, 철수 헬기를 요청하라 빨리! 전 중대는 한라산으로 후퇴! 명령이다, 전 중대는 한라산으로 집결하라."

박동수 중대장이 다급하게 후퇴 명령을 내렸다. 그러나 중대는 퇴각 명령도 내리기 전에 이미 후방 엄호조가 무너지고 있었다. 석종수 하사의 분대가 괴멸당한 것이다.

개미허리는 무전기를 열고 A포대의 FDC와의 교신을 시도했다. 그러나 좀처럼 무전기가 연결되지 않았다.

"김 하사! 포는 어떻게 됐냐? 포는 뭐하고 있어?"

박동수 중대장은 벌떼처럼 밀려오는 수많은 적들을 향해 M16 소총으로 사격하며 고함을 질렀다.

부상당한 병사들의 울부짖음과 신음, 무서운 외마디 비명, 예광탄의 붉은 포물선, 그리고 폭음과 눈부신 섬광이 밤하늘에 가득히 울려 퍼졌다.

그때 A포대의 FDC와 연결이 되었다. A포대의 무전병은 신동협 병장이었다. 하지만 개미허리는 그가 누구인지 알 수 없을 정도로 정신이 없었다.

갑자기 꽝 하는 폭음과 함께 105㎜ 포탄이 날아오기 시작했다. 마침내 우군의 포 지원이 시작된 것이다.

팍 하는 소리와 함께 밤하늘 높이 청백색의 눈부신 섬광이 터졌다. 강렬한 청백색의 조명은 교전 지역을 대낮같이 환하게 밝혀 놓았다. 우군의 155㎜ 포의 조명탄도 터졌다. 그때야 박동수 중대장은 전선을 한

눈에 볼 수가 있었다. 마른 실개천을 중심으로 매복해 있던 중대를 포위하고 북과 꽹과리를 치며 다가오는 수많은 검은 그림자들이 보였다.

이렇게 많은 정규 병력이 도대체 어디서 왔단 말인가? 도저히 믿을 수 없는 일이 벌어지고 있었다. 엄청난 적의 병력을 보자 박동수 중대장은 입이 딱 벌어졌다. 우박처럼 쏟아지는 적의 총탄에 사랑하는 그의 부하들이 사력을 다해 저항을 하고 있었다. 오정호 중위의 화기 소대가 한라산으로 퇴각하며 처절하게 저항하고 있었다. 정영일 중위의 제2소대가 조명탄의 불빛 속에서 적과 육탄전을 벌이고 있었다. 그러나 역부족이었다. 매복은 완전히 실패였다.

"후퇴, 후퇴하라! 한라산으로 집결하라."

박동수 중대장은 목이 메여 소리쳤다.

그때였다. 남쪽 하늘 저 멀리서 우르릉 우르릉 하며 헬기가, 철수 지원 헬기가 다가오고 있었다.

제1소대장 김영길 중위가 어깨에서 피를 흘리며 박동수 중대장에게 다가왔다.

"중대장님, 여깁니다! 빨리 이쪽으로."

그의 소대는 불이 활활 타오르는 갈대밭으로 퇴각하고 있었다. 병사들은 피투성이가 된 채 전우들을 부축하며 한라산으로 집결하고 있었다. 105㎜ 포와 155㎜ 포의 포탄들이 전면과 측면의 적들을 차단하기 위해 우박처럼 떨어지고 있었다.

105㎜ 포의 5개의 조명탄이 밤하늘 높이 한 줄로 매달려 떨어지고 있었다. 제일 아래쪽의 조명탄이 지면에 가까워져 불이 꺼지면 꼭대기에서 다시 새로운 조명탄이 터졌다. 조명탄은 강렬한 불빛으로 끊임없이 전선을 대낮처럼 환하게 밝혀 놓았다.

밝은 조명 속에서 H21 헬기 한 대가 어렵게 착륙을 했다. 병사들은 벌떼처럼 몰려들었다.

헬기가 붕 떠오르자 동체 속으로 기어들지 못한 병사들은 창문가에 대롱대롱 매달려 날아가고 있었다.

또 다른 헬기 한 대가 불빛 속에서 착륙을 시도했다.

병사들을 태우고 하늘로 떠오르던 헬기 한 대가 포탄에 맞고 불덩어리가 된 채 곤두박질을 해 버렸다. 또 다른 한 대는 조종석에 포탄을 맞고 그 자리에서 폭발해 버렸다. 순식간에 헬기 착륙장은 불바다로 변했다. 그 와중에 박동수 대위가 포탄의 파편에 맞고 쓰러졌다.

그때야 비로소 박동수 중대장은 우군의 포성과는 전혀 다른 포성을 들을 수가 있었다. 그 포성은 멀리 킬러밸리에서 들려오는 적의 포 소리였다. 적군의 포격은 헬기를 정확하게 공격했다. 헬기들은 착륙을 포기하고 철수했다.

병사들은 탈주로가 봉쇄되자 타오르는 불길 속에서 메뚜기처럼 사방으로 흩어졌다. 막강한 7중대의 병사들이 산 설고 물 설은 낯선 나라의 정글 속으로 도망치고 있었다.

박동수 중대장은 큰 대자로 누워 밤하늘을 쳐다보았다. 눈물이 두 볼을 타고 흘러내렸다.

그때 조명탄 불빛 속에 잠깐 개미허리의 모습이 보였다.

"깜상, 내 이럴 줄 알았다. 너 땜에 7중대는 박살 난 기야. 이기 다 니놈이 동정해서 풀어준 꼬마 녀석이 우릴 이렇게 만들었어. 잘해 봐라. 개새끼들아! 행님은 먼저 간다."

무전기를 벗어서 내동댕이치며 개미허리는 투덜거리며 혼자서 어둠 속으로 사라졌다.

"삐익 삐익, 여긴 벽돌장 육이다. 벽돌장 팔은 응답하라."

갑자기 무전기 신호가 떨어졌다. 신동협 병장은 깜짝 놀라 수신기를 집어 들었다. 어느새 비가 세차게 쏟아지고 있었다. 억수같이 쏟아지는 비를 맞으면서 깜빡 잠이 든 것 같았다. 수신기를 잡은 팔목을 타고 빗물이 줄줄 흘러내려 소매 속으로 기어 들어갔다. 스콜이 오는 모양이다. 신동협 병장은 손으로 입을 가리며 대답했다.

"벽돌장 팔이다, 송신하라."

"갈매기님, 큰일났습니다. 벽돌장 칠이 당하고 있어요. 역 매복에 걸린 것 같습니다."

"칠이 역매복에 걸려?"

"예, 감청하다가 들었습니다, 총소리가 요란하고 김 하사님이 울부짖는 소리를 들었습니다."

"고맙다, 수도 고구마(수고)."

신동협 병장은 재빨리 무전기의 주파수를 7중대로 맞추었다. 그러자 개미허리의 울부짖는 소리가 전파를 타고 흘러나왔다.

"좌표 367259로 포 지원 바란다. 타앙 탕탕……. 본 대는 전멸한다. 빨리빨리. 왓! 오뚝이가 떨어진다. 지원용 헬기가 당했다. 철수하라, 철수하라. 본 대는 전멸……."

"벽돌장 칠, 여긴 팔이다. 김 하사, 김 하사……."

신동협 병장이 다급하게 개미허리를 불렀다. 그러나 개미허리는 정신이 없었다.

"적이 몰려온다, 새카맣게 몰려온다. 사격하라, 응사하라. 탕탕 탕……."

"어이 김 하사, 김 하사!"

신동협 병장이 다급하게 불러댔다.

앙케와 빈케에서 날아오는 105mm 포와 155mm 포의 조명탄이 밤하늘을 대낮처럼 환하게 밝혀 놓았다. 신동협 병장은 북쪽 하늘을 쳐다보았다. 많은 조명탄이 밤하늘을 아름답게 수놓고 있었다. 조명탄은 나란히 한 줄로 서서 천천히 검은 밤하늘을 환하게 밝히며 떨어지고 있었다. 청백색의 강렬한 불빛이 눈부시게 아름다웠다. 조명탄의 포성과 총성이 천지를 진동하고 있었다.

"신 병장, 무슨 일이야. 저긴 7중대 지역 아닌가?"

중대장 박형돈 대위가 물었다.

"7중대가 전멸당하고 있습니다."

"뭐야? 7중대가! 교신을 해 봐."

"두절됐습니다."

"통신이 끊겨? 큰일 났군."

신동협 병장은 고개를 들고 밤하늘을 쳐다보았다. 어느새 스콜이 끝나고 먹구름 사이로 핏빛 보름달이 잠깐 얼굴을 내밀고는 슬며시 사라졌다.

신동협 병장은 그 달빛이 마치 7중대의 불행을 예고하는 것 같아 마음이 무거웠다.

#19 죽음의 계곡

- 죽은 자와 곧 죽게 될 자의 계곡 -

변을수 일병은 선인장과 칡넝쿨로 뒤엉킨 정글 속으로 숨어들었다. 여태까지 이렇게 두려운 적은 한 번도 없었다. 도대체 적이 어디 있단 말인가?

사방에 적군이 깔려 있는 것만 같았다. 자꾸만 칠흑 같은 어둠 속에서 갑자기 적군이 불쑥 나타날 것만 같았다. 극심한 공포가 파도처럼 밀려 왔다. 철모 속에서 흘러내려 볼을 타고 입속으로 스며드는 짭짤한 맛, 그것은 바로 비릿한 피의 맛이다. 팔이 하나 떨어져도, 머리가 깨져도 여기서 살아 나갈 수만 있다면 더 이상 무엇을 바라겠는가? 오직 생존만이 변을수 일병의 목표였다. 살고 싶었다.

꽝!

지근거리에 터지는 포탄과 함께 그는 앞으로 폭 고꾸라졌다. 샛노란 현기증에 머리가 빙그르 돌며 눈앞에 수많은 반딧불들이 반짝거리며 지나갔다.

'개미허리 김 하사가 입버릇처럼 번개 씹하는 걸 봤다더니 이걸 두

고 하는 말이구나.'

을수는 경황 중에도 웃음이 터져 나왔다.

"에퉤퉤."

변을수 일병은 입속에 가득 고인 흙을 내뱉었다. 다행히 심하게 다친 곳은 없는 것 같았다.

조금 전까지만 해도 요란하게 사격을 하던 M16 소총 소리는 잠잠해진 반면 따르륵 따르륵 하는 AK 자동소총 소리가 어둠 속 정글을 여기저기 휘저으며 다니고 있었다. 이건 바로 7중대가 제압을 당했다는 이야기였다. 겁이 덜컥 났다. 그는 소총의 방아쇠에 손가락을 걸고 총소리가 나지 않는 곳을 향해 정신없이 뛰었다.

부익!

갑자기 전투복 등 부분이 쭉 찢어졌다. 살갗이 쓰라리고 축축해졌다. 등 부분이 선인장 가시에 걸리며 상처가 난 모양이다. 그때 갑자기 "타타탕" 하고 요란한 총성이 울리기 시작했다. 주변의 바위가 총알을 맞고 파편이 우박처럼 튀어 올랐다. 변을수 일병은 적군에게 자신의 위치가 노출되었다고 생각을 했다. 을수는 낮게 포복을 한 후 전방을 응시했다.

쏠까? 말까?

그때 임태호 상병의 말이 떠올랐다. 불리한 상황에서는 절대로 먼저 쏘지 마라. 너만 표적이 될 뿐이다.

변 일병은 사격을 단념하고 낮은 포복으로 그곳을 빠져나오기 시작했다. 얼마나 기어갔을까? 갑자기 주위가 조용해져 위험지역은 빠져나온 것 같았다.

여기가 어디쯤일까? 감이 잡히지 않았다. 그는 슬며시 몸을 일으켰다. 그때 어둠 속에서 나지막한 목소리가 들렸다.

"쪼다 자식. 살아 있었구나."

"누구냐?"

"쉿! 이쪽으로 와라, 혼자가?"

목소리는 틀림없는 개미허리였다. 변을수 일병은 목소리가 들리는 곳을 응시했다. 짙은 어둠 속 건너편 바위 밑에 살쾡이처럼 움츠리고 있는 사람이 보였다. 개미허리였다. 변일수 일병은 자기도 모르게 낮은 포복으로 개미허리에게 다가갔다. 너무 반가워 왈칵 울음이 터져 나왔다. 개미허리 김 하사를 여기서 만나다니 꿈만 같았다.

평소에 그는 반가운 고참이 아니다. 위기의 순간에는 자기만 살기 위해 혼자서 행동을 한다는 소문이었다. 서로 엄호하며 전투를 해야 하는 그런 상황 속에서 자기만 살기 위해 혼자서 독자적으로 행동하는 그런 전우는 가장 믿을 수 없었다. 전투는 팀워크였다. 그런데도 그를 만난 것이 너무 반가웠다.

변을수 일병은 단걸음에 개미허리가 있는 곳으로 달려갔다. 개미허리 옆에는 누군가 한 사람이 누워 있었다.

"누고?"

변을수 일병이 개미허리에게 물었다.

"보고도 몰라 임마!"

누워 있는 사람은 권영준 병장이었다.

"권 병장, 여길 떠야겠다, 걸을 수 있겠어?"

개미허리가 권영준 병장에게 말했다.

"난 틀렸어, 그냥 두고 떠나."

"쉿!"

갑자기 개미허리가 재빨리 엎드렸다.

와삭와삭.

캄캄함 어둠 속 정글 저쪽에서 발자국 소리가 다가오고 있었다. 개미허리가 변을수 일병에게 속삭였다.

"여길 뜨자. 권 병장을 부축해."

변을수 일병은 권영준 병장을 조심스럽게 부축하고 개미허리의 뒤를 따라 캄캄한 정글 속을 뛰기 시작했다.

칠흑 같은 어둠, 짙은 밤안개, 칼날 같은 선인장의 가시, 입속으로 스며드는 땀방울의 짭짤한 맛, 터질 것만 같은 심장의 고동 소리가 공포에 질려 몸부림을 쳤다.

밀림 속에 적들이 추격해 온다. 그들은 우릴 죽일 거야. 정우병 상병처럼 칼로 갈가리 찢어서 죽일 거야. 포로가 되는 것보다는 총에 맞아 죽는 게 훨씬 고통이 덜할 거다. 뛰어라, 어서!

가슴 저 밑바닥에서부터 두려움이 산불처럼 활활 번져 나왔다. 미칠 것 같은 공포로 눈이 확 뒤집어졌다. 짙은 어둠 속에서 눈에 보이지 않는 적들이 추격을 해 오고 있었다. 총으로 사격하지도 않고, 말 한마디 없이 조용히 추격하는 적, 도망칠수록 더 다급하게 쫓아오는 추격자는 바로 죽음의 그림자였다.

"이얍!"

앞서가던 개미허리가 날카로운 기합 소리와 함께 허리에 차고 있던 대검을 뽑아 던졌다. 추격해 오던 검은 그림자가 나무 위에서 떨어졌다.

변을수 일병은 공포에 질려 땅바닥에 떨어진 검은 물체를 노려보았다. 놀랍게도 그것은 원숭이였다. 강아지만 한 원숭이의 가슴에는 대검이 박혀 있었다.

개미허리는 원숭이의 가슴에서 대검을 뽑아 정글복에 쓱쓱 문지른 후에 칼집에 꽂고는 허리에 찬 수통을 찾았다. 4개의 수통 중 겨우 하나가 남아 있었다. 개미허리는 수통을 흔들어 한 모금을 마시고는 권영준 병장에게 수통을 건네주었다. 물을 마시는 권영준 병장의 목울대가 왠지 서글프게 보였다.

"개밥이 되기 전에 빨리 여길 뜨자."

개미허리가 다시 앞장을 서며 길을 열었다. 정글 속 깊숙이 들어온 것 같았다. 도대체 여긴 어디쯤 될까? 정글의 바닷속을 헤엄치는 것만 같았다. 그 바다는 끝이 없고 망막했다.

눈에 보이는 모든 것들이 무성영화의 한 장면처럼 소리 없이 돌아가고 있었다. 바람 소리마저 들리지 않는 깊은 정글이었다.

"으윽!"

갑자기 권영준 병장이 짚단처럼 쓰러졌다. 그리고 꾸역꾸역 토하기 시작했다. 힘들기는 변을수 일병도 마찬가지였다.

"김 하사님, 쉬어 갑시다. 이젠 죽어도 더 못 가겠어요, 쉬어……."

변을수 일병이 중얼거리며 쓰러졌다. 차라리 이 고통보다는 죽는 게 더 편할 것만 같았다. 개미허리도 땅바닥에 길게 누우며 중얼거렸다.

"미치겠군."

그때였다. 갑자기 "따르륵" 하고 정적을 깨는 총소리가 들려왔다. 변을수 일병은 총알이 귓전을 스쳐 지나가자 이제 죽었다고 생각했다.

어둠 속의 적은 '따르륵 따르륵' 하며 3발씩 점사를 하고 있었다. 그것은 사격을 아주 많이 한 고참들만의 솜씨였다. M16 소총은 자동으로 쏘면 순식간에 15발 탄창이 바닥나 버렸다. 따라서 고참들은 손가락을 방아쇠에 걸고 3발씩 점사를 하는 것이다. 병사들은 총소리만 듣고도 고참들을 가려냈다.

"저런 미친놈."

개미허리가 중얼거렸다. 변을수 일병은 개미허리가 말하는 뜻을 알지 못했다.

"저건 우군이야. 총소리가 엠십육이잖아."

"변을수 일병은 그때서야 어둠 속의 적이 우군이라는 것을 짐작했다."

"사격 중지! 누구냐? 손들고 나와라."

개미허리가 총을 겨누며 어둠 속에다 소리쳤다.

"닌, 누고?"

적이 물었다.

"너 태호지?"

"김 하사님? 개미허리 김 하사님, 맞지요? 우왓! 살았다."

환호성을 지르며 어둠에서 임태호 상병이 뛰어나왔다.

격렬한 전투로 임 상병의 정글복은 갈기갈기 찢어져 걸레가 되었고 철모를 쓰지 않은 이마에는 검붉은 피가 말라붙어 있었다.

"와아! 변 일병 아이가? 니도 살아 있었나. 내가 니를 울매나 찾았는지 아나? 나는 니가 디진 줄 알았다. 아이쿠, 이 문디이 자슥아!"

임태호 상병이 변을수 일병을 왈칵 껴안았다.

"자식! 또 이빨 까네, 흐흐흐."

개미허리도 임태호 상병을 만나자 몹시 반가운 모양이었다. 하긴 중대가 박살이 났는데 살아서 다시 만났으니 왜 반갑지 않겠는가?

변을수 일병은 임태호 상병을 만난 것이 몹시 기뻤다. 마치 구세주라도 만난 기분이었다. 모든 일에 낙천적인 그를 만난 것이 얼마나 다행한 일인가? 절망에 빠진 현재의 상황 속에서도 임태호 상병은 여전히 낙천적이고 여유가 있었다. 그는 벼락이 치는 하늘도 사기를 쳐서 속여 먹을 친구였다.

"오늘 밤이 제삿날이라고 생각하이 참말로 미치겠더라꼬. 그런데 저기 누고? 야 임마, 닌 누고? 아이고, 권 병장님 아인교? 우째다 요래 됐는 기요? 많이 다쳤서요?"

"견딜 만하다. 너도 용케 살았구나."

권영준 병장이 희미하게 웃으며 말했다.

"어딜 맞았어요?"

"복부에."

"우째다 이래 당했는기요? 조심하제."

임태호 상병이 수선을 떨자 조금 전까지 침울했던 분위기가 순식간에 바뀌었다. 얼이 빠져 있던 병사들은 갑자기 정신이 들었다.

"야 봐라, 변 일병! 니 깡통 좀 없나? 배고파 죽겠다마."

임태호 상병은 죽는 시늉을 하며 변을수 일병에게 손을 내밀었다. 변을수 일병이 호주머니 속에서 햄 한 깡통을 건네주자 임태호 상병은 게걸스럽게 먹어 치웠다. 그리고 또 수다를 떨었다.

"이히히! 어제 점심 때 남호구 병장과 이거 묵다가 디질 뻔 안 했나? 햄 한 조각을 입에 처넣었는데 언챘는지 배가 살살 아픈 기라. 그래서 똥 좀 눌라꼬 빙빙 돌다 보이 적당한 데가 없는 기라. 그래 가이고 조짜 보이 널찍한 바위가 보이더라. 옳다 요기가 명산 터다 하고 막 싸는데 휙 하고 수류탄이 날아오는 거라. 워매 뜨거라, 하고 토끼는데 바지 올릴 새가 어딨더노? 꽝! 하는데 와 미치겠더라, 온통 바지에 똥칠을 안 했나."

"이 자식, 어쩐지 냄새가 고약하더라. 에이 구려! 에퉤퉤퉤."

개미허리가 코를 감싸 쥐며 뒤로 물러나 앉았다. 정말 임태호 상병의 몸에서는 이상한 냄새가 나고 있었다. 그러나 하나뿐인 목숨이 왔다 갔다 하는 판에 바지에 똥칠한 것이 문제겠는가?

"남 병장님은요?"

변을수 일병이 궁금한 듯 물었다.

"남 빙장님 말이가? 내카 같이 있었는데 수류탄이 날아온 기야. 3소대 조문기 하사가 산산조각이 나드라카이. 워매 뜨거라, 하고 한 손으로 허리띠를 잡고 다른 손으로는 정신없이 한 클립을 끌고 보이 남 빙장님이 안 보이더라. 그라이 우째겠노? 할 수 없이 혼자서 대머리산 쪽으로 도망을 쳤제. 고짜 가면 우군이 안 있겠나 하고."

"야 임태호, 여기가 어디쯤 되냐?"

개미허리가 임태호 상병에게 물었다.

"중대가 깨질 때 조 하사님하고 도망을 쳤는데, 조 하사님이 동쪽에 보이는기, 저기 대머리산이라 카데요."

"저기 보이는 게 대머리산?"

"맞심더, 아홉 시 방향이라요."

그러나 개미허리는 자꾸만 고개를 갸우뚱하며 생각에 빠져들었다. 그들은 킬러밸리 입구에서 매복 중 적의 역매복에 걸려 중대가 전멸당한 후 정글 속을 헤매고 있었다. 적의 추격에서는 완전히 벗어난 것 같았지만 현재의 위치를 알 수가 없었다.

울창한 밀림 속에도 새벽의 여명이 찾아들었다. 원시림 사이로 햇빛이 스며들기 시작했다. 악몽 같은 밤이 지나가고 다시 하루의 아침이 시작되고 있었다.

"야, 변 일병, 내 눈이 잘못된 기가? 저기, 와 저 지랄이고?"

잠에서 깬 임태호 상병이 두 손으로 눈을 비비며 말했다. 키가 큰 원시림들이 나뭇잎은 전혀 없는 앙상한 겨울나무로 변해 있었다. 그것은 마치 고등학교 생물 시간에 박제된 하얀 인간의 뼈대를 보는 것만 같았다.

울창하던 숲들은 고국의 겨울 산처럼 앙상하게 변해 있었다. 월남은 열대 지역으로 겨울철이 없었다. 그래서 사시사철 숲이 무성했다. 그런데 갑자기 고국의 겨울철처럼 줄기만 남은 관목들, 말라비틀어진 칡넝쿨, 발목이 푹푹 빠지도록 쌓여 있는 낙엽 등은 섬뜩할 정도로 낯설어 보였다.

아침이면 늘 들어 왔던 새들의 지저귐, 벌레들의 속삭임과 짐승들의 울음소리, 그리고 나무 잎사귀들을 스치고 지나가는 바람 소리까지 들리지 않았다.

생명의 소리들이 갑자기 뚝 그치고 무성영화의 흑백 화면처럼 음산하고 적막한 세계로 뛰어든 것 같았다.

그곳은 공포와 비극의 세계였다. 병사들은 넋을 잃고 서로의 얼굴을 멍하니 쳐다보았다.

"어떻게 된 거야? 모두 죽었잖아. 여긴 죽은 자의 계곡이야!"

권영준 병장이 두려움에 떨며 중얼거렸다. 정글 속의 겨울은 병사들에게 엄청난 공포로 다가왔다. 열대지방에 어찌 겨울이 올 수가 있겠는가.

그것은 미군들이 비행기로 살포한 고엽제 때문에 밀림의 나뭇잎들이 모두 말라 죽은 것이다.

그때까지만 해도 한국군은 에이전트 오렌지(고엽제)에 대해 전혀 모르고 있었다. 개미허리 일행도 그런 이름을 들어 본 적이 없었다. 그들이 공포에 질려 놀라는 것도 당연한 일이었다.

미군은 제초제의 일종인 고엽제를 월남에서 전쟁 무기로 사용했다. 1962년부터 1972년까지 약 10년간에 걸쳐 1,800만 갤런에 달하는 에이전트 오렌지를 살포했고 그중 약 80%가 한국군 작전 지역에 집중적으로 뿌려졌다. 에이전트 오렌지에는 인체에 치명적인 맹독성 물질인 다이옥신이 포함되어 있었다. 다이옥신은 인류가 발명한 최악의 독성 물질로 그 독성이 청산가리의 수십만 배에 달한다. 소주잔 한 잔 분량인 다이옥신으로 10만 명의 사람을 죽일 수가 있다. 다이옥신에 피폭된 경우 중추신경장애, 면역체계이상변형, 말초신경장애, 심혈관질환과

순환기장애, 폐와 흉곽장애, 각종 암을 일으키며 유전자구조 변형으로 후세에까지 각종 질병을 일으킨다. 다이옥신에 대한 독성은 아직도 모두 규명되지 않고 있으며 그 독성이 일으키는 질병에 대한 치료약도 아직까지는 개발이 되지 않고 있다.

당시 월남전은 정글 지대의 특수성 때문에 미군들이 작전하기에 무척 어려움이 많았다. V.C는 지형적인 이점과 정글을 이용해서 엄청난 전비와 우수한 장비를 가진 미군들을 괴롭히고 있었다. 그들은 정글 속에서 치고 빠지는 전형적인 게릴라전을 구사했다. 소위 적이 강할 때는 치고 도망치는 모택동의 전법이었다. 도망치는 게릴라들이 정글 속에 숨어 버리면 한강 백사장에 바늘 찾기와 같았다. V.C는 밀림 속에 숨어 식량을 자급자족하며 우세한 무기를 가진 미군들과 전쟁을 계속할 수가 있었다.

그래서 미군들은 비행기를 이용하여 V.C의 은신처인 정글에 화공 약품을 살포하여 우거진 숲들을 '겨울'로 만들어 버렸다.

그것은 살아서 숨 쉬는 생명체의 어머니인 자연을 죽이는 일이었다. 준엄한 생명의 질서와 조화를 깨뜨려 조물주를 모독하고 대지를 죽이는 가장 비열한 살인 행위였다. 비행기로 살포되는 에이전트 오렌지는 가랑비처럼 살포되어 나뭇잎에 닿는 순간 앙상하게 메말라 죽었다.

푸른 잎사귀들은 흉측한 낙엽이 되어 떨어졌다. 베트콩들의 주식인 벼는 에이전트 오렌지가 살포되는 순간 말라비틀어지며 냉해 입은 벼처럼 하얗게 타서 죽었다. 약제 살포용 비행기가 지나간 지역은 순식간에 겨울철로 변해 버렸다. 군사 작전은 적을 죽이는 살인 행위가 허용된다. 이러한 행위들은 적을 제압하기 위한 전술이라는 이름으로 합리화되었다.

그러나 화학무기인 고엽제의 독성은 월남 전쟁이 종전된 지 30여 년의 세월이 흘렀으나 아직까지도 심각한 환경 파괴의 후유증을 앓고 있다. 월남 국토의 40%를 차지했던 밀림이 반으로 줄어들었다. 농토가 황무지로 변해 버려 식량 생산량이 감소되었다. 염색체의 파괴로 기형아가 출생하고 변형된 유전인자가 자녀들에게까지 유전이 되었다.

월남전 후 미국에서는 에이전트 오렌지의 독성에 대해 심각하게 거론하고 있다. 우리나라 역시 고엽제 피해자를 보훈처에서 조사하고 있다. 에이전트 오렌지는 수은처럼 인체에서 배설되지 못하고 잔류하여 그 독성으로 수많은 참전 용사들이 고통을 받고 있다.

#20 지렁이 간 빼 먹을 놈
- 살기 위해 못 할 짓이 없는 -

임태호 상병은 공포에 질려 버렸다. 그의 말처럼 일등병 시절부터 월남에서 잔뼈가 굵은 현지 고참이었다. 킬러밸리만 빼고는 빈딩성 구석구석을 다 뒤져 본 용가리 통뼈였다.

그런데 여긴 어디인가? 한국의 겨울철처럼 앙상한 겨울 숲으로 변한 이곳은 어디인가? 모든 일에 낙천적이고 매사에 허풍이 심한 임태호 상병도 생전 처음으로 공포에 떨며 심각해졌다.

그는 원래 성격이 단순하고 순박한 사람이었다. 경북이 고향으로 4남 4녀의 8남매 중 막내로 태어났다. 평생 동안 담배 농사만 짓던 아버지는 술만 취하면 짐승으로 변해 집을 온통 쑥대밭으로 만들었다. 아버지는 집 밖에서는 남에게 잘하는 양반이었다. 그러나 집 안에 들어서는 순간부터는 폭군으로 변했다. 그는 대문을 들어서는 순간, 제일 먼저 고함부터 질러댔다. 그리고 눈앞에 보이는 아무에게나 따귀를 올려붙였다. 그런 술버릇을 잘 아는 가족들은 아버지가 집에 들어서는 순간 공포에 질려 숨을 구멍부터 찾았다. 8남매 중 막내인 임태호는 어린 시절부터 숨어 다니는 데는 이골이 난 꼬마였다.

4살이 되던 어느 해 봄날이었다. 배가 고파서 울던 임태호는 아버지가 집 안으로 들어서는 것을 보지 못했다. 마침 그날은 어머니와 형들까지도 모두 담뱃잎을 따기 위해 밭에 나가고 없었다. 태호는 술에 취한 아버지의 흐릿한 눈과 마주치는 순간, 본능적으로 도망을 쳐야 한다는 느낌을 받았다. 그러나 태호가 부엌으로 도망치려는 순간 어느새 아버지는 그를 달랑 들어 마당에다 개구리처럼 태질을 쳐 버렸다. 임태호는 사지에 경련을 일으키며 짐승처럼 비명을 질렀다. 그것은 도살장에서 칼을 맞은 돼지가 지르는 단말마의 비명소리와도 같았다. 어린 임태호는 아무리 비명을 질러대도 아버지에게는 절대로 통하지 않는다는 것을 본능적으로 알고 있었다. 술에 취한 아버지는 한 마리의 잔인한 짐승이었다. 죽지 않으려면 도망치는 방법뿐이었다.

그는 아픈 배를 부여잡고 쥐새끼처럼 마루 밑으로 기어 들어갔다. 그리고 어두컴컴한 마루 밑 깊숙이 숨어 버렸다.

"이놈! 나오지 못해."

아버지가 컴컴한 마루 밑을 들여다보며 고함을 질러댔다. 그러나 어린 태호는 지금 나가면 아버지에게 맞아 죽는다는 것을 너무나 잘 알고 있었다. 태호가 나오지 않자 아버지는 긴 장대를 가지고 와서 마루 밑을 꾹꾹 쑤셔대기 시작했다. 끝이 뾰족한 대나무 장대 끝이 임태호의 배와 가랑이 사이를 자꾸만 찔러댔으나 그는 아픔을 참고 끽소리도 내지 않았다. 한동안 술에 취해 주정을 부리던 아버지가 제풀에 지쳐 거름더미 위에 쓰러져 잠이 들자 어머니와 형들이 슬금슬금 모여들었다.

"태호야, 이제 고만 나온나. 아부지 잔다."

어머니가 태호를 달랬으나 그 애는 꼼짝도 하지 않고 그 속에서 죽은 듯이 하룻밤을 지냈었다. 날이 새자 형들이 임태호를 불러냈으나 그 애는 밖으로 나오지 않았다. 할 수 없이 어머니가 마루 밑에다 밥그릇을 놓아두자 임태호는 강아지처럼 아무도 몰래 기어 나와 밥을 먹고는 다시 마루 밑에 숨어 버렸다.

어린 시절부터 임태호 상병은 도망치고 숨는 일에는 이골이 난 사람이었다.

그런 아버지가 섣달 그믐날 밤에 술에 취해 샛터 개울가에 쓰러져 얼어 죽었다. 아버지를 제일 먼저 찾아낸 사람도 태호였다. 초등학교 1학년 때의 일이었다. 그는 태어나서부터 죽음과 폭력에 아주 잘 길 들어져 있는 한 마리 짐승이었다.

그리고 살기 위해서는 지렁이 간이라도 빼 먹을 야비하고 사악한 인간으로 자라났다.

집안 살림은 어머니와 큰형이 담배와 고추 농사로 꾸려 갔다. 누나들은 어린 시절부터 구미 공장에 다니다가 시집을 갔고 형들은 트럭이나 택시를 몰기도 하고 정육점을 하기도 했다. 얼마 안 되는 농토는 큰형 혼자서 농사를 짓기에도 부족했다.

8남매 중 · 고등학교까지 졸업한 사람은 오직 태호뿐이었다. 어머니는 형들이 택시를 몰거나 채소장사를 하며 어렵게 사는 것이 모두 학교를 다니지 못한 때문이라고 생각을 했다. 그래서 막내인 임태호를 고등학교에 보낸 것이다.

어머니의 꿈은 막내인 태호가 고등학교를 마치고 이웃에 사는 상원댁의 아들처럼 면서기를 하는 것이다. 그녀는 부지런히 날품을 팔기도 하고 고추 농사를 지어 막내아들의 학비를 마련했다.

그러나 임태호는 고등학교에 다니는 3년 동안 한 번도 열심히 공부해 본 적이 없었다.

임태호는 처음 만나는 사람에게 영원히 잊지 못할 강렬한 인상을 심어 주었는데, 그것은 넓은 광대뼈, 가로 찢어진 작은 눈이 늑대의 눈알처럼 반들거려 아주 섬뜩한 느낌을 주기 때문이었다. 더구나 흉측한 작은 눈빛이 상대방을 노려볼 때는 만정이 떨어졌다.

그러나 그는 생긴 모습과는 달리 순진한 모습도 있었다. 임태호는 고등학교 시절에는 건달 뒤나 졸졸 따라다니며 깡패 흉내를 낸 것이 고작이었다. 학창시절에 변소에 숨어 구린내를 맡으며 담배를 피우다가 뺑코 선생에게 걸려 일주일 동안 정학 처분을 받은 것이 유일한 전과 기록이다.

또한 임태호는 낭만적인 구석이 있고 멋 내기를 아주 좋아했다. 잠시만 틈이 나도 그는 거울에 얼굴을 비춰 보며 혼자서 여드름을 짜거나 면도질을 했다. 아마도 그 자신은 영화배우처럼 잘생겼다고 생각하는 모양이었다. 그러나 고참들은 그런 모습을 볼 때마다

"야 임태호, 거울 그만 봐라. 닳아서 못 쓰잖아" 하고 야지를 놓았지만 녀석은 거울 속의 미남에 도취되어 도리어 잘생긴 것도 죄냐, 하며 들은 척도 하지 않았다.

그러나 임태호는 월남에 온 뒤부터는 사람이 아주 달라졌다. 적과 교전을 할 때, 임태호는 전쟁 영화 속의 주연 배우처럼 용감하고 늑대처럼 대담하며 여우처럼 교활하고 사기꾼처럼 야비했다.

다른 전우들이 내일 전투 때문에 입맛을 잃고 두려움에 떨고 있을 때, 녀석만은 새로운 모험에 대한 기대감으로 마음을 설레며 짜릿한 흥분으로 어쩔 줄을 몰라 했다.

임태호는 어느새 전투 자체를 즐기는 야비한 군인으로 변해 있었다. 그는 살생을 하고 파괴를 하는 데 황홀한 쾌감을 느끼고 있었다. 박동수 중대장까지도 교전 중에는 임태호 뒤만 따라다니면 죽지 않는다고 농담을 할 정도였다.

임태호는 귀국을 자꾸만 연기하고 있었다. 막연하나마 그는 귀국하여 고국의 사회생활에 적응하는 일을 두려워하고 있었다. 이전에는 시골에서 건달 흉내나 내던 촌놈이 이젠 사회생활에 적응을 하지 못할 경우, 크게 사고를 칠 위험한 인간으로 변해 있었다.

"야 변 일병, 이기 뭐고? 우째 짱글이 요래 겨울로 변했노? 니는 대학꺼정 댕겼으게 알것제."

하지만 변을수 일병도 그 이유를 알 수가 없었다.

"푸우! 이기 무신 냄새고? 참말로 지독하다, 에튀튀튀……."

갑자기 임태호 상병은 코를 감싸 쥐고 빙빙 돌았다. 조금 전부터 생선이 썩는 듯한 역겨운 냄새가 코를 찌르고 있었다. 개미허리가 나무 밑을 가리켰다. 3m에 가까운 거대한 뱀이 죽어서 썩고 있었다. 그러고 보니 추하게 죽어 있는 새들의 깃털이 여기저기 보였다.

"저쪽으로 가자."

개미허리가 폐허가 된 옛 사원을 총구로 가리켰다. 사원은 오랜 세월 동안 밀림의 우거진 숲으로 뒤덮여 인간들로부터 모습을 감추고 있었다. 그런데 어느 날 갑자기 비행기로 살포한 에이전트 오렌지(고엽제) 때문에 숲이 모두 낙엽으로 변하자 사원은 신비한 베일을 벗어 던지고 모습을 드러내게 되었다.

개미허리 일행은 곧 사원에 당도했다. 외부의 벽은 허물어지고 하늘을 찔렀던 높은 탑들은 땅바닥에 무너져 나딩굴고 있었다. 탑의 기단부에는 부처님의 좌상이 중생들에게 어둠을 밝혀 주며 이 땅을 불국 정토로 만들고자 삼매에 빠진 모습으로 조각되어 있었다.

탑의 오른편에는 큰 바위에 양각된 마애삼존불이 제각기 다른 방향을 향해 중생을 제도하고 있었다. 그리고 그 뒤편 수많은 석재를 쌓아서 만든 높은 기단 위에는 관음보살님이 자비롭고 온화한 미소로 내려 다보고 있었다.

관음보살님은 수백 년 동안의 온갖 풍상에도 파손이 되지 않고 자비의 화신으로 남아 금방이라도 입을 열어 상호 모순된 대립과 반목의 세계를 살고 있는 억조 중생들에게 한바탕 설법이라도 할 것만 같았다.

무시광대겁으로부터 모든 생명은 평등하고 존귀하며 남을 해치면 내가 죽고, 남을 사랑하면 내가 산다는 평범한 우주의 근본 진리를 관음 보살은 가르쳐 주고 있었다. 그러나 무명에 사로잡힌 인간들은 나만 살 겠다고 귀중한 다른 생명들을 함부로 살생하는 무지에 빠져 있었다.

사원의 규모는 웅장하고 호화로웠다. 아름드리 돌기둥과 허물어진 사원의 건물들이 한때 융성했던 남방불교의 특색을 대변하고 있었다.

왕조의 신하처럼 두 줄로 도열해 있는 작은 석탑들을 지나 앞으로 나아가자 한 기의 왕 묘와 잡초로 뒤덮인 큰 비석이 나타났다. 검은 돌 이끼로 몸단장을 한 거대한 비석은 왕 묘의 주인공이 예사로운 인물이 아니었음을 말해 주고 있었다.

사원 가운데에는 성수가 흐르고 있었다. 샘물은 돌기둥 앞에서 잠시 숨결을 고른 후 졸졸 소리를 내며 폐허가 된 채 돌무더기만 뒹구는 광 장을 지나 사원의 아래쪽에 인공으로 만든 정방형의 연못 속으로 흘러 들어가고 있었다. 거울처럼 맑은 연못 속에는 광장 위에 서 있는 7층 석탑의 외로운 그림자가 또 하나의 석탑을 만들고 있었다.

텅 빈 옛 사원의 을씨년스러운 모습과 음산한 기운은 일행을 더욱 두렵게 만들었다.

"죽어도 더 몬 가겠다, 여기서 쉬자."

임태호 상병이 털썩 주저앉았다.

"미쳤어, 임마! 귀신 나올까 겁난다, 출발!"

개미허리가 사정없이 행군을 독려했다. 병사들은 사원을 버리고 다시 정글 안으로 들어갔다.

시곗바늘은 어느새 오후 4시를 가리키고 있었다. 죽음의 정글은 아무리 전진해도 끝이 없었다. 그리고 코끝으로 스며드는 지독한 악취는 병사들을 괴롭혔다. 그들은 빨리 이곳을 벗어나 삼라만상이 살아서 꿈틀거리는 밝은 세계로 나가고 싶었다.

또다시 하루해가 저물자 정글이 어둠 속에 잠겨 들었다. 병사들은 허기에 지쳐 통나무처럼 쓰러져 잠이 들었다. 이따금 몹쓸 꿈이라도 꾸는지 짐승처럼 뒤척이며 신음을 토하고 있었다.

#21 도원경

- 이 세상에 도원경은 없다. 내 마음속에 있을 뿐 -

복부에 총상을 입은 권영준 병장은 잠을 제대로 이룰 수가 없었다. 그는 상처 부위의 통증이 심해 이따금 혼수상태에 빠져들곤 했다.

그는 경북 북부 지방에서 태어나 입대 전까지 독가촌에서 농사만 짓던 순박한 청년이었다.

그의 어머니 단곡댁은 6 · 25 전쟁 중인 열아홉 살에 안동 권씨 가문으로 시집을 갔다. 그리고 첫날밤을 겨우 치른 신랑은 이튿날 징집으로 군대에 끌려가 버렸다. 당시는 휴전이 임박하여 전투가 가장 치열했던 시기였다. 억세게도 재수가 없는 이 청년은 휴전을 일주일 앞두고 철원 지구 전투에서 중공군이 쏜 총을 맞고 전사하였다.

신부는 신랑의 얼굴마저 자세히 기억하지 못했다. 더구나 결혼 당시에는 가세가 넉넉하지 못해 지금처럼 결혼사진도 찍어 두지 못했다. 그녀는 얼굴도 자세히 기억하지 못하는 신랑을 위해 평생을 과부로 수절하며 살았다. 다행히도 첫날밤에 수태한 태아가 바로 권영준 병장이었다.

열아홉 살에 과부가 된 단곡댁은 온갖 고생을 다 하며 아들을 키웠

다. 그녀는 날품을 팔면서도 한 번도 개가할 생각을 하지 않고 억척스
럽게 일을 했다. 근동에 살고 있던 친정 오빠가 개가를 권유하자, 그녀
는 동짓달 깊은 야밤에 젖먹이 권영준을 둘러업고 백 리 길을 걸어 읍
내로 도망쳐 버렸다. 그리고 역전에 있는 대성 한약방에서 식모살이를
시작했다. 약국 주인은 아들이 없이 딸만 다섯뿐인 방 주사였다.

그러던 어느 날이었다. 때 이른 무더위로 밤새 뒤척이던 그녀는 속
옷 차림으로 새벽녘에야 겨우 잠을 이룰 수가 있었다. 아랫도리를 시원
하게 내놓고 잠이 들었던 그녀는 가슴이 몹시 답답하여 눈을 떴다. 약
국 주인 방 주사가 그녀의 배 위에서 삭신을 짓누르고 있었다. 어느새
그녀는 실오라기 하나 걸치지 않은 알몸으로 변해 있었다. 단곡댁이 비
명을 지르자 방 주사가 손으로 입을 틀어막았다.

"단곡댁, 아들 하나만 나 줘. 제발 부탁이야!"

방 주사가 가쁜 숨을 헐떡이며 애원을 했다.

"뭐야, 이 개 같은 놈!"

단곡댁은 발길로 방 주사의 사타구니를 차 버렸다.

"어이쿠!"

방 주사가 사타구니를 감싸 쥐고 맴을 빙빙 돌았다. 그녀는 어린 영
준을 깨워 약국을 나섰다.

권영준이 국민학교 1학년 때의 일이었다. 그녀는 아들과 함께 고향
단곡으로 다시 돌아왔다. 권영준의 학교생활도 자연히 끝이 나 버렸다.

단곡으로 귀향한 모자는 살림을 일구는 데 전력을 다했다. 단곡댁은
얼마나 지독했는지 어린 권영준에게 인근 김 이사 댁 머슴살이를 시켰
다. 당시 권영준의 나이 열두 살, 새끼 머슴은 어머니가 몹시 보고 싶
었다. 권영준은 새털같이 함박눈이 내리는 섣달 그믐날 밤에, 혼자서
삼십 리 밤길을 걸어서 어머니를 찾아왔다.

어머니와 아들은 밤새 껴안고 울었다. 그리고 이른 새벽에 떠나기 싫다고 고집을 부리는 어린 아들을 어머니는 매정하게 쫓아 버렸다. 권영준은 다시 눈이 첩첩이 쌓인 산길을 걸어 주인집으로 되돌아갔다.

단곡댁은 이렇게 억척스럽게 살림을 모아 권영준이 입대할 무렵에는 사과 300주, 밭 3000평, 논 열 마지기로 근동에서는 부농이 되었다. 권영준은 월남에 온 후에도 월 전투 수당 55달러 80센트를 한 푼도 쓰지 않고 매달 어머니에게 송금했다.

더구나 그는 입대 전에 결혼까지 한 가장이었다. 그의 처는 장성 석탄 광산에 근무하는 광부의 딸이었다. 강원도 새댁의 미모는 보는 사람들마다 칭찬을 아끼지 않았다. 큰 키에 모란꽃같이 화사한 얼굴, 그리고 온화한 성품과 후덕한 인정은 어머니의 마음을 아주 흡족하게 만들었다.

권영준은 임신 6개월의 아내를 두고 입대를 했다. 그는 강원도 원통에 있는 보병 부대에서 근무 중 아내가 아들을 출산했다는 편지를 받았다. 아들의 이름은 세호라고 했다.

전방에서 근무하는 동안, 그는 한 번도 휴가를 가 본 적이 없었다. 권영준은 일등병 계급장을 21개월이나 달았으나 진급을 하지 못했다. 그에 비해 고등학교를 갓 졸업한 동기생들은 병장으로 진급한 전우도 있었다. 당시에는 똑같이 입대를 해도 학력에 따라 진급이 빠르거나 늦기도 했다.

그는 월남에서 병장으로 진급을 했다. 이곳은 전투 지구로 기간만 되면 바로 진급이 되었다.

한 번도 만나 본 적이 없는 아들이 "아빠, 아빠" 하면서 엉금엉금 기어서 권영준 병장의 무릎 위로 올라왔다. 권영준 병장은 처음에는 아들을 안아주고 얼러주었으나 총상을 입은 상처 부위가 너무 쑤시고 아파 더 이상 견딜 수가 없었다. 그는 신경질을 내며 아들놈을 왈칵 뒤로 밀어 버렸다.

권영준 병장은 잠에서 깨어 일어나 앉았다. 비록 꿈이었지만 아들을 밀어낸 것이 미안했다. 한 번이라도 아들을 보고 죽었으면 원이 없을 것 같았다.

갑자기 대변이 보고 싶었다. 그는 엉거주춤한 자세로 일어나 어기적거리며 전방에 보이는 넓은 바위로 올라갔다. 그리고 바지를 끌러 내렸다. 그는 자욱한 안개와 새벽이슬에 젖은 발밑을 무심코 내려다보다가 기겁을 하며 탄성을 내뱉었다.

쪼그리고 앉아 있는 발아래는 바로 천길 절벽이었다. 작은 관목들이 푸름을 자랑하듯 바위 틈새를 비집고 서 있는 아득히 내려다보이는 절벽 아래 계곡에는 강물이 흐르고 있었다. 멀리 보이는 산등성이에는 기암괴석들이 피어오르는 새벽안개 속에 모습을 드러내고 있었다. 정말 보기 드문 절경이었다. 드디어 기나긴 겨울의 터널을 빠져나온 것이다.

거울같이 맑은 강물은 에스 자 모양의 긴 협곡을 지나 하구로 흘러내려가고 있었다. 이제 막 검은 협곡의 능선 위로 찬란한 아침 햇빛이 공작의 깃털처럼 활짝 날개를 펴며 솟아오르기 시작했다.

황금빛 햇살이 협곡을 부챗살처럼 환하게 비추자 건너다보이는 대안이 엷은 안갯속에 제 모습을 드러내고 있었다.

"도원경이다, 도원경!"

권영준 병장이 바지를 끌어올리며 자기도 모르게 탄성을 지르자 잠을 깬 병사들이 모여들었다.

"우아, 이기 우예 된 기고? 내사 마 도통 정신을 몬 차리겠다. 여기가 어디고?"

임태호 상병이 수선을 피우며 호들갑을 떨었다. 개미허리도 몹시 기쁜 모양이었다. 나뭇가지가 앙상한 흑백의 숲을 정처 없이 헤매다가 살아서 숨 쉬는 푸른 숲과 맑은 강물을 바라보자 정신이 번쩍 들었다.

그리고 더 놀랄 일이 있었다. 절벽 아래 강 건너에 재벌의 별장 같은 흰 석조 건물이 타는 듯한 붉은 장미꽃 속에 몸을 숨기며 수줍게 미소를 짓고 있었다. 그 건물은 달력 속의 그림처럼 우아하고 품위가 있었다.

월남은 거의 한 세기 동안 전쟁을 치른 나라였다. 그런 깊은 정글 속에 이렇게 프랑스풍의 우아하고 멋있게 생긴 건물이 있다는 것이 믿어지질 않았다. 더구나 미군들은 V.C들의 은신처인 정글을 초토화시키는 데 몰두하고 있었다.

병사들은 새벽에 눈을 뜨자, 바로 코앞에 밀림이 우거진 긴 협곡과 푸른 강물, 그리고 흰 석조 대리석 건물이 전쟁과는 전혀 상관없이 오만하게 버티고 있다니 놀랍고 신기했다.

초록의 카펫처럼 잘 손질된 푸른 정원, 베란다 위로 구름처럼 피어 있는 덩굴장미, 그리고 미풍에 여유 있게 흔들리는 야자수, 정녕 그곳은 무릉도원이었다.

누가 어떤 목적으로 저런 건물을 정글 속에 지어놓았을까? 한눈에 확 드러나는 저 건물이 어떻게 전쟁의 소용돌이 속에 휘말리지 않고 이렇게 살아남아 있을까? 병사들은 홀린 듯 정신없이 석조 건물을 바라보았다.

그때였다. 현관문이 열리더니 흰 아오자이 차림의 아가씨가 기지개를 켜며 정원으로 걸어 나오고 있었다. 이른 아침의 훈풍에 아오자이 자락이 깃발처럼 펄럭였다.

한눈에 보아도 뛰어난 미인이었다. 아가씨는 신고 있던 샌들을 벗어 던지고 잔디밭에 쪼그리고 앉았다. 그리고 아오자이 자락을 두 손으로 걷어 올리고 바지를 홀랑 까 내렸다. 그리고 소변을 보기 시작했다.

"저기 뭐꼬? 콩까이 아이가. 변 일병, 니 눈에도 저기 보이나. 내가 도깨비한테 홀린 게 아이가? 저 가스나들이 여기까지 우엔 일이고? 와아! 사람 미치겠다, 우째면 좋노? 아이쿠 죽겠다."

임태호 상병이 국부를 두 손으로 감싸 쥐고 맴을 빙빙 돌았다. 콩까이를 바라보는 병사들의 숨소리가 거칠어졌다. 오랫동안 숨죽이고 있던 육체가 용트림을 하고 더운 피가 분수처럼 솟아올랐다.

또다시 현관문이 열리더니 노란 아오자이를 입은 아가씨가 정원으로 걸어 나왔다. 그녀의 등 뒤에는 작은 강아지가 졸졸 따라 나오고 있었다.

흰 아오자이를 입은 콩까이는 키가 크고 늘씬했다. 노란색 아오자이를 입은 아가씨는 풍만하고 섹시한 몸집을 하고 있었다.

활짝 핀 덩굴장미, 눈이 시리도록 파란 잔디, 맑고 투명한 푸른 강물, 협곡의 기암괴석, 주렁주렁 달린 야자열매, 우거진 바나나 숲, 그리고 아오자이 미녀들…….

병사들은 술에 취한 사람들처럼 몽롱한 시선으로 도원경을 바라보았다. 미풍이 불 때마다 야자수 잎들이 손을 흔들며 유혹하고 있었다.

"어떡할래, 보고만 있을 거야?"

개미허리가 긴 침묵을 깨고 입을 열었다.

병사들은 서둘러 하얀 대리석 석조 건물 뒤로 접근을 했다.

"인랑(조용히), 콩까이(아가씨)!"

개미허리가 M16 총 끝으로 흰 아오자이를 입은 콩까이의 턱을 치켜올리며 말했다.

"짬짬(천천히), 집으로 들어가라. 소리치면 팩꼴락(죽는다), 알겠지?"

변을수 일병이 총구로 노란색 아오자이 콩까이의 가슴을 겨누며 말했다. 갑자기 당하는 아가씨들은 몹시 당황하여 정신이 없는 것 같았다. 무슨 일이 벌어지고 있는지도 잘 모르는 모양이다.

흰 아오자이 아가씨의 거울같이 맑은 눈이 공포에 질려 어쩔 줄을 모르고 있었다. 빨간 루주를 진하게 바른 예쁜 입술이 두려움에 떨며 혀끝으로 연방 입가를 축이고 있었다. 허리까지 내려오는 긴 머리카락이 미풍에 구름처럼 휘날리고 있었다.

노란색 아오자이를 입은 아가씨의 미끈한 두 다리가 얇은 아오자이 속으로 윤곽을 드러내고 있었다. 얼굴에 쓰고 있던 선글라스를 벗어들자 짙은 눈썹과 시원한 눈동자가 겁에 질려 공포에 떨고 있었다.

개미허리가 뱀처럼 싸늘한 표정으로 콩까이들을 현관 앞으로 몰아세웠다. 노란색 아오자이 콩까이가 샌들이 벗어지는 것도 모르고 뒷걸음을 치며 물러났다. 변을수 일병이 빨간 샌들을 집어서 건네주자, 그녀는 그것을 받아 들며 멍하니 쳐다보았다.

"서둘러, 빨리!"

개미허리가 콩까이들을 집 안으로 몰아넣었다. 넓은 거실에는 개봉이 되지 않은 씨레이션 상자가 수북이 쌓여 있었다. 동편 창문의 녹색 커튼 아래에는 간이 목침대가 놓여 있었다. 침대 위에는 빨간 브래지어와 손바닥만 한 검정 팬티가 흩어져 있었다. 그리고 팬티 옆에는 한 무더기의 휴지 조각들이 너저분하게 버려져 있었다.

목침대 위에는 반이 넘게 남은 조니워커 술병과 캔트 담배 두 보루, 그리고 코카콜라 깡통이 놓여 있었다.

"이기 우째 된 기고, 여게가 미군 P.X가? 온통 미제뿐 아이가. 야, 이거 어디서 생긴 기고? 너도 우리 맨크로 미군 아이들한테 보급품을 수령하나? 와 대답 안 하노, 이걸 꽉 쎄리 뿌까?"

임태호 상병이 험악한 표정을 지으며 총구를 휘두르자 계집들은 겁에 질려 서로 부둥켜안고 거실 바닥에 쪼그리고 앉았다.

그때 권영준 병장이 변을수 일병의 부축을 받으며 뒷문으로 들어왔다. 권영준 병장의 복부에서 흘러내리는 피는 바지까지 검붉게 물들이고 있었다. 그는 몹시 지쳐 있었다.

"임 상병, 전면 경계. 변 일병 뒤편 수색. 권 병장은 이쪽으로!"

개미허리가 재빨리 명령을 내린 후에 목침대 위에 놓인 잡동사니들을 손바닥으로 확 쓸어 버렸다. 그리고 권영준 병장을 부축하여 침대 위에 눕혔다.

"람온 쪼이 또이(물 가져 와). 야 안 들려? 너 말이야, 빨리!"

개미허리가 무서운 눈빛으로 흰색 아오자이 콩까이를 노려보자, 그녀는 깜짝 놀라 밖으로 뛰어나갔다.

잠시 후 콩까이가 물을 떠 오자 개미허리는 권영준 병장의 하의를 벗기라고 말했다. 콩까이가 망설이자 개미허리는 느닷없이 그녀의 귀싸대기를 올려붙였다.

콩까이가 깜짝 놀라 권영준 병장의 바지를 벗기자 상처에서 풍겨 나오는 역겨운 냄새가 코를 찔렀다. 권영준 병장의 복부는 금방 잡은 돼지 비곗살처럼 뻘겋게 벌어져 있었다.

다행히도 카빈 총알을 맞았으니 이 정도로 끝났지 M16 총알이나 AK 총알을 맞았더라면 즉사했을 것이다. 개미허리는 탄띠에 차고 있던 비상 구급낭에서 압박 붕대를 찾아냈다. 그리고 물에 적셔 상처 부위를 정성 들여 닦아 내기 시작했다. 그러나 상처 부위는 지혈이 되지 않고 계속 피가 흘러나오고 있었다. 환부에서 흘러내리는 붉은 피는 순식간에 두 개의 압박 붕대를 흠뻑 적셔 놓았다.

"야, 너 일루와. 그래 너 말이야. 괜찮아 일루와."

개미허리가 흰 아오자이 콩까이를 불렀다. 조금 전에 개미허리에게 뺨을 세차게 얻어맞은 콩까이는 겁을 잔뜩 집어먹고 엉거주춤 다가섰다.

"돌아서, 그래. 어서 뒤로 돌아서!"

콩까이가 돌아서자, 개미허리는 아오자이의 목 부분을 잡고 북 소리를 내며 등 뒤에서부터 허리까지 길게 찢어 버렸다. 콩까이는 당기는 힘에 의해 뒤로 벌렁 나가떨어지며 엉덩방아를 찧었다.

콩까이의 아오자이가 아래로 흘러내리자 검정 브래지어 위로 희고 풍만한 젖가슴이 드러났다. 그러나 개미허리는 거들떠보지도 않고 천 조각을 탁 소리가 나도록 턴 다음 묵묵히 권영준 병장의 상처를 천 조각으로 닦아내기 시작했다. 어느새 그의 이마에서는 땀방울이 뚝뚝 떨어지고 있었다.

콩까이는 본능적으로 손바닥으로 젖가슴을 가렸다. 흘러내린 아오자이 사이로 풍만하고 선정적인 엉덩이에 손바닥만 한 빨간 팬티가 걸려 있는 것이 보였다.

"쌍년아, 물 더 가져와. 빨리!"

갑자기 개미허리가 콩까이의 엉덩이를 퍽 소리가 나도록 차 버렸다. 깜짝 놀란 콩까이가 비명을 지르며 황급히 밖으로 사라졌다.

노란색 아오자이 콩까이가 나무침대 밑에서 약품 상자를 찾아와 권영준 병장의 상처 부위를 소독하기 시작했다.

콩까이는 침착하고 대담했다. 콩까이는 익숙한 솜씨로 상처 부위를 깨끗하게 소독한 후 항생제를 발랐다. 그리고 압박 붕대로 묶었다. 콩까이의 치료 솜씨는 한눈에 봐도 전문교육을 받은 것 같았다.

흰 아오자이 콩까이가 물을 떠오자 개미허리는 목이 마른 지 정신없이 물을 마시기 시작했다. 꿀꺽꿀꺽 소리를 내며 물이 넘어갈 때마다 목울대가 오르락내리락하며 움직였다.

물을 마신 개미허리는 그제야 기분이 풀리는지 배시시 웃었다. 가지런하고 보기 좋은 이빨이 장난치다 들킨 소년처럼 천진난만해 보였다.

그의 표정은 종잡을 수가 없었다. 웃을 때는 세상 물정에 때 묻지 않는 순진한 소년처럼 보였으나 달리 보면 잔인한 심성과 여우같은 교활함을 감추고 있는 것 같았다.

평소에 개미허리는 자칭 종합 무술이 19단이라고 떠벌리고 다녔다. 태권도, 합기도, 쿵푸, 유도 등을 합쳐 모두 19단이라고 했다.

그는 스스로 태권도 마크(유단자들이 명찰 위에 붙이는 마크)를 만들어 달고 다녔다. 초단은 손가락 한 개, 삼단은 손가락 세 개로 표시하는 태권도 마크를 손가락 열아홉 개로 만들어 명찰 위에 달고 다녔다. 병사들은 그런 개미허리를 보고 군대라는 특수성이 보태진 허풍이라고 생각했다. 그리고 종합 무술 19단도 콩알만 한 총알 앞에서는 별볼 일이 없을 것이라고 뒤에서 비웃었다.

"너거 집 부자구나."

임태호 상병이 거실구석에 쌓여 있는 씨레이션 상자를 보며 말했다.

"이거 좀 묵어도 되나?"

임태호 상병은 거실 탁자 위에 있는 바나나와 파인애플, 그리고 멜론과 야자열매를 손가락으로 가리키며 물었다. 그러고는 콩까이의 대답도 듣지 않고 M16 대검으로 야자열매를 깨기 시작했다. 야자열매에 구멍이 뚫리자 노란색 아오자이 콩까이에게 말했다.

"순자야, 이거 권 병장님 좀 드리라."

노란색 아오자이 아가씨가 열매를 받아 침대에 누워 있는 권영준 병장에게 다가가서 그에게 스푼으로 떠 먹였다

"오냐, 그래 니 잘한다. 애고 이쁜 거."

임태호 상병이 콩까이의 엉덩이를 툭툭 뚜드리며 노닥거렸다.

그때 권영준 병장이 눈을 떴다. 변을수 일병이 걱정스러운 표정으로 물었다.

"권 병장님, 정신이 좀 드세요? 내가 누군지 알겠어요?"

권영준 병장은 씁쓰레한 미소를 지으며 말했다.

"너, 변 일병이지?"

그때 임태호 상병이 장난스러운 표정을 지으며 끼어들었다.

"아이고 우째꼬! 내가 을수로 뵈는가요? 고라몬 다 된 기라. 곧 디질 모양이구나, 우째몬 좋노? 아이고 아이고……."

임태호 상병은 장난스럽게 우는 시늉을 했다.

"뭐야 임마! 내가 죽어? 임태호, 너 말 다 했나?"

권영준 병장이 화를 냈다.

"에헤헤 행님요. 내가 행님 약 올리려고 일부로 한번 해 본 소리라요. 너무 기분 나쁘게 생각하지 마소. 얼른 일어나면 내가 저년들 한번 부치 줄기요. 가스나 꼬시는 데는 태호 말고 또 누가 있소, 안 그라요? 아이구메, 형님 연장이 설라는가 모르겠다마는."

임태호 상병이 콩까이를 돌아보았다.

"순자야, 니 이 아저씨 어떠노? 배에 빵구는 나도 연장 하나는 기가 막힌다. 니 한번 부치 줄까, 어떠노?"

노란색 아오자이 콩까이가 무슨 말인지 몰라 빙그레 웃자 임태호 상병은 더욱 기고만장했다.

"헤이, 붐붐 오케이?"

임태호 상병의 말에 콩까이는 금방 얼굴이 붉어지며 어쩔 줄 몰라 했다. 말은 통하지 않아도 남녀 간의 성행위에 대한 표현은 마음 하나로 감지되는 모양이다. 한참 동안 시시덕거리던 임태호 상병이 갑자기 흰 아오자이 콩까이를 뚫어지게 응시했다.

찢어진 아오자이 사이로 드러나 보이는 풍만한 젖가슴, 그리고 쪼그리고 앉은 무릎 사이로 언뜻 보이는 선정적인 빨간 팬티, 터질 것만 같은 엉덩이와 잘록한 허리, 사슴처럼 가느다란 목과 칠흑같이 검은머리가 시야에 꽉 찬 것이다.

늑대처럼 옆으로 찢어진 작은 눈이 억제할 수 없는 욕정에 사로잡혀 야릇한 눈빛을 내며 계집의 벗은 몸뚱이를 혀로 핥듯 꼼짝도 하지 않고 바라보았다. 임태호 상병이 갑자기 벙어리처럼 입을 봉하고 자기의 벗은 몸뚱이를 노려보자 흰 아오자이 아가씨는 어쩔 줄 모르며 두 손으로 젖가슴을 가리며 그의 눈길을 피했다.

임태호 상병이 갑자기 흰 아오자이 콩까이를 끌어안고 우악스러운 손길로 젖가슴을 파고들었다. 그러자 콩까이는 엉덩이를 뒤로 내빼며 몸을 비틀었다. 임태호 상병은 콩까이의 몸뚱이를 주무르며 희롱을 시작했다.

"자식, 놀고 있네."

개미허리가 임태호 상병의 등을 발로 걷어차 버렸다. 임태호 상병은 앞으로 폭 꼬꾸라지며 계집의 가랑이 사이에 코를 처박고 엎어졌다.

임태호 상병은 깜짝 놀라 벌떡 일어섰다. 짐승처럼 들떠 있던 욕정이 한순간에 싹 가셔 버렸다.

"임마, 싫다는 애 건들지 마라."

씨레이션 깡통을 따며 개미허리가 임태호 상병에게 말했다.

"에헤이, 좀 가만히 계시구마. 저 가스나도 나를 좋아하는 기라."

임태호 상병은 멋쩍게 웃으며 대답했다.

"순자야, 니 생각은 어떠노? 니도 내가 좋제? 둘이 여거서 살림 채리까? 내사 마 귀국해 봐야 반가워할 사람도 없는 기라. 우리 집에는 돼지 새끼들이 하도 많아 내 하나쯤은 없어져도 모른다카이. 순자야, 나는 니가 좋다. 니도 내가 좋나? 그라모 됐다. 더 이상 뭐가 필요하겠노. 오늘부터 니는 태호 마누라다 알것제?"

임태호 상병이 콩까이를 살포시 껴안았다. 그런데 어찌된 영문인지 조금 전까지만 해도 질겁하며 몸을 피하던 콩까이가 배시시 입가에 미소를 지으며 임태호 상병의 품에 안겨 들었다.

#22 푸른 입술

- 병사에게 물어보라, 죽겠느냐, 죽이겠느냐 -

한 무리의 작은 새들이 덩굴장미가 활짝 피어 있는 베란다 위에 내려앉았다. 그리고 시끄럽게 울기 시작했다. 무더위에 지친 야자수 잎사귀들이 기운을 잃고 축 늘어져 시원한 그늘을 만들어 주고 있었다. 베란다 앞 야자수 그늘에는 변 일병이 소총을 껴안고 깊이 잠들어 있었다.

이마에는 선인장 가시에 할퀸 상처, 턱 밑에 지렁이가 기어 간 것 같은 검붉은 핏자국 등 상처투성이의 얼굴이 그간의 치열한 전투를 말해 주고 있었다.

열사의 햇볕에도 타지 않은 하얀 얼굴, 짙은 눈썹과 칼날같이 오똑한 코, 그리고 굳게 다문 입술. 정말 잘생긴 얼굴이었다.

정신없이 곯아떨어진 변을수 일병의 얼굴 위에 털북숭이 풀쐐기 한 마리가 굼실거리며 기어 올라가고 있었다. 털이 숭숭 돋은 몸뚱이가 꿈틀거릴 때마다 풀쐐기는 앞으로 쓰윽 몸을 밀고 나갔다. 콧등을 지나 눈썹 위에 기어 올라가자 변을수 일병의 속눈썹이 파르르 경련을 일으키며 떨었다.

하얀 대리석 석조 건물 안 거실의 목침대 위에는 권영준 병장이 이따금 신음 소리를 토하며 잠이 들어 있었다. 권영준 병장의 침대 밑에는 노란 아오자이 콩까이가 새우처럼 몸을 웅크리고 앉아 건넌방에 귀를 세우고 있었다. 건너편 방에서는 야릇한 신음 소리가 방문을 통해 흘러나오고 있었다.

방 안의 침대 위에서는 임태호 상병이 벌거벗은 아가씨를 마음껏 희롱하고 있었다. 콩까이의 매끄러운 손길이 임태호 상병의 몸뚱이를 훑어 내리자, 그는 더 이상 참지 못하고 콩까이를 왈칵 껴안아 버렸다. 콩까이의 벌거벗은 몸뚱이가 해파리처럼 끈끈하게 임태호 상병의 허리에 달라붙었다.

"콩까이."

"으응?"

"고 댑 꽈(당신은 아름다워)."

"라이 라이(빨리 빨리)!"

임태호 상병의 시커먼 몸뚱이가 불끈 힘을 쓸 때마다 콩까이는 야릇한 비명 소리를 숨 가쁘게 내질렀다. 임태호 상병의 거친 동작은 마치 먹이를 물어뜯는 탐욕스러운 늑대와 같았다.

임태호 상병의 끈끈한 혓바닥이 계집의 젖가슴에서 배꼽으로 기어 내려갔다. 콩까이의 허리는 파도처럼 출렁거리며 경련을 일으켰다.

이윽고 임태호 상병은 여자의 몸 위에 축 늘어져 꼼짝도 하지 않았다. 콩까이는 기진한 듯 가랑이를 쩍 벌린 채 한동안 꼼짝도 하지 못하고 늘어져 있었다. 마침내 콩까이의 벗은 몸뚱이가 먼저 조금씩 꿈틀거렸다. 그리고 보드라운 손길로 임태호 상병의 촉촉이 젖은 이마와 가슴을 애무하며 쓰다듬었다.

거실에서는 여전히 노란 아오자이 콩까이가 건넌방에 귀를 쫑긋 세우고 있었다. 콩까이의 코맹맹이 소리와 함께 임태호 상병의 굵은 목소리가 두런두런 흘러나왔다. 노란 아오자이 아가씨가 길게 한숨을 내쉬었다. 욕정이 담긴 한숨이었다.

한편 주방에는 개미허리가 바닥에 쪼그리고 앉아 손바닥만 한 작은 돌에 무엇인가 정성 들여 문지르고 있었다. 그는 그것을 숫돌에 갈고서는 창문 틈새로 들어오는 한 줄기 햇빛에 꼼꼼하게 비춰 보았다.

놀랍게도 개미허리가 손에 들고 있는 것은 미제 과도를 갈아서 만든 표창이었다. 표창은 한 뼘 길이로 앞뒤가 송곳처럼 날카롭게 날이 세워져 있었다. 예리한 표창은 보기에도 섬뜩한 살기를 내뿜고 있었다.

바닥에 펴놓은 하얀 손수건 위에는 여덟 개의 날카로운 표창이 가지런히 놓여 있었다. 그 표창들은 개미허리가 목숨보다 더 아끼는 귀중한 물건들이다.

그는 모두가 잠든 낮잠 시간이나 이른 새벽에 아무도 모르게 표창의 날을 세우며 혼자만의 시간을 즐겼다. 개미허리의 유일한 취미는 표창에 날을 세우며 망중한을 보내는 일이었다. 취미치고는 참 괴상한 취미였다.

개미허리의 표창은 병사들에게 잘 알려져 있었다. 그러나 부대 안에서는 어느 누구도 개미허리가 표창을 던지거나 사용하는 모습을 본 사람이 없었다.

도대체 그는 왜 그렇게 잠이 없는지, 잠은 언제 자는지 아무도 몰랐다. 모두가 잠을 자는 이 시간에도 개미허리는 들고양이처럼 잠깐 눈을 붙이고는 또 표창을 갈며 시간을 보냈다.

개미허리는 보통 사람으로서는 이해할 수 없는 점이 아주 많았다. 그는 언제나 외톨이었다. 괴팍한 성격은 다른 병사들과 친구가 될 수 없었다. 표독하고 잔인한 성격은 다른 사람들에게 혐오감과 동시에 경계심을 심어 주었다. 그는 마치 야생의 고독한 들개와 같았다.

개미허리는 또 다른 표창을 골랐다. 표창의 양날은 보기에도 날카롭고 예리한 날이 서 있었다. 개미허리는 그것을 몇 번 숫돌에 문질러 보고는 칼날에 입김을 후 하고 불었다. 그리고 손수건으로 세심하게 닦았다.

평소에 그의 성격은 무척 꼼꼼하며 특히 관찰력이 아주 뛰어났다. 그는 대단한 주의력을 가진 병사였다. 그의 행동이나 말 한마디에는 모두 어떤 의미와 뜻을 가지고 있었다.

그런 그가 방심하는 때가 있다면 바로 지금일 것이다. 그는 넋을 잃고 표창을 들여다보고 있었다. 아마 그는 지금 가장 행복한 시간을 보내고 있을 것이다. 표창을 바라보는 그의 표정은 순진한 초등학생이 숨겨놓은 장난감을 몰래 꺼내 보며 즐거워하는 모습과도 같았다.

한동안 장난감을 가지고 놀던 개미허리는 그만 싫증이 났는지 표창을 하나씩 탄띠 사이에 끼워 넣기 시작했다. 그리고 건물 밖으로 걸어 나갔다. 작렬하는 열대의 태양과 뜨겁게 달아오른 대지, 힘없이 축 늘어진 야자수 잎사귀가 무료하게 개미허리를 맞아 주었다. 야자수 그늘 밑에는 변을수 일병이 정신없이 곯아떨어져 있었다.

"보초 잘 선다."

그는 변을수 일병의 엉덩이를 걷어차며 소리를 질렀다. 변을수 일병은 깜짝 놀라 일어났다.

"보초가 잠을 자? 똑바로 해 임마! 보초 교대."

변을수 일병이 붉게 충혈된 눈을 손바닥으로 비비며 일어나 앉았다. 그리고 하품을 하며 건물 안으로 들어갔다. 변을수 일병이 건물 안으로 들어가자 개미허리는 야자수에 등을 기댄 채 철모를 벗어 들고 땅바닥에 앉았다. 그리고 눈을 지그시 감았다.

눈을 감고 있던 개미허리가 갑자기 무슨 생각이 들었는지 벌떡 일어섰다. 그리고 협곡 동쪽 끝에 버티고 있는 대머리 산을 노려보기 시작했다. 그는 무엇인가 골똘히 생각하는 눈치였다.

거실로 들어온 변을수 일병은 노란 아오지이 콩까이와 눈이 마주쳤다. 콩까이의 눈은 이미 색정에 사로잡혀 있었다. 건너편 방에서 묘한 신음 소리가 들려오고 있었다. 콩까이가 변을수 일병을 바라보며 얼굴 가득히 미묘한 웃음을 띠웠다.

그녀가 아오자이를 벗기 시작했다. 그것은 거부할 수 없는 유혹이었다. 콩까이가 알몸으로 변을수 일병 앞에 섰다. 오디 알 같은 검은 젖꼭지와 터질 것 같은 젖가슴, 그리고 작고 귀여운 배꼽과 시커먼 거웃이 변을수 일병의 눈에 가득 들어왔다. 건너편 방에서 절정에 다다른 콩까이의 교성이 터져 나왔다. 변 일병은 이성을 잃고 콩까이를 힘껏 껴안아 버렸다.

부드러운 여인의 머리카락이 부챗살처럼 그의 얼굴을 포근하게 감싸주었다. 변을수 일병은 향기롭고 선정적인 콩까이의 체취에 더 이상 대항할 힘이 없었다.

끈적하고 말랑한 콩까이의 혀끝이 변을수 일병의 입속을 제멋대로 휘젓고 다녔다. 육감적인 둔부와 매끄러운 허벅지가 레슬링 선수처럼 변을수 일병의 하체를 바싹 조여들었다. 콩까이의 몸뚱이는 굉장한 흡인력으로 그를 빨아들였다.

콩까이는 변을수 일병을 먼 옛날의 추억으로 이끌어 갔다.

한강 백사장에서의 일이었다. 밤은 깊어 자정이 지나고 경부선 첫 열차가 기적 소리와 함께 철교 위를 지나가고 있었다. 남쪽 밤하늘 멀리 긴 꼬리를 지으며 떨어지는 하얀 유성이 경이로웠다.

을수는 우지혜의 무릎을 베고 누웠다. 지혜의 긴 머리카락이 변을수의 얼굴을 감싸며 입술로 다가왔다. 을수의 손길이 풍만하고 매끄러운 지혜의 하체를 더듬었다. 지혜가 앙탈을 부리며 을수의 손길을 뿌리쳤다.

그러나 집요하게 찾아드는 을수의 손끝을 지혜는 끝내 뿌리칠 수가 없었다. 그녀는 을수의 손길을 허락했다. 드디어 비밀의 문은 열렸다. 을수의 손길이 그녀의 몸속을 파고들자 그녀는 옆구리를 쥐어 박힌 사람처럼 움찔하며 몸을 떨었다. 그리고 변을수의 가슴속으로 파고들었다. 그리고 둘이서 하나가 되었다.

아, 지혜가 생각난다.

지혜가 보고 싶다. 을수는 콩까이를 껴안으며 지혜를 생각했다. 다시 한 번 지혜를 안아 볼 수가 있을까?

한편 야자수 그늘 아래 서 있는 개미허리는 여전히 교만하게 버티고 있는 대머리 산을 정신없이 바라보고 있었다.

건너편 대안의 절벽 위에는 울창한 밀림들이 빽빽하게 들어 차 있었다. 계곡을 세밀하게 관찰하고 있던 개미허리의 눈길이 집 뒤편으로 뻗어 있는 작은 오솔길로 옮겨 갔다.

갑자기 개미허리의 얼굴 표정이 험악하게 변하기 시작했다. 그는 거친 걸음으로 집 안으로 뛰어 들어갔다.

거실 목침대 위에는 조금 전에 들어온 변을수 일병이 콩까이와 뒤엉켜 있었다. 콩까이는 변을수 일병을 올라타고 앉은 채 요분질을 치고 있는 중이었다.

개미허리는 단숨에 달려가 콩까이의 검은 머리채를 난폭하게 잡아당겼다. 그녀는 찢어지는 듯한 비명 소리를 내질렀다. 콩까이의 젖가슴이 물결처럼 요동을 치며 심하게 흔들거렸다. 개미허리가 눈에 살기를 띠며 물었다.

"덴 웅 라지(이름이 뭐냐)?"

불같은 욕망에 사로잡혀 있던 콩까이는 뱀처럼 싸늘한 개미허리의 눈빛과 마주치자 숨이 턱 막힐 지경이었다.

"탐, 텐 또이 라 타암(탐, 탐입니다)!"

"여기가 어디냐?"

"또이 킹 비옛(모릅니다)."

"몰라?"

개미허리가 콩까이의 따귀를 세차게 올려붙였다. 콩까이는 함부로 팽개쳐진 작은 인형처럼 나가 떨어졌다. 그 바람에 선정적인 둔부와 풍만한 젖가슴이 심하게 흔들렸다.

변을수 일병은 기겁을 하며 벌떡 일어나 앉았다. 그리고 영문을 몰라 개미허리를 쳐다보았다. 그러나 개미허리는 전혀 개의치 않고 콩까이를 족치기 시작했다. 개미허리의 난폭한 행동에 놀라 건넌방에서 임태호 상병과 흰 아오자이 콩까이가 거실로 나왔다. 개미허리는 오들오들 떨고 있는 흰 아오자이 콩까이에게 다가갔다.

"여기가 어디냐, 지명은?"

"또이 킹 비옛(모릅니다), 또이 신 로이 웅(용서하세요)."

"너도 모른다냐, 이런 쌍년들! 거짓말이지?"

개미허리는 펄펄 뛰며 콩까이의 가느다란 목을 잡고 흔들었다. 콩까이는 몸을 파르르 떨며 새파랗게 질려 버렸다.

"어디서 왔나?"

"후예, 후에에……."

"후예? 거짓말하면 꽥꼴락 한다, 알겠지?"

개미허리가 콩까이의 머리채를 잡고 난폭하게 흔들었다. 콩까이는 숨이 막혀 캑캑거리며 개미허리의 바짓가랑이에 대롱대롱 매달린 채

싹싹 빌었다.

"풋갓, 풋갓으로 가는 길은?"

개미허리가 다그치자 콩까이는 고개를 가로 저었다.

"전부 모른다냐? 이런 쌍년들!"

개미허리는 미친 사람처럼 날뛰기 시작했다. 콩까이들이 이곳의 지리를 알지 못하는 후예 여자들이라는 것이 밝혀지자 개미허리는 더 미쳐 날뛰기 시작했다. 도대체 왜, 그가 이렇게 화를 내며 펄펄 뛰는지? 아무도 알 수가 없었다.

한바탕 이 소동에 권영준 병장이 잠에서 깨어났다. 권영준 병장은 잠시 상황을 지켜본 뒤 아무도 모르게 고개를 끄덕였다. 그리고 개미허리에게 말했다.

"쟤들이 누굴 기다리는 것 같아. 나 때문에 우리 모두가 당할 순 없어. 그만 떠나, 어서!"

권영준 병장의 목소리는 처연했다. 개미허리는 뭔가 심각하게 고민하기 시작했다. 그때 임태호 상병이 나섰다.

"그럴 수는 없는 기라. 나는 권 병장님이 회복할 때꺼정 여기 있을 기다."

임태호 상병은 그렇게 말했으나 속으로는 그게 아니었다. 임 상병은 이곳을 떠나는 게 싫었다. 가긴 어디를 간단 말인가? 이렇게 좋은 곳을 두고 어디로 간단 말인가? 할 수만 있다면 여기서 전쟁이 끝날 때까지 숨어 살고 싶었다.

여긴 전쟁과는 상관이 없는 도원경이었다. 야생의 과일과 푸른 초원, 여자들과 술, 편안한 집과 그림 같은 절경은 바로 무릉도원이었다. 남의 나라 전쟁터에서 목숨을 바쳐 싸워야 할 이유와 명분이 없었다. 여긴 낙원이다.

그러나 한 걸음만 더 벗어난 저 울타리 밖에는 남의 귀중한 생명을 내가 뺏어야 생존할 수 있는 지옥의 전쟁터요, 비정의 세계였다.

이 세상에 만물은 어느 것 하나도 제자리에서 영원히 머물고 있는 것은 없다. 너, 바다와 대지는 시간에 따라 흩어지고 부서져 결국은 그 이름이 사라지는 허무한 존재이며 너, 제국의 용사들과 병정들은 구름에 날리고 흩어져 마침내 영원한 흐름 속으로 사라지는 한 점 작은 티끌이었다.

"권 빙장님요, 어디 가서 머슴 살았다 카지 마이소."

"와?"

"군대는 요령이고, 구란기라요. 지가 입대 전에 비누 공장에서 공돌이로 일하다가 입대했으면 사장했다 카고, 양복점에서 시다 노릇을 했으면 주인이라 카는 기라예. 김 하사님 보이소. 지가 입대 전에 깡패 똘마니로 따라다니 놓고는 왕초 했다 안 카는 기요. 그기 군대생활을 하는 요령인기라요, 내 말 이해 가지예?"

임태호 상병이 또 권영준 병장에게 떠벌리고 있었다. 임태호의 강력한 주장으로 이곳에서 더 머물기로 결정한 후 그는 더 기고만장하여 걸쭉한 입담을 끊임없이 풀어놓았다.

"난 그런 거짓말은 못 한다. 머슴을 살았다는 게 뭐가 부끄럽다고 거짓말을 하겠노?"

권영준 병장이 변을수 일병에게 동의를 구하며 말했다.

"그럼요."

변을수 일병이 맞장구를 쳤다.

"놀고 있네. 그라이 권 빙장님은 일등병을 이십 개월이나 달았제. 와 그리 맨자구처럼 사는 기요. 남자는 포도 치고 이빨도 까며 사는 기라,

그기 남자라 카이."

임태호 상병이 또 이죽거리며 말했다.

"사기꾼 놈!"

오늘 따라 권영준 병장은 몹시 기분이 좋은 것 같았다. 수면도 깊이 취하고 상처의 통증도 다소 가신 것 같았다.

주방에서는 개미허리 김 하사가 표창을 갈고 있었다. 사각사각 소리를 내며 숫돌에 표창을 문지르고 있었다. 임태호 상병은 개미허리를 보며 말했다.

"김 하사님은 이해가 안 간다 카이, 오침도 안 하고 저기 무신 지랄이고? 미친놈처럼 칼만 갈고 있는기. 아함!"

임태호 상병은 입이 찢어지도록 하품을 했다. 임 상병이 거실 바닥에 드러누웠다. 그러고는 곧 코를 골기 시작했다. 권영준 병장도 눈을 감았다. 변을수 일병도 자리에 눕자 콩까이들도 곧 그의 옆에 자리를 차지하고 누웠다. 월남의 한낮 더위는 모든 사람들을 깊은 잠 속으로 데리고 갔다.

개미허리는 눈을 가늘게 뜨고 표창의 날을 만져 보고는 입김을 후 불었다. 그리고 하얀 손수건으로 정성 들여 날을 닦았다. 세 번째 표창을 들고 창문 틈새로 들어오는 한 줄기 햇빛에 날을 비춰 보던 개미허리는 갑자기 전기에 감전이라도 된 듯이 꼼짝도 않고 서 있었다.

갑자기 개미허리가 잽싸게 주방의 커튼 뒤로 몸을 숨겼다. 그리고 무서운 눈초리로 창밖을 노려보았다. 집 뒤편으로 길게 뻗어 있는 언덕 위 능선을 따라 4명의 낯선 병사가 걸어오고 있었다. 푸른 군복 어깨에는 AK 자동소총을 메고 있었다. 개미허리는 자기도 모르게 소리쳤다.

"정규군이다, 월맹군!"

그는 살쾡이처럼 소리 없이 임태호 상병에게 다가갔다. 그리고 조용히 그들을 깨웠다.

"뭐고? 신경질 나게."

임태호 상병이 잠결에 신경질을 부렸다.

"쉬익!"

개미허리가 손가락을 입에 댔다. 그제야 임태호 상병이 사태를 파악하고 재빨리 일어났다. 개미허리는 잠들어 있는 콩까이들을 수신호로 가리켰다. 그들은 깊이 잠들어 있었다. 임태호 상병이 재빨리 권영준 병장과 변을수 일병을 깨웠다. 개미허리가 여자들을 가리켰다.

"권 병장, 여자 감시!"

개미허리는 임태호 상병과 변을수 일병을 데리고 주방으로 들어갔다.

정규군. 겁나는 존재였다. 그들은 V.C와는 질적으로 다른 잘 훈련된 병사들이다. 정글 속에서의 전투는 어느 누구도 흉내조차 낼 수 없는 도사들이다. 개미허리는 어떻게 월맹 정규군들이 이곳에 나타났을까, 궁금했다.

중대에서 수집한 정보에 의하면 대머리산은 지역 V.C들이 활동하는 주 무대였다. 지금까지 월맹 정규군들이 이곳에서 작전을 펴고 있다는 첩보는 없었다.

월맹군들은 야생의 바나나 잎사귀 사이로 머리가 들쭉날쭉하며 언덕을 내려오고 있었다. 거리가 멀어 말소리는 들리지 않았으나 무엇이 그렇게도 재미있는지 하얀 이빨을 활짝 드러낸 채 웃고 있었다.

"총소리를 내면 절대로 안 된다. 이걸로 해치워."

개미허리가 M16 소총의 대검을 흔들며 말했다.

"함부로 총소리를 내다가는 어떤 일을 당할는지 몰라, 이걸 써라."

개미허리는 다시 한 번 대검을 쓰라고 강조했다.

변을수 일병은 대검을 빼든 채 파랗게 질려 부들부들 떨고 있었다.

개미허리가 그런 변을수 일병을 바라보며 피식 웃었다.

"목을 찔러."

개미허리는 변을수 일병의 등 뒤에서 왼팔로 목을 감고 오른 손으로 늑골 아래 부분을 찌르는 시늉을 하며 시범을 보였다.

월맹 정규군 3명은 AK 자동소총으로 무장을 했고 다른 한 명은 허리에 45구경 권총을 차고 있었다. 월맹 정규군의 새카맣게 탄 얼굴과 하얀 이빨은 무척 강인하고 빈틈이 없어 보였다. 체격은 다소 왜소하나 여유가 있고 당당한 자세는 병사들을 겁나게 만들었다.

월맹 정규군들은 길을 잘 아는 듯, 집 뒤편으로 나 있는 능선을 따라 망설임 없이 내려오고 있었다. 그들은 이제 막 왼쪽의 바나나 숲 사이의 길로 접어들고 있었다.

개미허리 일행은 주방을 빠져나와 집 뒤편에 있는 장미넝쿨 속에 몸을 숨겼다. 넝쿨 사이로 내다보이는 월맹군들의 모습이 조금 전보다 훨씬 더 가깝게 느껴졌다.

그런데 조금 전에 보였던 월맹군 4명 중 2명만이 걸어오고 있었다. 아마 2명은 뒤에 처져 소변이라도 보는 모양이었다. 곧이어 30m 정도 뒤처져 2명의 병사들이 모습을 드러내기 시작했다.

"너희 둘이 저놈들을 맡아. 명심해. 한 칼에 해치워."

개미허리가 앞서 오는 2명을 손가락으로 가리키며 나직이 속삭였다.

"뒤의 2명은 어쩌고요?"

임태호 상병이 긴장으로 숨을 헐떡이며 물었다.

"내가 알아서 긴다."

개미허리가 담담하게 대답했다.

"혼자서예?"

"짜식, 니 일이나 잘해."

개미허리는 여전히 담담한 어조로 말한 후에 바람처럼 어디론가 사라졌다.

변을수 일병은 가슴속이 저려 왔다. 총도 아니고 칼로 사람을 쑤셔야 하다니……

갑자기 어금니가 욱신거렸다. 개미허리는 총소리를 냈다가는 사냥개에게 쫓기는 토끼 신세가 된다고 말했다. 사냥개가 많으면 토끼는 어차피 죽게 되는 것이다. 그러나 칼로 사람을 찔러 죽여? 총이 아니고? 변을수 일병은 도망을 치고 싶었다. 도저히 사람을 죽일 자신이 없었다.

저벅저벅.

발자국 소리가 바나나 숲에서 다가오고 있었다. 변을수 일병은 눈앞을 가리는 바나나 잎사귀를 들추고 귀를 쫑긋 세웠다. 빨라지는 심장의 고동 소리와 함께 더 가까이 들려오는 발자국 소리가 천 근의 무게로 다가오고 있었다.

저벅저벅.

변을수 일병은 숨결이 턱에 닿아 헐떡거렸다. 가슴 사이로 더운 땀방울이 조르르 흘려 내렸다. 입속에서는 찬바람이 일며 어금니를 딱딱 마주치게 했다. 변을수 일병은 임태호 상병을 흘깃 바라보았다. 그는 어금니를 깨물며 한쪽 무릎을 세운 채 단거리 선수처럼 기다리고 있었다. 손에 들린 대검의 칼끝이 가늘게 떨리고 있었다. 핏발 선 눈동자는 살기에 젖은 맹수의 눈빛처럼 번들거렸다.

자신이 살기 위해 다른 사람의 생명을 앗으려는 필사적인 몸부림이었다. 공포에 질려 하얗게 말라붙은 입술을 혀끝으로 축이는 모습은 바로 삶과 죽음의 기로에 선 변을수 일병, 자신의 모습이기도 했다.

'죽여라, 죽여. 닭 모가지를 비틀 듯 단칼에 죽여 버려!'

악마가 입가에 미소를 머금고 속삭였다.

'제발 저리 가 다오. 너를 죽이고 싶지 않다. 가까이 오지 마라. 이렇게 두 손 모아 빌게. 개자식아! 그렇게 죽고 싶어? 오, 하나님. 저 자식을 쫓아 주세요. 니가 죽는 건 내 잘못이 아냐. 난, 가까이 오지 말라고 분명히 말했어. 그렇게도 죽고 싶어? 좋다, 죽여 주마.'

변을수 일병의 간절한 기도와는 정반대로 월맹 정규군들은 점점 가까이 다가오고 있었다. 바나나 밑둥치 사이로 군화를 신은 그들의 발목이 보이기 시작했다.

'용감한 병사는 순간에 살고 비겁한 병사는 영원에 죽는다.'

그렇다, 용감한 병사는 순간적으로 과감한 방법을 선택한다. 그리고 자기의 살길을 찾는다. 그러나 비겁한 병사는 마음에 갈등을 일으켜 주저하는 사이에 자기를 방어할 기회를 놓친다. 순간이 이어지는 그 영원한 시간의 터널 속에서 말이다.

'죽이지 못하면 내가 죽는다.'

헛도는 레코드판의 노랫말처럼 그 말이 머릿속을 빙글빙글 돌아갔다. 드디어 월맹 정규군들은 바나나 숲 속으로 들어왔다. 그들이 내쉬는 숨소리까지 들려왔다.

'지금 죽여야 해.'

악마가 변을수 일병의 귀에 속삭였다.

변을수 일병은 어금니를 깨물고 혼신의 힘을 다해 대검을 적병의 가슴속 깊숙이 찔렀다. 칼끝이 살 속을 파고들며 늑골과 찡하고 부딪쳤다. 목을 감은 왼팔을 동아줄처럼 바짝 조였다.

불의에 기습을 당한 적병은 단말마의 비명을 지르며 격렬하게 몸을 비틀며 저항을 했다. 그리고 마지막으로 심한 경련을 일으키더니 곧 축 늘어져 버렸다. 그래도 변을수 일병은 적의 목을 풀어 줄 수가 없었다. 팔을 풀어 주면 금방이라도 되살아나 악귀처럼 덤벼들 것만 같았다.

아직도 적병의 가느다란 목과 일그러진 얼굴, 가슴팍에 전해 오는 체온과 격렬한 심장의 고동이 선명하게 느껴졌다. 조금 전까지만 해도 살아서 움직이던 생명체는 그렇게 허망하게 스러져 갔다.

바로 옆에는 임태호 상병이 적병의 가슴팍을 타고 앉아 대검으로 난도질을 하고 있었다. 온몸에 붉은 피를 흠뻑 뒤집어쓴 채 미친 사람처럼 칼을 휘두르고 있었다.

변을수 일병은 옆으로 비켜서면서 다시 한 번 대검으로 적의 가슴팍을 푹 찔렀다. 적병의 가슴에서 뜨거운 피가 분수처럼 뿜어져 올랐다. 변을수 일병은 대검을 손에 꽉 쥔 채 스르르 무너졌다.

임태호 상병은 개미허리가 걱정이 되었다. 임태호 상병은 바나나 숲을 향해 달렸다. 개미허리의 모습이 보였다. 그런데 개미허리는 유유히 담배를 빨며 먼 하늘을 바라보고 있었다. 그 옆에는 2명의 적병이 쓰러져 있었다.

AK 자동소총을 등에 멘 병사는 앞으로 쓰러져 있었다. 또 한 사람, 허리에 권총을 차고 있는 적병은 누운 채 하늘을 쳐다보고 있었다. 시신의 코에서는 가느다란 핏방울이 흘러내려 바싹 마른 흙을 촉촉이 적시고 있었다.

"여길 빨리 떠나야겠어, 어쩐지 감이 나빠."

개미허리가 임태호 상병에게 말했다.

어느새 강한 서풍이 불어오고 있었다. 무엇인가 타는 듯한 메케한 냄새와 짙은 연기가 강한 바람을 타고 밀려오고 있었다.

#23 월맹군 38연대

- 장군은 적을 만들고 병사들은 죽음을 만든다 -

맹호 사단 연병장, 오후 4시.

A포대 무전병 신동협 병장은 마음이 몹시 조급해졌다. 시곗바늘은 어느새 오후 4시 3분을 가리키고 있었다. 그런데도 신병 인수 작업은 자꾸만 지연이 되고 있었다. 연병장에는 오전 10시에 퀴논 항구에 도착한 파월 신병들이 예하 부대로 배치되기 위하여 대기하고 있었다. 각 연대와 단위 부대의 인사과에서 나온 행정병들은 전투력이 뛰어난 병사들을 소속 부대로 스카우트하기 위해 정신없이 뛰어다니고 있었다.

행정병들이 전투력이 뛰어난 병사들을 스카우트하는 일은 아주 중요한 일이었다. 예하 부대에서는 똘똘하고 용기 있는 병사들을 원하고 있었다. 연병장에는 수많은 월남 신병들이 예하 부대로 팔려 나가기를 기다리며 서성거리고 있었다.

이곳은 전투 지역이라 사전에 병력을 인수한 후에 인사 명령이 떨어졌다. 행정병들은 주특기에 맞게 배정된 인원을 소속 부대로 데리고 가서 부대 특명으로 인사 명령을 보고했다.

오늘 대대에서 인수해야 할 병력은 32명이었다. 그런데 아직도 9명이 부족했다. 대대 인사계 정인수 하사는 서둘러 나머지 인원을 챙기고 있었다. 그러나 약삭빠른 부대는 어느새 정원을 확보하여 병사들을 트럭에 싣고 휭 내빼고 있었다.

신동협 병장은 그들보다 동작이 빠른 부대가 몹시 부러웠다. 그리고 한층 더 애간장이 탔다. 사단의 망할 자식들은 꼭 이렇게 오후 늦은 시간에야 병력을 나눠 주었다.

예하 부대의 귀대할 길을 생각해 봐라. 부대 안은 이중 삼중으로 철통같이 경비를 하니 개미 새끼 한 마리도 침범하지 못하지만 사단 정문 밖에만 나가면 모두가 적이다. V.C와 첩자들이 병력의 이동 상황을 주시하고 있었다. 더구나 갈 길이 먼 예하 부대는 해가 뉘엿뉘엿 지기 시작하면 애간장이 타고 똥구멍이 간질간질했다.

어둠이 끼면 그때부터 세상은 V.C들의 차지였다. 해가 진 뒤에 도로 위에서 어물쩍거리다가는 어느 귀신이 잡아가는 줄도 모르고 죽었다. 우리나라 토종 귀신이 잡아가면 애걸하며 사정이라도 해 보지, 여기 귀신은 말이 통하지 않는 타국의 귀신이 아닌가?

지난번 쏭카우 주둔 부대의 병력 인수 차량들이 적의 기습을 받은 뒤부터는 사단에서도 정신을 차리고 서둘러 병력을 분배해 주었지만 오늘은 무슨 영문인지 자꾸만 시간이 지연 되고 있었다.

"야 정 하사! 어떻게 됐냐? 인수 끝났어?"

안상도 중사가 트럭에 앉아 시동을 건 채 소리쳤다. 그도 몹시 다급한 모양이다.

"예, 끝났습니다. 에잇, 좃같다. 그만 뜨자. 출발! 잘해 봐라, 개새끼들아!"

정인수 하사는 욕설을 퍼부으며 트럭에 뛰어올랐다. 어느새 각 부대의 병력 인수 차량은 경주를 하고 있었다. 넓은 사단 연병장은 전속력으로 질주하는 트럭들이 일으키는 누런 흙먼지가 짙은 안개처럼 앞을 가리고 있었다.

지금 떠나는 차량은 모두 다급했다. 그들은 시간에 쫓기고 있었다. 더구나 트럭에 타고 있는 신병들은 전투 시에는 도움이 안 되는 별 볼일이 없는 풋내기들이다. 수많은 트럭들이 먼저 사단 위병소를 빠져나가기 위해 전속력으로 질주하며 정문으로 달려갔다. 그것은 생과 사를 가름하는 필사적인 자동차 경주였다.

사태의 위급함을 깨달은 위병소에서는 정문을 활짝 열고 병력 인수 차량은 무조건 통과시키기 시작했다. 돌대가리 같은 사단의 먹물들은 이제야 사태의 심각성을 깨달은 모양이었다.

해녀기둥서방 방이용 병장이 솜씨를 발휘하기 시작했다. 그는 앞서 가는 26연대 차량을 단숨에 밀어붙여 추월을 해 버렸다.

지금부터는 해녀기둥서방의 운전 솜씨가 병사들의 생명을 좌우하게 될 것이다. 퀴논 시가지를 빠져나오자 19번 외곽 도로에는 차량 통행이 훨씬 줄어들었다. 2차선 아스팔트 도로가 텅 빈 운동장처럼 썰렁하게 비어 있었다. 이것은 위험시간이 그만큼 가까이 다가왔다는 신호였다. 바로 앞에는 미군 포차가 꽁지가 빠지게 달아나고 있었다. 자식들도 겁날 게다. 지금이 몇 시야?

해녀기둥서방이 기어를 바꾸며 그대로 포차를 추월해 버렸다. 죽기 싫으면 네가 비켜라 하는 식이었다. 해녀기둥서방의 두둑한 배짱은 정말 알아줘야 했다.

해녀기둥서방이 길을 열어 주자 뒤에서 따라오던 대대의 컴보이 지프차가 추월해 앞으로 나갔다. 홍승길 중위가 타고 있는 호위용 차량이다. 지프차에는 선임 탑승자 외에 운전병, 무전병, 경비병이 탑승하고 있었다.

　해녀기둥서방이 운전하고 있는 트럭에는 선임 탑승자 안상도 중사, 행정병 정인수 하사, 그리고 적재함에는 월남 신병 32명과 LMG로 무장한 고참 호송병 4명, 무전병 1명이 탑승하고 있었다.

　신병들은 왜 고참들이 이렇게 안절부절못하는지 이해할 수가 없었다. 삼거리를 지나자 도로 위에는 어둠이 짙게 깔리기 시작했다. 신동협 병장은 M16 소총의 탄창을 갈아 끼웠다. 윤창규 병장이 LMG에 총탄을 삽탄시키기 시작했다. 고참들은 알고 있었다. 위험이 얼마나 가까이 다가와 있는지 너무 잘 알고 있었다. 텅 빈 도로 위를 2대의 차량이 무서운 속도로 달리기 시작했다.

　"너무 늦었어, 사단에서 조금만 빨리 보내 줘도 좋았을 걸."

　신동협 병장은 조바심을 치며 중얼거렸다. 시계 바늘은 5시 46분을 가리키고 있었다. 트럭은 무서운 속력으로 미군 58공병대 앞을 통과하고 있었다.

　'역시 해녀기둥서방은 잘하는군. 민병대 다리가 문제야. 그곳만 무사히 통과할 수 있으면 좋겠는데.'

　신동협 병장은 해녀기둥서방의 운전 솜씨를 믿었지만 언제나 방심은 금물이었다.

　해녀기둥서방은 원래 포차 운전병이었다. 보통 키에 얼굴이 둥근 미남자로 감포가 고향이었다. 그는 입대 전에 제주도 해녀의 기둥서방 노릇을 했다. 그는 보기 드문 노랑머리와 쌍꺼풀진 큰 눈 때문에 혼혈아처럼 보였다.

　그는 틈만 나면 제주도 해녀 6명과 전국의 바다를 누비며 잠수하던 시절을 이야기했다. 그는 서귀포 출신 해녀 정희와 사랑을 나누었다. 귀국하면 떠돌이 생활을 청산하고 정희와 결혼을 해서 가정을 이룰 생각이었다. 그는 밤마다 자신의 허리를 코끼리 다리처럼 튼튼한 허벅지로 조여드는 정희의 정열적인 몸짓을 생각하며 귀국할 날을 기다리고 있었다. 해녀기둥서방은 보기보다는 성격이 느린 곰 같은 사내였다. 그러나 운전 솜씨는 대단해서 부대 내에서는 아무도 그를 따를 수가 없었다.

"앗! 저게 뭐야?"

운전을 하던 해녀기둥서방이 놀라서 비명을 질렀다. 전방에 회색 고물 렘브레다(인력 수송용 3륜차)가 도로를 가로막은 채 수리를 하고 있었다.

해녀기둥서방은 이렇게 늦은 시간에 도로 위에 렘브레다를 세우고 수리하는 것을 본 적이 없었다. 예감이 이상했다. 앞서 가던 컴보이 지프차가 경적을 울리며 렘브레다 옆을 쏜살같이 빠져나가 저만치 달아나 버렸다.

컴보이 지프차를 뒤따르던 해녀기둥서방은 적의 매복일지도 모른다는 생각이 들었다. 평소 마빡을 치며 쌓은 경험에서 나오는 예감이었다. 해녀기둥서방은 속도를 올리며 렘브레다의 옆구리를 힘껏 들이받아 버렸다. 조금 전 앞서 빠져나간 컴보이 지프차가 대전차 지뢰를 밟고 산산조각 나며 하늘로 튀어 올랐다.

타당 따따탕.

그것을 신호로 렘브레다 뒤에서 AK 자동소총이 불을 뿜기 시작했다. 트럭의 선임 탑승자 안상도 중사가 총탄을 맞고 앞으로 폭 꼬꾸라졌다. 해녀기둥서방이 수류탄을 뽑아 렘브레다를 향해 던졌다.

꽝!

폭음과 함께 렘브레다가 하늘로 치솟아 오르며 불이 붙었다. AK 자동소총 탄알이 우박처럼 쏟아졌다. 신동협 병장은 신병들에게 고함을 질렀다.

"뛰어내려, 빨리!"

신동협 병장은 트럭에서 잽싸게 아스팔트 위로 뛰어내렸다. 그리고 빙그르르 돌며 반대편 도로 아래로 굴러 떨어졌다. 반대편 도로 밑에서 수류탄이 돌멩이처럼 아군 트럭을 향해 날아들었다.

꽝꽝꽝.

"야 이 씹새끼들아! 뛰어내려. 그냥 있으면 모두 죽는다. 빨리 뛰어!"

신동협 병장이 도로 건너편을 향해 사격을 하며 고함을 질렀다. 그러나 월남 신병들은 트럭 바닥에 머리를 처박고 일어나려 하지 않았다.

"죽으려고 월남 왔어? 빨리 뛰어내리지 못해, 개새끼들아!"

신동협 병장은 화가 나서 큰 소리로 욕설을 퍼부었다.

이때 신병 한 사람이 트럭에서 펄쩍 뛰어내렸다. 순간 건너편 도로 밑에 숨어 있던 V.C의 AK 자동소총이 그를 벌집으로 만들어 놓았다.

한 발의 수류탄이 트럭 안으로 날아들었다. 신동협 병장은 끝났구나 생각을 했다. 순간 쾅 소리와 함께 더블백과 사람이 하늘로 높이 솟아올랐다. 다급한 나머지 트럭 안에 있던 신병들 중 누군가 더블백으로 수류탄을 덮친 모양이다.

그때서야 신병들은 여기 있다가는 죽는다는 것을 알고 모두 트럭에서 우르르 뛰어내렸다.

'이런 젠장! 진작 그렇게 해야지. 죽을 놈은 죽고 살 놈은 사는 거야. 트럭에 엎드려 있다가는 살 놈도 죽는단 말이야, 알겠어?'

신동협 병장은 벌떡 일어서며 M16 소총을 갈기며 신병들을 엄호하기 시작했다. 순식간에 탄창 한 개가 바닥이 났다. 그는 재빨리 새로 탄창을 갈아 끼우고 사격을 계속했다.

신병들이 그의 주위로 몰려들었다. 이제야 그들은 동료들의 값비싼 목숨을 대가로 치른 후 전쟁터의 생리를 깨달은 것 같았다.

'병신같이 그냥 앉아서 죽을 거야? 총이 없으면 돌멩이라도 던져야지. 전쟁터에서는 자기 목숨은 자기가 지켜야 해. 이렇게 평범한 진리를 왜 모르나? 누가 널 대신해서 죽겠어? 하나뿐인 목숨을 널 위해 바칠 사람은 아무도 없어!'

순식간에 아스팔트 위에는 신병들의 시체로 가득 찼다. 적과 우군은 렘브레다와 트럭을 사이에 두고 치열한 교전을 벌였다. 도로 건너편에서 응사하는 적의 화력은 대단했다.

꽝!

전방 50m 지점의 12번 교량이 굉장한 폭음과 함께 폭삭 내려앉았다. 이제 대대로 돌아가는 유일한 통로인 빈케 통로마저 차단이 되었다. 월남군 31사단 병사들이 지키던 다리였다.

다리가 폭파되는 순간, 신동협 병장은 그 충격으로 엉덩방아를 찧으며 뒤로 벌렁 나가떨어지며 송유관에 머리를 부딪혔다.

순간 신동협 병장은 가슴이 덜컥 내려앉았다. 그들은 지금까지 지름 1m 크기의 대형 송유관 밑에서 적과 교전을 하고 있었다.

송유관은 퀴논 항구에서 미군 부대로 급유되는 전용 송유관이었다. 지금도 송유관 속에는 엄청나게 많은 양의 기름이 흐르고 있을 것이다.

만일에 적들이 송유관을 공격한다면 아군은 가만히 앉아 불고기가될 것이다. 신동협 병장은 신병들에게 손짓으로 뒤를 따르라고 명령을 했다. 그리고 낮은 포복으로 도로 밑에 있는 물이 질펀한 논바닥으로 기어갔다.

병사들은 허리까지 자란 벼 포기를 헤치며 논바닥을 기어 뒤를 따라왔다. 신동협 병장은 언젠가 한번 점심을 얻어먹은 적이 있는 미군 58 공병대를 향해 방향을 잡았다. 그들은 무척 인심이 후했다.

미군 58공병대원들은 맹호부대 마크 한 개와 그들 공병 부대 마크 세 개와 바꾸었다. 그들은 맹호 마크를 아주 탐내며 좋아했다. 미군들은 맹호부대 마크를 어깨에 달고 다니며 폼을 잡았다.

미군 58공병대의 제논 서치라이트가 휙 하고 앞을 밝히며 지나갔다. 그들은 우군의 접근을 알아차리고 위험을 무릅쓰며 길을 유도하고 있었다.

따르륵, 따르륵!

갑자기 어두운 밤하늘에서 총탄이 비 오듯 쏟아졌다. 신동협 병장은 고개를 들고 밤하늘을 쳐다보았다. 거대한 새가 소리도 없이 지상을 향해 발칸포를 쏘고 있었다. 발칸의 붉은 예광탄은 검은 밤하늘에 아름다운 포물선을 그리며 떨어지고 있었다. 미군 58공병대의 요청을 받고 지나가던 L19 비행기가 지원 사격을 하는 것 같았다.

비행기는 남쪽 멀리 날아가서 '붕!' 하는 굉음과 함께 엔진을 끄고 활강 비행으로 새처럼 소리 없이 전투 지역 상공으로 접근한 다음 지상을 향해 발칸포를 퍼부었다.

어디서 날아오는지 갑자기 105㎜ 조명탄이 캄캄한 밤하늘을 대낮처럼 환하게 밝혀 놓았다. 조명탄이 날아오자 비행기는 한 마리 새가 되어 남쪽 어둠 속으로 횡하니 사라져 버렸다.

이제 신병들은 정신을 차리고 벼 포기를 헤치며 신동협 병장의 뒤를 낮은 포복으로 바짝 따라붙었다. 그들 중 일부는 어느새 총을 들고 응사를 하며 뒤를 엄호하고 있었다. 현지 적응 훈련도 받지 않고 그들은 월남 고참이 되었다. 너무 빨리 고참이 된 것이다.

"자 이쪽으로!"

신동협 병장이 어둠 속에서 손을 들어 신호를 보냈다. 순간, 그의 손은 힘없이 떨어졌다. 그리고 지독한 통증과 함께 때굴때굴 굴렀다. 카

빈 총탄이 왼쪽 팔뚝을 관통해 버린 것이다. 만일 M16 총알이었다면 팔목이 붙어 있지 않을 것이다.

눈앞이 캄캄한 게 몹시 어지러웠다. 뒤를 따라오던 신병들이 그를 부축했다. 공병대의 외곽 철조망이 열리며 미군들이 신호를 보내왔다.

"살았다!"

신동협 병장은 소리치며 뒤를 돌아보았다. 신병들이 무사한지 알고 싶었다. 그리고 그를 믿고 따라온 8명의 전우들에게 진심으로 감사하고 싶었다. 자꾸만 눈꺼풀이 무거운 게 졸음이 쏟아졌다.

미군 58공병대의 연병장에 후송 헬기가 도착했다. 부상자들이 헬기 속으로 급하게 옮겨졌다. 프로펠러의 회전 속도가 빨라지며 헬기의 동체가 천천히 검은 하늘에 붕 떠올랐다.

갑자기 꽝! 하는 폭음과 함께 헬기의 동체가 갸우뚱하며 심하게 요동을 쳤다. 신동협 병장은 놀라서 헬기 아래를 내려다보았다.

아, 지상에는 난생 처음 보는 무서운 광경이 벌어지고 있었다. 앙케로 가는 송유관이 무서운 폭음과 함께 폭파되었다. 지역 게릴라들도 양민의 피해를 우려해서 폭파하지 않았던 송유관이었다.

불길은 거대한 기둥을 이루며 밤하늘 높이 솟아올랐다. 승천하는 붉은 용처럼 불길은 거대한 몸통을 미친 듯이 비틀며 검은 밤하늘을 한 입에 삼켜 버렸다.

송유관 속의 휘발유는 불타는 강물이 되어 마른 하천 속으로 흘러들어 가고 있었다. 그리고 폭음과 함께 마른 하천을 삽시간에 불바다로 만들어 버렸다. 불이 붙은 기름은 거대한 냇물을 이루며 킬러밸리로 흘러들어 가고 있었다. 하천 저편에는 킬러밸리가 오만한 제왕처럼 버티고 있었다.

"변 일병! 이게 무신 냄새고?"

임태호 상병이 고개를 갸우뚱하며 물었다. 기름이 타는 듯한 역겨운 냄새가 강한 바람을 타고 날아오고 있었다. 일행은 서둘러 집 안으로 뛰어 들어갔다. 텅 빈 집 안은 캄캄한 어둠 속에 잠겨 있었다.

"쌍년들이 없어. 빨리 찾아라!"

개미허리 김 하사가 미친 듯이 소리쳤다.

"권 병장, 권 병장! 어디 있나?"

일행은 권영준 병장을 부르며 집 안을 모두 뒤졌으나 흔적도 없었다.

"임 상병, 시간 없다. 빨리 대머리산으로 가자."

개미허리가 다급하게 소리치며 전투배낭을 챙겼다. 그들은 손에 잡히는 대로 배낭 속에 쑤셔 넣었다. 씨레이션과 비상식량 그리고 과일 등이었다.

서둘러 밖으로 나오자 어둠 속에서 밀려오는 매운 연기로 눈을 뜰 수가 없었다. 어디서인가 화재가 난 것 같았다.

"임 상병, 변 일병과 능선 위에서 기다려. 권 병장을 찾아봐야겠어. 5분 후에도 내가 오지 않으면 먼저 떠나라. 쌍년들을 찾으면 죽여 버리 겠어."

개미허리의 두 눈은 독기로 파란 불꽃이 일고 있었다. 그는 어둠 속 으로 사라졌다.

변을수 일병은 임태호 상병과 함께 짙은 어둠이 깔린 바나나 숲을 헤집고 능선을 향해 전속력으로 달렸다. 바나나 잎사귀는 여름 한낮에 소낙비를 맞는 듯한 묘한 소리를 내고 있었다. 무엇인가 우두둑 우두둑 하는 소리를 내며 바나나 잎사귀 위에 떨어지고 있었다. 놀랍게도 그것 은 불똥들이었다. 불이 붙은 나무의 잔가지들이 강풍을 타고 바나나 잎 사귀 위에 우박처럼 쏟아지고 있었다.

얼마 후에 임태호 상병과 변을수 일병은 목표 지점인 능선 위로 올라갔다. 순간 두 사람은 킬러밸리를 내려다보고 할 말을 잊었다.

불타며 흐르는 강물은 강가의 밀림을 사정없이 태우며 빠르게 흐르고 있었다.

"이기 우째 된 기고? 변 일병! 내가 꿈을 꾸고 있나? 강물이 와 저러노? 참말로 미치고 환장하겠네."

임태호 상병이 놀라서 소리쳤다. 강물은 골짜기 속에서 거대한 붉은 뱀처럼 용트림을 하며 몸부림을 치고 있었다.

그 불길은 조금 전 신동협 병장 일행이 병력 수송 중 기습당한 전투에서 송유관이 폭발하면서 발생한 것이었다. 두 사람이 그것을 알지 못하는 것은 당연한 일이다.

송유관이 터지면서 하천으로 유입된 휘발유는 킬러밸리 전역으로 강물을 타고 빠르게 흐르면서 삽시간에 주변의 정글로 불길이 번져 나가고 있었다. 더구나 지금은 건기에서 우기로 접어드는 때로 계절풍이 부는 시기였다. 밀림은 연일 계속되는 고온으로 건조한 상태였다. 불에는 치명적인 약점을 가지고 있는 날씨였다.

킬러밸리는 굴뚝과 같은 지형이었기 때문에 강풍이 불자 불길은 순식간에 계곡 전체로 빠르게 번지고 있었다. 그림같이 아름답던 도원경 전체가 불바다로 변해 버렸다.

불길은 조금 전까지 그들이 머물고 있던 아름다운 별장을 덮치고 있었다. 그림같이 아름다운 석조 건물이 타오르는 불길에 몸부림을 치고 있었다.

변을수 일병과 임태호 상병은 넋을 잃고 그 무시무시한 광경을 지켜보고 있었다. 그곳은 바로 생지옥이었다.

얼마나 지났을까? 개미허리가 어둠 속에서 불쑥 나타났다. 권영준 병장은 어디에도 보이지 않았다.

"권 병장님은?"

변을수 일병이 애써 불길한 생각을 누르며 떨리는 목소리로 물었다.

"죽었어."

"죽었어요? 어떻게?."

"등에 대검을 맞았더군."

개미허리가 침울하게 말했다.

"콩까이들은 우째 됐는 기요?"

임태호 상병이 궁금한 듯 물었다.

"쌍년들은 도망쳤어. 빨리 여길 뜨자. 어물쩍거리다간 우리도 당할 거야."

개미허리는 이를 악물고 앞장서서 정글을 열고 질풍같이 달려갔다.

석조 건물 가까운 정글에 3구의 시신이 불길에 타고 있었다. 등에 AK 소총의 대검을 맞은 권영준 병장과 목에 표창을 맞은 두 여자였다. 그것을 아는 사람은 개미허리뿐이었다.

월맹군 38연대 본부, 지하 벙커 C.P.

벙커 안은 한증막처럼 무덥고 컴컴했다. 누엔 반 치 연대장은 희미한 등잔불 밑에서 늦은 저녁을 먹고 있었다. 그는 나무젓가락으로 밥을 떠서 입에 넣고 접시에 담긴 채소를 집어 들었다. 그때 삐이익 하고 무전기가 울었다. 당번병이 황급히 수화기를 건네주었다.

"뭐야?"

무전기로 보고를 받은 치 연대장이 의자에서 벌떡 일어서며 젓가락을 탁자 위에 내동댕이쳤다. 치 연대장은 나무로 만든 탁자 위에 펼쳐 놓은 작전 지도를 뚫어질 듯 노려보았다.

그는 한 손에 수화기를 손에 든 채 부들부들 떨리는 손가락으로 지도 위의 어떤 지점을 가리키고 있었다.

무전은 3대대장 닌 소령으로부터 온 것이다. 3대대장은 킬러밸리에 대규모의 화재가 발생했다고 보고를 했다. 불길은 계곡 입구에서부터 강풍을 타고 급속도로 번지고 있다고 했다. 무전기를 통해 닌 소령의 다급한 목소리가 전해졌다.

"연대장님, 철수를 요청합니다. 화재로 더 이상 버틸 수가 없어요. 철수 명령을……."

"이봐, 닌 소령! 누가 불을 질렀나?"

"17시경에 미군 58공병대 앞에 있는 송유관이 폭파되었습니다. 다량의 휘발유가 마른 하천을 타고 강물에 유입되면서 화재가 발생했습니다."

"누가 송유관을 공격하라고 명령을 했나? 송유관은 절대로 파손하면 안 된다고 했지, 누구야 명령을 내린 놈이?"

"연대장님, 송유관을 공격한 것이 아닙니다. 따이한 신병 인수 차량을 공격하는 도중에 따이한이 폭파시켰습니다."

연대장의 성격을 잘 아는 닌 소령은 거짓말을 했다. 따이한이 미군 송유관을 공격할 이유가 없었다.

"멍청한 자식! 누가 송유관을 공격하라고 했나? 송유관은 공격하면 안 된다고 했잖아. 바보 같은 자식, 넌 이거다."

치 연대장은 허리에 차고 있던 45구경 권총을 뽑아 벙커의 천장을 쏴 버렸다. 천장의 모래흙이 우박처럼 떨어졌다. 좁은 벙커 속이 총성과 화약 냄새로 가득 찼다.

당번병은 치 연대장이 왜 이렇게 광적으로 흥분을 하는지 이해할 수가 없었다. 평소 그는 과묵하고 냉정하며 침착한 지휘관이었다. 그런 그가 이성을 잃고 평소 그답지 않은 행동을 하고 있었다.

"이봐, 닌 소령! 퇴각은 절대로 안 된다. 그곳에서 불길을 잡아. 전 병력을 동원하여 차단벽을 쌓고 불을 꺼. 그곳에서 한 발도 물러서면 안 된다. 후퇴하는 놈은 무조건 사살하라."

"연대장님! 여긴 불바답니다. 부하들을 지휘하는 것이 불가능합니다. 불 때문에 퇴로가 차단되었어요. 여긴 지옥입니다."

"닌 소령, 불길을 잡아라. 후퇴는 절대로 안 된다. 교신 끝!"

치 연대장은 무전기의 수화기를 책상 위에 내동댕이쳐 버렸다. 그리고 망연자실한 표정으로 넋을 잃고 정신없이 서 있었다. 희미한 석유 등불 밑에 고개를 푹 숙이고 서 있는 그의 그림자는 벙커 벽에 못이라도 박힌 듯 움직일 줄을 몰랐다.

왜, 연대장이 이렇게 화재를 두려워하는지 당번병은 이해할 수가 없었다. 얼음처럼 차갑고 바위처럼 과묵하던 그가 왜 저렇게 허둥대며 난리를 치는지, 그를 잘 이해한다는 당번병 카우도 치 연대장의 속마음을 알 수가 없었다.

치 연대장은 32세로 중부 월남의 빈딩성을 해방시키기 위해 6개월 전에 킬러밸리로 남하하였다. 하노이에서 소위 호지명 루트를 따라 남부 월남으로 내려왔다.

치 연대장은 키가 155㎝ 정도의 단신이었지만 어깨가 딱 벌어져 아주 담차고 다부진 인상을 주는 사내였다. 특히 광대뼈가 툭 불거진 넓적한 얼굴과 시커먼 두 눈썹은 강인하고 고집스러운 인상을 주었다.

그의 얼굴의 가장 큰 특징은 유난히도 시커먼 눈썹과 섬광처럼 반짝이며 광채를 내는 눈빛이었다. 소위 그의 눈은 '범의 눈'으로 월남 사람들에게는 보기 드문 얼굴이었다.

처음 치 연대장을 만나는 사람들은 파란 불빛이 폭발하는 듯한 그의 안광을 감히 마주 쳐다보기가 어려웠다. 그는 무서운 눈빛 하나로 수많은 병사들을 제압하고 있었다.

조금만 마음이 언짢아도 난쟁이 연대장은 무섭게 화를 내며 상대방을 뚫어지게 노려보았다.

그러나 치 연대장은 사람들이 생각하는 것처럼 그렇게 화를 잘 내거나 무서운 사람은 아니었다. 단지 그의 생김새에서 풍기는 분위기 때문에 사람들이 그렇게 느꼈을 뿐이었다.

험상궂은 인상을 주는 치 연대장의 얼굴도 흰 이빨을 가지런히 드러내며 활짝 웃을 때에는 잡티가 섞이지 않은 신선한 매력이 있었다. 그는 겉모습과는 달리 무척 다정다감하고 감수성이 예민한 사람이었다.

일반적으로 열대 지방의 사람들은 그 기후적인 특성 때문에 다혈질적이고 격정적인 기질이 있었다. 그러나 치 연대장의 성품은 열대 지방 사람들이 흔히 가질 수 있는 다혈질적인 것과는 다른 면모를 갖고 있었다. 그의 성격은 보다 대륙적이고 음흉하며 템포가 아주 느렸기 때문에 열대 지방에서는 극히 보기 드문 성품을 가지고 있었다.

치 연대장이 이끄는 월맹군 38연대는 개미허리 일행이 머물렀던 석조 건물로부터 9㎞ 떨어진 계곡에 주둔하고 있었다. 그곳에는 연대 C.P.와 지하 벙커, 보급소와 훈련소 그리고 병원이 정글 속에 교묘하게 은폐되어 있었다.

그곳은 킬러밸리 중간 지점의 분지에 있었다. 완만한 경사의 푸른 초원과 눈이 부시도록 현란한 붉은 장미, 그리고 키 큰 선인장의 머리 위에 왕관처럼 쓰고 있는 청초한 흰 꽃들이 지천으로 널려 있었다. 밀림이 우거진 정글의 한복판에 이렇게 아름다운 낙원이 있다는 것은 경이로운 일이었다.

누엔 반 치 연대장은 이곳을 무척 좋아했다. 그가 태어난 하노이와는 달리 이곳은 건기와 우기로 뚜렷하게 나뉘어 있었다.

이곳은 또한 자연이 만든 천혜의 요새였다. 우거진 밀림이 그의 연대를 교묘하게 숨겨 주고 있었다. 누엔 반 치 연대장은 참모들과 함께 이곳에 기거하면서 지역 게릴라들의 작전을 손수 지휘하고 있었다. 그는 이곳에서 적의 움직임을 손바닥처럼 환히 들여다보며 작전을 지휘했다. 얼마 전 박동수 대위가 이끄는 7중대를 완전히 괴멸시킨 것도 그의 작품이었고 개미허리 일행에게 죽음을 당한 장교와 사병들도 그의 부하들이었다.

불월전쟁 당시에 그 이름이 유래된 킬러밸리는 연합군들의 작전 제외 지역이었다. 끝없는 정글의 미로와 긴 협곡, 그리고 험난한 밀림은 이름 그대로 죽음의 계곡이었다.

그런 천혜의 요새 킬러밸리가 불타고 있는 것이다. 치연대장은 무전기를 노려보며 긴 한숨을 쉬었다.

이제 일주일 후면 우기가 밀어닥치고 그때를 디데이로 삼아 단숨에 중부 월남을 해방시킬 정예 연대가 난데없는 화재로 곤혹을 치르고 있었다.

하지만 치 연대장은 화재보다 더 큰 불행이 다가오고 있는 것을 까맣게 모르고 있었다. 정확히 말하면 7중대의 잔유 병력이 이곳까지 침투한 사실을 전혀 모르고 있었다. 얼마 후 그들이 어떤 잔치를 벌일지 모르는 것이 치 연대장의 불행이었다.

치연대장은 평소에 존경해 마지않았던 지도자 동지를 만난 날을 떠올렸다. 킬러밸리에 온 것도 그의 명령 때문이었다. 그날 그는 오랜만에 군 사령부에서 일찍 퇴근하여 집에서 조용한 밤을 보내고 있었다.

조국 해방 전쟁은 점점 더 치열해지고 있었다. 미군들의 공습은 시도 때도 없이 자행되고 수없이 반복되었다. 특히 야간 공습은 무섭고 두려웠다. 그들은 선별적인 군사 목표에만 공격을 한다고 큰소리를 쳤지만 반드시 지켜지는 것도 아니었다. 건물, 학교, 교량, 공장, 병원 등 닥치는 대로 공습을 가하고 있었다.

그날 밤은 아직까지 적의 공습경보가 없었다. 야간 소등을 한 하노이 시가지는 깊은 정적 속에 잠겨 있었다.

전쟁 전에는 무척 아름다웠던 도시가 지금은 등화관제로 어두운 암흑의 도시로 변해 있었다. 그는 어린 시절부터 전쟁의 소용돌이 속에 성장한 사람이었다. 이제 전쟁은 그의 생활 속의 일부가 되어 있었다.

밤하늘에 울리는 귀청을 찢는 공습 사이렌 소리와 대공포의 포성, 그리고 공중에 난무하는 서치라이트의 불빛은 언제나 계속되는 하루 일과였다.

그는 대나무 평상 위에 걸터앉아 밤하늘을 쳐다보았다. 탐조등의 불빛과 고막을 찢는 대공포의 포성, 그리고 샘 미사일이 난무하던 밤하늘은 모처럼 깊은 정적 속에 잠들어 있었다.

B52 폭격기에서 투하하는 폭탄의 둔탁한 폭음 대신, 이름 모를 풀벌레들의 울음소리가 들려오고 있었다.

미친 듯이 광란하던 탐조등 대신 밤하늘에는 은하수의 강물이 조용히 흐르고 있었다. 그리고 남쪽 하늘에는 이제 막 십자성이 얼굴을 내밀고 있었다.

이것이 그가 진정으로 사랑하는 조국의 밤하늘이었다. 언젠가 전쟁이 끝나면 사람들은 은하수의 별빛 아래에서 더위를 식히면서 이제는 전설이 된 조국 해방 전쟁의 무용담을 자랑할 것이다. 그리고 십자성의 아름다움을 노래할 날이 올 것이다.

그러나 지금 당장은 그가 사랑하는 조국은 한 치 앞도 내다볼 수 없는 무서운 살육의 전쟁터로 변해 있다.

갑자기 그의 마음은 비감한 감정에 빠져들었다. 그는 시름에 겨워 손에 들고 있던 한 뼘 크기의 작은 피리를 내려다보았다.

이 피리는 그의 16대 조상, 누 할아버지가 손수 만들어 불었던 것이다. 그는 입술에 가볍게 침을 묻히고 피리를 불기 시작했다. 맑고 투명한 소리가 형용할 수 없는 아름다운 음색으로 변해 흘러나왔다.

피리는 누 할아버지가 학의 다리뼈로 만든 것으로 귀중한 유물이었다. 이것은 젊은 나이에 프랑스로 정치 망명을 떠났던 그의 아버지가 남겨준 유일한 유품이었다. 아버지는 파리 뒷골목의 허름한 식당에서 접시를 닦으면서 조국 해방을 위해 노력하다가 객지에서 병사하고 말았었다. 그의 아버지, 칸 역시 위대한 군인이었다.

누엔 반 치의 연주 솜씨는 실제로 대단해서 듣는 사람들의 애간장을 녹였다. 어머니마저 그가 여덟 살 때 적의 공습으로 사망하자, 그는 어린 시절 아홉 명의 사촌들과 함께 백부 손에서 성장하였다.

그는 밤하늘에 어리는 희미한 별빛을 의지하며 비가를 불기 시작했다. 그는 이 곡을 아주 좋아했다. 비가는 어린 시절 아버지가 그에게 가르쳐 준 노래였다.

비가(悲歌)는 13세기에 외세의 침략을 저지하기 위해 싸웠던 어떤 장군이 사랑하는 조국이 누란의 위기에 처하자 고난에 찬 장부의 한과 슬픔을 노래한 곡이었다. 그 장군은 몽고의 침략을 물리친 영웅 트란 홍 다오 장군이었다.

밤하늘을 헤집고 울려 퍼지는 그의 피리 소리는 한 가닥 실낱같은 조국의 명맥과 외세의 침략에 대한 슬픈 분노가 숨겨져 있었다.

한 소절이 끝나자 부관 링이 급보를 전해 주었다. 이 나라를 통치하는 최고위층 지도자가 그를 관저에서 만나고 싶다는 전갈이었다. 이것은 그에게는 일생일대의 영광이었다.

오전 2시 15분, 치 대령은 노구의 정치지도자를 그의 관저에서 만났다. 그는 평소에 누엔 반 치 대령이 가장 존경하던 분이었다. 월남이 외세로부터 독립을 하기 위해 프랑스에 망명 정부를 세웠던 시절, 그의 아버지 누엔 반 칸은 그분의 참모로 있었다.

그래서 치 대령은 그 지도자를 더 만나고 싶어했다.

관저를 방문한 치 대령이 부동자세로 경례를 하자, 안광이 출중한 노구의 정치 지도자는 엷은 미소를 지었다.

"누엔 반 치 대령, 귀관을 사람들이 '밤의 장군'이라고 부른다지? 옛날 우리 조국이 몽고의 침략으로부터 누란의 위기에 처했을 때 살신봉사의 정신으로 조국을 두 번씩이나 위기에서 구한 밤의 장군처럼 말이야. 나도 귀관이 지휘한 후예 지구 전투의 대승을 잘 알고 있다네. 정말 훌륭한 작전이었어."

지도자는 다정한 손길로 그의 어깨를 어루만졌다.

"밤의 장군, 남부로 가라. 남부 조국을 해방시켜라."

지도자의 이 같은 명령은 최고의 영광이며 가문의 명예였다. 일설에는 당시 지도자가 치 대령의 아버지, 누엔 반 칸 장군과 프랑스 망명 정부에 같이 고생을 했던 시절을 회상하며 정표로 순금으로 만든 반달검을 주었다고 한다.

누엔 반 치 대령, 그는 월맹군 소장파 군부 세력의 핵심 인물이었다. 그는 여우처럼 교활하며 표범처럼 용감하고 너구리처럼 신중하며 늑대처럼 음흉하고 독수리처럼 민첩함을 두루 갖추고 있었다.

후예 지구 전투에서는 과격하면서도 두려움이 없는 번개 같은 작전으로 미군을 제압하였다. 그는 월남과 같은 밀림지역에서 치고 빠지는 게릴라 전법에서는 타의 추종을 불허하는 뛰어난 재능을 가지고 있었다.

그래서 월맹 군부의 핵심 엘리트 계층의 선두주자였다.

후예 지구 전투에서 그가 구사한 전법은 전후 미 육군 군사 교범에 교육용 자료로 기록되었다. 특히 그가 킬러밸리 입구에서 역매복으로 7중대를 괴멸시킨 작전은 그 후에도 전사가들 사이에 많은 논란의 대상이 되었다. 그날 밤의 전투 상황은 마치 6·25 전쟁 당시, 중공군들이 철원지구 전투에서 사용한 전법과 아주 유사하다는 판정을 받았다.

나중에 밝혀진 바로는 누엔 반 치 대령은 군사심리학을 전공했으며 또한 손자병법과 제갈공명의 전법을 많이 연구한 것으로 밝혀졌다.

특히 후예 지구 전투에서 미군을 상대로 구사한 전법은 촉 나라 군사, 제갈공명이 남방 정벌 시 소규모 병력을 미끼로 적을 유인하여 섬멸한 전형적인 허허실실의 작전이었다.

미군 지휘부는 후예 지구 전투에서 누엔 반 치 대령에게 당한 후, 삼국지에 기록된 공명의 전법을 전문적으로 연구하는 부서를 창설하였다. 그리고 예하부대에 작전 지침으로 일선 지휘관들에게 하달하여 그 중요성을 강조하였다.

그렇게 눈부신 전공을 세운 누엔 반 치 대령에게는 군부 내에서 추종자가 아주 많았다. 그는 적들의 심리를 이용한 게릴라전의 대가였다. 그가 세운 작전은 실패하는 법이 없었다.

그는 남에게 자기 생각을 함부로 표현하는 그런 어리석은 행동은 하지 않았다. 그러나 단 한 가지 예외가 있었다. 사람들이 그를 '밤의 장군'으로 부를 때에는 기쁨을 감추지 못했다.

13세기에 월남은 중국 북방의 기마 민족인 몽고족으로부터 두 번에 걸쳐 침략을 받았다. 그때마다 밤의 장군은 몽고족이 낮에 혈투를 벌여 점령한 조국의 영토를 밤에 귀신처럼 나타나서 교묘한 전법으로 실지를 회복했다. 그는 국민적인 영웅이었다.

지도자에게 그렇게 격려를 받은 치 대령은 지난 6개월 동안 그의 부하들과 함께 불볕더위 속에서 낮에는 미군들의 공습을 피해 올빼미처럼 잠을 자고 밤이면 질병과 독충에 시달리며 개미처럼 부지런히 많은 식량과 무기를 하노이로부터 킬러밸리까지 운반해 왔다. 그들은 인간으로서는 참기 힘든 고통과 시련을 견디며 이곳까지 남하하였다. 오직 조국 해방 전쟁이라는 일념으로 말이다.

치 연대장이 놀란 것은 이제 일주일 뒤, 우기에 접어들면 단숨에 중부 월남을 해방시킬 만반의 준비 태세를 갖춘 막강한 정예부대가, 전투다운 전투도 하지 못한 채 예기치 못한 화재로 괴멸당하고 있었기 때문이었다.

삐이익!

그때 무전기가 울었다. 허리에 차고 있던 45구경 권총을 만지작거리며 깊은 생각에 잠겼던 치 연대장은 그 바람에 정신이 번쩍 들었다. 또다시 무전기가 방정맞게 울기 시작했다.

"2대대장 무전입니다."

당번병이 수화기를 내밀었다.

"뭐야! 거기도 불이라고?"

무전을 받은 치 연대장은 개구리처럼 펄쩍 뛰어오르며 비명을 질렀다.

#24 밤의 장군

- 병사는 전공을 자랑하고 장군은 무공을 자랑한다 -

"상사 진도우(전투 준비)!"

치 연대장이 무전기를 내려놓으며 날카롭게 소리쳤다. 이제야 그는 결단을 내린 것 같았다. 당번병과 연락병이 큰소리로 복창하며 밖으로 뛰어나갔다.

잠시 후 부관 후엔 소령이 러닝셔츠 차림으로 황급히 달려왔다. 후엔 소령은 벙커의 입구에서 멈칫하고 발길을 세웠다. 평소 과묵하고 침착하던 연대장이 머리를 수세미처럼 헝클어뜨린 채 얼빠진 사람처럼 서 있었다.

치 연대장은 오른쪽 손에는 45구경 권총을, 다른 손에는 작전 지도를 들고 있었다. 눈동자는 고뇌에 차서 무섭게 충혈 되어 있었다. 그의 얼굴은 병든 사람처럼 창백하고 입술은 하얗게 말라붙어 있었다. 한동안 생각에 잠겨 있던 치 연대장이 황급히 벙커 밖으로 뛰어나갔다.

밖은 짙은 안개와 어둠으로 한 치 앞도 볼 수 없었다. 연대 주둔지는 미군의 야간 공습을 피하기 위해 철저히 소등을 하고 있었다. 많은 병사들이 우왕좌왕하고 있었다. 지휘관들의 날카로운 명령 소리가 빗발치듯 들려오고 있었다.

"띠유 위(소위), 귀관은 매복조."

제1중대장 토이 대위가 한 치 앞도 보이지 않는 어둠 속에서 병력을 배치하고 있었다. AK 자동소총과 탄창, 그리고 철모와 수통이 부딪치며 요란한 소리를 내고 있었다.

"바우띵(경계), 수색 실시!"

작전참모가 한 손에 AK 소총을 든 채 달려오며 명령을 내렸다. 그때 누군가가 소리쳤다.

"9시 방향 불이다, 불!"

서편 계곡에는 검은 밤하늘을 저녁노을처럼 붉게 물들인 대규모 화재가 일어나고 있었다. 이제 불길은 바람보다 더 빨리 연대 주둔지로 밀어닥칠 것이다. 그리고 용맹스러운 그의 부하들이 더위와 독충과 그리고 미군들의 공습을 피해 6개월이라는 긴 시간에 걸쳐 비축한 전쟁 물자들을 삽시간에 태워 버릴 것이다.

연대는 공격 개시 일주일을 앞두고 전투다운 전투도 해 보지 못한 채 괴멸해 버릴 것이다. 세계 제일의 정예 병사들이 싸워 보지도 못한 채 불길에 녹아 버리는 것이다.

그때야 치 연대장은 사태의 위급함을 몸으로 느낄 수가 있었다. 그는 두려움에 치를 떨었다.

"전 참모 집합 완료!"

부관 후엔 소령이 치 연대장에게 보고를 했다.

치 연대장은 군수, 작전, 공병 참모들을 거느리고 플래시 불빛 속에서 작전 도면을 검토하며 화재 진압 대책을 세웠다.

"윈 소령, 귀관은 호오 바위 지점에서 퇴각하는 병력을 검문하고 집결시켜라. 검문에 불응하는 병사는 즉시 사살하라. 키 소령, 귀관은 즉시 보이 바위 지점에서 강 대안에 방벽을 쌓도록 하라. 통신병 외에는 전 병력을 동원하라. 부상병도 동원하라. 이곳엔 적이 없다. 적은 오직 밀려오는 저 불길뿐이야. 탈주병은 즉시 사살하라, 부상자를 제외한 전 병력을 동원하여 불길을 잡아라. 빨리 불길을 잡지 못하면 우리의 위치가 노출되어 적의 공습 타깃이 될 것이다. 빨리 서둘러라."

작전 명령을 끝낸 치 연대장은 참모들과 함께 서둘러 강의 상류 지점으로 출발을 했다.

정글 속에 은폐된 연대 주둔지는 세차게 불어오는 강풍을 타고 밀려오는 연기로 정신을 차릴 수가 없었다.

킬러밸리는 우거진 밀림과 계곡 사이로 흐르는 여러 개의 지류가 모여 큰 강물을 이루며 흘러가고 있었다. 그 강의 이름은 후웅이었다. 상류 계곡에서는 수량이 많지 않았으나 계곡과 분지를 통과하면서 강물은 급격히 늘어나 하구에서는 대하를 이루고 있었다.

강물은 계곡의 중간 지점에서 커브를 그리며 건너편 대안을 따라 흐르고 있었다. 치 연대장은 이 지점에서 불길을 차단할 생각이었다.

세찬 기류가 계곡을 휘저을 때마다 관목은 뿌리째 뽑혀 어둠 속으로 날아가고 강풍은 밀림을 북처럼 두들겨 패며 무서운 속도로 빠져나갔다.

"참말로 미치겠네, 와 저 지랄이고?"

임태호 상병이 겁에 질려 욕설을 퍼부었다. 그때 어둠 속에서 날카로운 외침소리가 들렸다.

"라이 라이(빨리 빨리)!"

선두의 검은 그림자가 다급하게 재촉을 했다. 또 다른 한 무리의 그림자가 모습을 잠깐 드러내고는 연기 속으로 사라졌다. 그들은 개미허리 일행이 숨어 있는 바위 앞으로 무질서하게 도망치고 있었다.

"저 사람들이 누구지, 월남군인가?"

변을수 일병이 그들을 가리키며 물었다.

"어이쿠 이 문디 자슥아, 이것도 군인이라꼬. 니 눈에는 저기 월남군으로 보이나? 전마들은 월맹하고도 정규군이다."

"혹시 우군인지도 몰라요."

"이런 못난 자식! 그라면 성님하고 가 봐라. 반갑다고 뽀뽀하며 안아 줄 끼다. 이히히."

임태호 상병이 키득키득 웃었다. 개미허리가 그런 임태호 상병을 노려보며 나직이 으르렁거렸다.

"쉬, 죽고 싶어?"

개미허리는 연기 속에서 갈팡질팡하는 월맹 정규군을 노려보며 깊은 생각에 잠겨들었다. 저렇게 많은 병사들이 모두 월맹 정규군들이란 말인가? 그들은 어디에 숨어 있었을까?

개미허리는 짧은 순간, 결단을 내렸다. 어둠 속에서 유령처럼 떼를 지어 재빨리 이동하는 월맹군들을 바라보며 개미허리가 임태호 상병에게 속삭였다.

"저 치들이 왜 저러는 거야? 우릴 찾는 것도 아니고. 겁에 질려 도망치잖아. 불 때문인가? 좋아, 우리도 저 치들과 같이 내빼자고. 같이 섞여서 도망치는 거야."

"내사 몬하겠심더. 죽을라꼬 색 쓰는 기요?"

임태호 상병이 펄쩍 뛰었다.

"쟤들은 후퇴하는 병력들이 아냐. 불 때문에 도망치는 거지. 저길 보라고. 미친놈들처럼 날뛰잖아. 슬며시 끼어드는 거야. 말을 하면 우리 정체가 탄로 날 거야. 수신호로 해. 알겠지?"

말을 마친 개미허리는 재빨리 월맹군 사이에 끼어들었다. 임태호 상병과 변을수 일병은 개미허리의 뒤를 따라가지 않을 수 없었다.

개미허리 일행은 그간의 격전으로 군복은 찢기고 찢겨 남루한 넝마로 변해 있었다. 도망치고 있는 월맹군들도 그들과 똑같았다.

변을수 일병은 임태호 상병과 함께 월맹군들 속에 끼어들어 갔다. 개미허리가 두 사람을 앞장 세웠다. 발걸음을 옮길 때마다 허리에 차고 있는 수통이 달가닥거려 몹시 신경에 거슬렸다.

강풍은 시간이 흐를수록 더 거세게 불어닥치며 기승을 부렸다. 이젠 몸을 가누기에도 힘이 들었다. 흙먼지로 눈을 뜰 수가 없었다.

"이봐, 더 빨리. 뭘 꾸물거리나?"

개미허리의 뒤를 따라오던 장교가 권총으로 그의 등을 떠밀며 재촉을 했다. 싸늘한 총구가 등에 닿자 개미허리는 섬뜩한 느낌이 들었다. 개미허리는 정신없이 달렸다. 숨길이 턱에 닿아 가슴이 터지는 것만 같았다.

강풍에 실려 오는 연기를 마시자 목이 터져라 기침이 쏟아졌다. 마치 열차가 달리는 것처럼 심장이 쿵쾅거렸다.

"재수 없는 새끼! 죽여 버릴까."

그는 중얼거렸다.

자정이 가까워지자 강풍은 더 세차게 불고 산불은 더 빠른 속도로 다가왔다. 불이 붙은 나무의 잔가지들이 우두둑 우두둑 소리를 내며 우박처럼 떨어졌다.

병사들이 놀라서 '와아!' 하는 비명을 지르며 개미떼처럼 흩어졌다. 원숭이들도 캑캑거리며 도망을 쳤다.

그때였다. 거대한 불길이 쿠르릉쿠르릉 하는 소리를 내며 일행을 덮쳐 왔다. 그 불길은 임태호 상병을 향해 악마처럼 달려들었다.

"으악! 살려 줘."

임태호 상병이 입을 열어서는 안 된다는 것도 잊고 비명을 질렀다. 그는 몸에 붙은 불을 끄기 위해 때굴때굴 구르면서 짐승처럼 울부짖었다. 임태호 상병 앞에 달려가던 월맹군 장교가 비명 소리를 듣고 돌아서서 외쳤다.

"따이한, 따이한이다!"

재빨리 권총을 뽑아든 월맹군 장교가 임태호 상병을 향해 총을 쏘았다. 다행히 임태호 상병이 몸을 구르고 있었기 때문에 총알이 빗나갔다. 그걸 본 개미허리의 눈이 뒤집혔다.

개미허리가 월맹군 장교를 향해 M16 대검을 던졌다. 대검은 장교의 목을 산적 꼬치를 꿰듯 뚫어 버렸다. 처절한 비명 소리와 함께 장교가 나동그라지자 불길은 삽시간에 그를 삼켜 버렸다.

모든 것이 순식간에 일어난 일이었다. 하지만 일은 거기서 끝나지 않았다. 그것을 본 월맹군 병사가 AK 총대로 변을수 일병을 내리쳤다. 소총의 가늠쇠가 변을수 일병의 귓바퀴를 찢으며 지나갔다. 변 일병의 귀에서 붉은 선혈이 목을 타고 주르르 흘러내렸다. 변을수 일병은 주저앉으며 월맹군 병사의 국부를 걷어찼다. 월맹군 병사는 개구리처럼 펄쩍 뛰어오르며 나동그라졌다. 변을수 일병은 손에 잡히는 돌을 들고 월맹군 병사의 머리통을 내리쳤다.

딱! 소리와 함께 피가 분수처럼 솟아오르며 변을수 일병의 얼굴을 흠뻑 적셔 놓았다. 그는 다시 한 번 월맹군 병사의 얼굴을 돌로 내리찍었다.

그때 우지직! 하는 소리를 내며 관목이 변을수 일병을 향해 쓰러졌다. 변을수 일병이 재빨리 피했지만 바짓가랑이에 불이 붙어 찌지직 소리를 내며 타올랐다. 변을수 일병은 정글복 바지에 붙은 불을 손으로 털어 냈다.

"변 일병, 살리도고!"

임태호 상병이 몸부림치며 울부짖었다. 임태호 상병은 바위 틈새에 다리가 끼어 있었다. 그리고 바로 옆에는 거대한 불길이 타오르고 있었다.

변을수 일병이 임태호 상병에게 다가가 바위틈에서 그의 다리를 뽑아내기 시작했다. 임태호 상병이 고통으로 비명을 질렀다.

"조금만 더."

드디어 임태호 상병의 다리가 바위에서 자유로워졌다. 임태호 상병은 다리가 부러졌는지 꼼짝도 하지 못했다. 변을수 일병이 임태호 상병을 둘러업으려고 했다.

"변 일병, 임태호는 틀렸어. 그냥 두고 떠나자."

개미허리가 이죽거리듯 말했다.

"뭐라고 임마, 니도 사람이가? 비겁한 자식!"

죽은 사람처럼 축 늘어져 있던 임태호 상병이 벌떡 일어나며 욕설을 퍼부었다.

"멀쩡한 놈이 엄살은……."

개미허리는 짓궂게 웃으며 또 약을 올렸다. 그러자 임태호 상병이 통증을 참지 못하고 주저앉았다.

"변 일병, 어차피 죽을 놈이야. 버리고 그냥 떠나자."

개미허리가 또 이죽거린 다음 어디론가 사라졌다.

"뭐라꼬! 변 일병, 저 노마는 나쁜 놈인 기라. 찰리부대에서도 지만 살기 위해 전우를 버리고 도망을 쳤는 기라. 하이 계곡에서도 그랬대이. 전마는 비겁한 놈이야. 절대로 믿지 마라."

임태호 상병이 악에 바쳐 고래고래 고함을 지르며 욕설을 퍼부었다.

임태호 상병의 짧은 머리카락은 모두 불에 타 버려 대머리가 되어 있었다. 더구나 불에 탄 등허리는 석쇠 위에 올려놓은 돼지고기 껍질처럼 흉측하게 부풀어 있었다. 오직 초롱초롱한 두 눈만이 살아서 번들거리며 무섭게 독기를 품고 있었다.

그때 꿍음과 함께 또다시 불길이 강풍을 타고 무섭게 밀어닥쳤다. 변을수 일병이 바위 틈새에 임태호 상병을 밀어 넣고 엎드리며 중얼거렸다.

"지혜야, 드디어 죽는구나. 이렇게 죽는다. 내가 여기서 죽으면 아무도 모르겠지? 정글 속에서 불에 타서 죽으면 누가 알겠어? 그런데 지혜야, 왜 이렇게 눈물이 나니? 죽는 건 두렵지 않은데 자꾸만 눈물이 나는구나."

변 일병은 우지혜에게 마지막 인사를 건넸다.

그때 어느새 따라왔는지 등 뒤에서 개미허리의 목소리가 들려왔다.

"변 일병, 뭐하냐? 이런 병신! 타 죽을 거야? 빨리 일어나, 임마! 전방 30m 지점에 급류가 있어. 물 밑은 안전할 거야."

개미허리는 군복을 찢어 임태호 상병의 두 눈을 가렸다. 그리고 가볍게 둘러업고는 "야아!" 하는 비명 소리와 함께 불길 속으로 뛰어 들어갔다.

변을수 일병은 개미허리가 사라진 불구덩이를 공포에 질려 바라보았다. 어떻게 저 속에 뛰어들어 살기를 바라겠는가? 차라리 여기서 편하게 죽는 것이 나을 것 같았다.

"뛰어라 을수야, 힘껏 뛰어!"

갑자기 우지혜의 목소리가 들렸다. 변을수 일병은 자신도 모르게 불구덩이 속으로 뛰어 들어갔다. 머리카락이 찌르륵 소리를 내며 오그라들었다. 얼굴 가죽이 부풀어 오르며 팽팽하게 당겨졌다.

'개미허리는 현명하군. 눈을 헝겊으로 가린 이유를 이제야 알겠어.'

온몸에 벌겋게 달아오른 쇳물을 퍼붓는 것만 같았다. 그는 손으로 얼굴을 가리며 힘껏 뛰었다. 30m의 거리가 무척 멀게만 느껴졌다.

"풍덩!" 시원하다 정말 시원하다. 변을수 일병은 혼자서 중얼거렸다. 그는 시원한 강물을 한 입 가득 들이마셨다. 온몸의 세포가 살아서 숨을 쉬며 잔뜩 기지개를 켜는 것만 같았다. 변을수 일병이 무사히 불구덩이 속을 뚫고 나온 후 넋을 잃고 서 있자 개미허리가 그를 강물 속으로 잡아당긴 것이다.

강물은 유속이 아주 빨랐다. 변을수 일병은 쏜살같이 떠내려가고 있었다.

수면 위 여기저기에는 아직도 연소가 덜 된 휘발유가 계속 불타고 있었다.

그들은 물속으로 잠수를 시작했다. 물 밑은 표면의 휘발유가 불타고 있기 때문에 대낮같이 환하게 밝았다. 강물 속의 바닥이 어두워지면 물 위로 머리를 내밀고 솟아올라 숨을 몰아쉬었다.

변을수 일병 바로 앞에는 개미허리 김 하사가 임태호 상병의 옆구리를 껴안고 빠른 속력으로 떠내려가고 있었다. 임태호 상병은 물을 울컥울컥 토하며 계속 기침을 하고 있었다. 깎아지른 듯한 절벽 위에 서 있던 밀림의 고목이 불이 붙은 채 강물 위로 떨어지는 것이 보였다.

강물은 거대한 가마솥의 물처럼 부글부글 끓어오르고 있었다. 그들은 점점 더 강 복판으로 헤엄쳐 들어갔다. 강의 중심부에 들어가자 물살이 더 빨라졌다.

순간 개미허리가 임태호 상병을 놓쳐 버렸다. 임태호 상병은 빠른 유속에 놀라 비명을 지르며 떠내려갔다. 급류에 몸이 감기면서 물속으로 점점 더 깊이 가라앉았다. 그는 물을 마시며 의식을 잃어 갔다.

개미허리가 임태호 상병을 구하기 위해 급류를 헤치며 필사적으로 접근을 하고 있었다. 임태호 상병은 가물가물하는 의식 속에서 중얼거렸다.

"나는 우리 어메하고 촌에서 농사짓다가 입대 안 했나. 신성한 국방의 의무를 다하기 위해 싸나이답게 입대한 기라. 그런데 우리 부대가 몽땅 월남으로 안 왔나. 월남으로 가라 카이 우째겠노? 와, 그 노래에도 안 있나.

'자유 통일 위해서 조국을 지킵시다.'

높은 사람들이 굉장한 것처럼 말하는 기라. 그래서 내가 안 켔나? 자유 통일할라면 난 몬 간다. 물 건너 고짜 있는 자유 통일하는 거보다는 요짜 있는 우리 끼 자유 통일이 더 급하다. 빙신 육갑 떨라꼬 고짜꺼정 자유 통일하로 가나. 길이나 가깝고 할 일이 없어 심심하면 또 모르제. 그라이께네 또 이카더라.

'조국과 민족을 위하여.'

참말로 '위하여' 찾는 놈치고 구라아인 놈 난 몬 봤다. 조국과 민족 좋아하네. 조국과 민족이 어디 물 건너 고짜 있나? 요짜 있제. 태호는 어메 말 잘 듣고 과수원에 농약 잘 치고 고추 농사 잘 짓는 기 조국과 민족을 위하는 길이 아이겠나? 내가 고래 대답 하이께네 또 뭐라 켔는지, 니 아나?

'건국 이후 최초의 파병, 조국 근대화의 기수, 외화 획득, 우방국 지원.'

내 하도 더러버서 이래 말했다. 고라몬 니가 고짜 가서 싸우다 디져라. 와, 니는 안 싸우고 우리보고 자꾸 싸우라 카노? 내사 마 남의 나라 머스마들캉 싸우기도 싫다. 와 배 타고 요짜꺼정 와서 전마들캉 목숨 걸고 싸워야 대노? 전마들은 우리 아부지 귀싸대기 때린 일도 없고 내 돈 띠 묵고 도망친 일도 없다. 그런데 와 내가 전마들캉 코피 터지도록 싸워야 되노?

내가 직금은 요짜 와서 경기가 나빠 쪼다 소리를 듣고 있다마는 그래도 고짜서는 잘나갔는 기라. 고짜서는 단촌댁이 막내아들 태호 모르면 간첩 아이가. 내사 마 아무리 생각해도 와 내가 요짜서 싸우다가 개죽음을 당해야 하는지, 그 이유를 모르겠다카이. 태호는 억울해서 몬 죽는다. 내가 요짜서 디지면 안 되는 이유를 갈치 주까?

첫째, 나는 전마들하고 싸우기 싫다. 요기는 전마들 나란 기라. 그런데 와 우리가 야들 나라에서 싸워야 되노. 싸우고 싶거든 미군들아, 니들이 알아서 싸워라. 그라고 디져라. 개새끼들아! 이건 니들이 일으킨 전쟁 아이가? 그란데 와 우리가 코피 터져야 되노?

둘째, 춘자 말이다. 고년 때문에 태호가 요짜서 디지몬 안 된다카이. 월남 오기 전에 부대에서 삼 일간 특별 휴가 안 줬나. 조상님캉 부모님캉 신고하라꼬 휴가 줬잖아. 그때 내가 환장을 해서 박 이장네 둘째딸 춘자를 따먹은 기라. 와 거 있잖아, 과수원 뒤편 농막에서 춘자를 올라탄 기야. 춘자가 죽는다고 앙탈을 부리며 내 팔뚝을 깨무는데 '춘자야, 내 꼭 살아서 돌아오꾸마.' 하고 약속을 하이 춘자가 찔찔 짜면서 말하기를 '태호야 니 월남에서 안 돌아오면 난 죽어뿔란다.' 하고 말하더라.

춘자 고년이 올매나 독종인지 니 아나? 고 가시나는 죽는 다카면 참말로 디지는 가시난 기라. 그라이 내는 몬 죽는다. 춘자 디지면 뱃속에 든 새끼는 누가 책임 지노? 그라이 난 몬 죽는다. 죽어도 고짜 가서 디질란다.

울 어메 때문에 난 몬 죽는다. 중년에 과부가 된 울 어메가 얼매나 고생한 줄 아나? 태호가 팔 남매 막내로 태어나 어메를 울매나 고생시켰는지, 니 아나? 어메는 태호를 농사꾼 안 만들라꼬 고등학교꺼정 시켰는데 이 미친놈이 눈까리가 뒤집혀 공부는 안 하고 농땡이만 친 기라. 쌀 훔쳐 팔아 묵었지, 고추 훔쳐 팔아 묵었지, 송아지 끌고 가서 팔아 묵고 서울로 도망쳤지, 우예 그 이야기를 다 하겠노? 귀국해서 울 어메 호강시킬 기다. 태호 뼈다구가 다 부러지도록 일을 해서 울 어메 호강시킬란다. 어메 앞에 무릎 꿇고 어메요, 태호 잘몬했심더, 용서 하이소, 하고 통곡하며 빌란다. 고라기 전에는 절대로 몬 죽는다.

태호가 몬 죽는 이유를 천 가지만 대면 살려 줄끼가? 구판장에 술값 외상 있어 몬 죽는다. 첫 휴가 때 친구 병식이 하고 술값 때문에 한판 붙었다. 홧김에 내가 병식이 이빨 두 대를 날릿다. 병식이 이빨 해 주기 전에는 몬 죽는다. 목숨이 위험하이 빌 생각이 다 나는구나. 태호 죽을라카이 철이 드는 갑제. 내가 요짜서 몬 죽는 이유는 수천 가지도 넘는다. 그러이 태호는 몬 죽는다. 태호가 죽으면 하늘이 무너지는 기라. 하늘이 내려앉는 기 뭐 별거가. 눈 까무면 하늘이 무너지는 기지."

전쟁터에서 병사들은 그들이 죽어야 할 이유를 한 가지도 모른다. 그러나 살아야 할 이유는 천 가지를 알고 있다.

모든 생명체 중에서도 가장 우수한 인간은 자신을 속이는 데도 좀 더 복잡하고 교묘한 술수를 사용한다. 그것은 인간이 살아온 경험이나 학문, 혈연과 인종, 그리고 주위의 환경에 따라 자신을 속이는 방법도 다양하기 때문이다. 그러나 아무리 자신을 잘 기만하는 인간도 소리 없이 다가오는 운명만은 마음대로 속여 넘길 수가 없다.

임태호 상병은 누군가가 거센 물살에 떠내려가지 않도록 자신의 허리띠를 잡고 있는 것을 느꼈다. 그러고는 정신을 잃었다.

존경하는 부형님 귀하.

본인은 7중대장 박동수 대위입니다. 드릴 말씀은 다름이 아니라 귀댁의 자제 임태호 상병은 지난······.

"부욱."

박동수 대위는 쓰고 있던 편지를 두 손에 움켜쥐고 빡빡 찢어 버렸다. 그리고 벙커 구석에 휙 던져 버렸다. 포탄 박스로 만든 책상 위에는 쓰다가 버린 편지 용지가 함부로 버려져 있었다.

박동수 대위는 이제 겨우 다섯 통의 편지를 써 놓았다. 킬러밸리에서 부상을 당하고 돌아온 첫날 박동수 대위는 위생병의 만류에도 불구하고 진통제를 맞은 몽롱한 정신상태에서 두 통의 편지를 써서 고국으로 보냈다. 경기도 안양에 한 통, 부산 시립 고아원에 한 통을 보냈다.

그러나 아직까지도 편지를 써서 보내야 할 곳은 많이 남아 있었다. 박동수 대위는 반이나 넘게 남은 조니워커 술병을 들고 냉수를 마시듯이 벌컥벌컥 들이켜기 시작했다. 독한 양주가 창자 속으로 스며들자 뱃속이 화끈거리며 불길이 일어났다.

"이게 무슨 지랄이야. 내가 미쳐도 단단히 미쳤지. 못난 놈, 이런 못난 놈!"

그는 머리카락을 쥐어뜯으며 자신에게 맹렬히 저주를 퍼부었다. 그리고 목침대에 벌렁 누워 버렸다. 목침대의 받침대가 삐거덕거리며 고통스러운 신음 소리를 내뱉었다.

붕대를 감은 그의 왼쪽 팔뚝에는 아직도 시커먼 피가 배어 나오고 있었다. 얼굴도 상처투성이며 머리에도 붕대를 칭칭 감고 있었다. 그는 오른쪽 손으로 둥글넓적한 얼굴을 쓰다듬다 말고 벌떡 일어났다.

"참말로 미치겠네. 내가 왜 그런 짓을 했지?"

박동수 대위는 스스로에게 욕설을 퍼부으며 괴로워했다. 토마토처럼 혈색이 좋고 기운이 펄펄 넘쳐흐르던 그의 얼굴은 중병이 든 환자처럼 해쓱하고 두 볼은 흉측하게 움푹 패어 있었다.

따르륵 따르륵.

멀리서 LMG로 사격하는 소리가 아련히 들려왔다. 목침대 위에 누워 있는 박동수 대위의 두 볼을 타고 눈물이 방울방울 떨어지기 시작했다. 볼을 타고 흘러내린 눈물은 귓바퀴를 타고 흘러 국방색 담요 위에 검은 얼룩을 만들고 있었다. 산돼지처럼 미련하게 생긴 사내는 비탄에 젖어 꺼이꺼이 소리를 내며 울고 있었다.

왕방울같이 큰 눈이 붉게 충혈되어 눈물을 줄줄 흘리며 슬피 울고 있었다. 그것은 짧은 꿈과도 같았다. 차라리 꿈이었다면 얼마나 좋을까. 문득 임태호 상병의 얼굴이 떠올랐다.

9번 외곽 초소에서는 한창 노름판이 벌어지고 있었다. 목포 깡패 공사유 상병, 대전 출신 레슬링 선수 손영목 병장, 인천 출신 외항 선원 차동철 상병 등 한다는 노름꾼들이 모여 포탄 박스를 엎어놓고 화투를 치고 있었다.

부중대장 유 중위가 병사들이 노름을 한다고 보고했을 때 박동수 대위는 모른 척하고 그냥 두라고 했다. 박동수 대위의 지론은 노름 잘하는 놈이 유사시에 전투도 잘한다는 것이다.

박동수 대위는 9번 외곽 초소로 갔다. 노름꾼들은 맥주를 홀짝거리며 무엇이 그렇게도 좋은지 낄낄거리며 웃었다. 비좁은 초소 안은 담배 연기가 자욱하고 발 들여놓을 틈도 없었다. 박동수 대위를 본 임태호 상병이 유들거리며 입을 열었다.

"중대장님, 돈 좀 따묵읍시다."

"따먹는 거 좋아하네. 임태호, 너 임마! 지난번에 따간 거 오늘 다 게워."

"아따 중대장님, 쩐이 없으면 빌려 드리고요. 노름판에는 부자지간에도 안면몰수라요.."

임태호 상병은 담배를 입에 삐딱하게 물고 두 손으로 화투장을 바짝 조였다. 입대 전에는 그의 말처럼 노름판에서 한가락을 한 모양이었다. 박동수 대위는 탄약통 위에 걸터앉으며 화투판에 끼어들었다.

박 대위는 눅눅한 화투장이 손바닥 안에서 미끈거리자 기분이 좋아졌다. 처음 한 장은 패가 아주 좋았다. 그다음 장에 매조 껍데기가 고개를 빠끔히 내밀자 1달러 군표 2장을 내밀었다.

임태호 상병이 화투를 쪼며 걸쭉한 입담을 풀었다.

"떴다 봐라 공산명월! 요기 누구 자지고? 태호 부랄 아이가. 날 잡아 잡수소, 하고 고소한 냄새가 나는데."

"시끄러, 임마!"

박동수 대위가 임태호 상병에게 타박을 놓았다.

"울 할배 묘터를 공산명월에다 써 놓았더니 요놈이 나를 아주 좋아하는 구나 에헤헤……."

임태호 상병은 전혀 기가 죽지 않고 계속 약을 올렸다.

"임마, 삼 년 묵은 과부 좆 주무르듯 만지지만 말고 빨리 홀랑 까라."

손영목 병장이 이죽거리며 재촉을 했다.

"태호 자지는 울 어메가 낳을 때부터 쇠못을 박아서 질긴 기라. 그라이 통뼈 아이가? 떴냐? 닮아라, 닮아라, 울 할배 공산명월을 닮아라."

"워매 잡것, 워찌 이 자식은 또 이런 당가? 남은 속이 타서 죽겠는디."

목포 깡패 장월수 병장이 약이 올라 임태호 상병을 노려보았다. 그제야 임태호 상병은 공산 두 장을 엎어 치며 판돈을 날름 끌어가 버렸다.

"태호야, 정말 미안하다. 내가 잘못해서 너를 죽였구나, 으으흑흑……."

박동수 대위는 또 울음보를 터뜨렸다. 박동수 대위는 전사하거나 행방불명된 부하들을 하나둘 떠올렸다. 벌써 일 년 가까이 미운 정 고운

정이 듬뿍 들었던 부하들이었다.

중대장의 돈을 따먹자고 달려들던 임태호 상병, 배가 아픈 데는 중대장님이 사 주는 술이 약이라며 졸졸 따라다니며 졸랐던 부관 장 중위 등이 보고 싶었다.

한창 시절의 혈기로 조금씩은 말썽을 일으켜도 모두 용감하고 뛰어난 부하들이었다. 군복무를 무사히 마치고 제대하면 자기 밥그릇은 충분히 찾아 먹을 청년들이었다.

그런 그들이 자신의 순간적인 판단 착오로 이제 귀국할 수가 없게 되었다.

박동수 대위는 두 손으로 머리를 감싸 쥐고 엉엉 소리치며 통곡을 하다가 실성한 사람처럼 벌떡 일어나 허허 하고 웃음을 터뜨리기 시작했다. 박동수 대위는 부하들이 신나게 부르던 중대가가 갑자기 떠올랐다.

여기는 7중대다아, 도마토 말대가리중대다아.
지가지가 장장 깨갱깨갱
고향으로 가는 열차다아
고향으로 가는 돛배다아.
지가지가 장장 깨갱깨갱

병사들은 술이 엉망으로 취하면 옷을 홀라당 벗고 벙커 지붕 위에 올라앉아 중대가를 부르곤 했다.

여기는 도마토오 말대가리중대다아
지가지가 장장 깨갱깨갱
고향으로 가는 빤스(버스)다아
지가지가 장장 깨갱깨갱

영자의 빤스는 내 꺼다 내 꺼다아
지가지가 장장 깨갱깨갱.

병사들은 저희끼리 모여 앉아 중대가를 신나게 부르다가도 중대장만
나타나면 시침을 뚝 따고 모른 척했다. 병사들이 만든 중대가는 언제나
저희끼리 있을 때에만 불렀다. 왜냐하면 그들이 노래 부르는 가사 중에
는 '부르도꾸 마누라는 내 꺼다아' 하는 가사가 있었기 때문이다.

7중대가는 무척 신나는 노래였다. 새로 전입을 온 병사들은 고참들
로부터 이 노래를 배웠다. 가사 중에는 노골적으로 연인을 사모하는 대
목도 있었으나 전체적으로는 전쟁터에서 어찌할 수 없는 현실과 군복
무에 대한 자조적인 슬픔, 그리고 연인에 대한 안타까운 사랑과 아픔이
깊숙이 배어 있었다.

병사들은 손바닥으로 자기 엉덩이를 치면서 '지가지가 장장 깨갱깨
갱' 하고 신나게 후렴을 불러 넣었다.

혜숙아 내 동생아 몸 성히 잘 있느냐
지가지가 장장 깨갱깨갱
여기에 있는 이 오빠는 장교가 아니란다
지가지가 장장 깨갱깨갱
고향으로 가는 열차다아
지가지가 장장 깨갱깨갱

변을수 일병은 특히 7중대가를 잘 불렀다. 변을수 일병은 열하의 날
씨 속에도 항상 샌님처럼 하얀 얼굴을 하고 있었다. 그 변을수 일병도
행방불명이 되었다. 박동수 대위는 그의 부모에게 뭐라고 편지를 써야
할지 난감했다.

귀댁의 자제가 낯선 이국땅에서 자유 통일을 위해 싸우다가 죽었다고? 누구를 위해, 무엇 때문에 그들의 소중한 아들이 죽어야 하는가? 이 전쟁은 변을수 일병이나 임태호 상병과는 전혀 상관이 없는 남의 나라 전쟁이다.

먼 후일 이들의 죽음은 아무런 의미가 없는 개죽음이 될 수도 있을 것이다. 전쟁의 가장 원시적인 개념은 자신과 가족의 생명을 외부의 위협으로부터 안전하게 보호하는 데 있다. 이것이 평소 박동수 대위의 생각이었다.

박동수 대위는 이제야 작전 비문 속에 숨어 있는 깊은 의미를 알 것만 같았다.

"열 명의 적을 놓치는 한이 있더라도 사병 한 사람이라도 다치지 않게 하라."

이보다 더 절실하고 뼈에 사무치는 작전 명령은 없었다. 이건 남의 나라 전쟁이다, 그라이 너희는 손가락 하나 다치지도 말고 적당히 알아서 싸우는 척해라. 이것이 일선 지휘관에게 내리는 작전명령 속에 숨어 있는 내용이었다. 참으로 절실한 명령이었다. 그런데 바보 같은 자신은 지휘관으로서 치명적인 실수를 한 것이다. 정말로 싸운 것이다.

그는 책상 건너편에 서 있는 중대기를 바라보았다. 푸른 바탕에 총과 칼이 선명하게 그려진 보병 마크의 깃발이다. 그리고 그 깃봉에는 수많은 전투 휘장들이 달려 있었다.

박동수 대위는 먼저 변을수 일병의 부모에게 편지를 보내기로 마음을 먹고 침대에서 벌떡 일어나 편지를 쓰기 시작했다.

"귀댁의 자제 변을수 일병은 맹호 A호 작전 중 실종되었습니다. 변을수 일병은 야간에 적과 교전 중 행방불명이 되었습니다. 본 중대는 변을수 일병의 행방을 철저히 수색하였으나 어떤 흔적도 찾을 수가 없었습니다. 변을수 일병은 당일 교전 시 전사한 것으로 사료됩니다. 그는 전우들에게는 친절하고 다정했으며 맡은바 임무에는 책임을 다하는 훌륭한 병사였습니다.

변을수 일병이 목숨을 바친 이 전쟁이 우리들에게 어떤 교훈과 의미를 가지고 있는지 아직은 알 수가 없습니다. 왜, 우리가 이 전쟁에서 고귀한 생명을 바쳐야 하는지도 지금은 알 수가 없습니다. 그러나 세월이 흘러, 먼 후일 이 전쟁은 어떤 의미에서든지 정당한 평가와 심판을 받을 것입니다. 그것이 긍정적인 평가이든 부정적인 평가이든 우리에게는 상관이 없습니다. 그 이유는 우리에게는 선택의 권리가 없기 때문입니다.

우리는 국가가 우리에게 명령한 일이 올바른 일이거나 그릇된 일이라는 판단은 하지 않습니다. 그 이유는 우리를 이 전쟁터로 보낸 국가는 대한민국이며 조국의 이름으로 참전을 한 것이기 때문입니다. 단지 사랑하는 조국이 우리의 희생으로 만세 불변의 탄탄대로 위에서 부국을 이룩하는 날에는 반드시 우리의 죽음도 헛되지 않을 것입니다. 그때, 낯선 이국에서 무명으로 산화한 우리의 죽음도 재평가를 받을 날이 올 것입니다.”

갑자기 벙커 지붕 위에서 털털거리는 치누크의 프로펠러 소리가 들려왔다. 벙커의 천장에서 모래흙이 우수수 떨어지고 땅바닥은 지진이 난 것처럼 들썩거렸다.

“중대장님, 왔습니다.”

당번병 김찬식 일병이 벙커 속으로 뛰어들며 활기차게 말했다.

“뭐가?”

“신병이 도착했습니다.”

김찬식 일병은 몹시 반가운 모양이다.

요즘 박동수 대위는 무척 저기압이다. 킬러밸리 전투에서 많은 부하를 잃고 의기소침해서 벙커 속에 처박혀 매일 술에 취해 울다가 자기는 부하들을 죽인 죄인이니 할복자살을 해야 한다면서 밤중에 고래고래 고함을 질러 중대를 온통 쑥대밭으로 만들어 놓았다.

7중대의 잔류 병력들은 마치 큰 죄라도 지은 것처럼 숨도 한 번 크게 쉬지 못하고 어두운 지하 벙커 속에 두더지처럼 엎드려 씨레이션만 까먹고 있었다.

대형 치누크의 프로펠러가 회전을 하며 둔탁한 소리를 내자 벙커 지붕 위에 널어 두었던 병사들의 러닝셔츠와 팬티가 휴지 조각처럼 날아가 버렸다. 자욱한 흙먼지와 함께 벙커 지붕 위에 씌워 둔 고무 루핑이 홀라당 벗겨져 저만치 날아가 버렸다. 막사 앞에 심어 둔 바나나 잎사귀는 갈가리 찢어져 걸레가 되었다.

치누크는 누런 흙먼지를 일으키며 풀썩 주저앉았다. 그러자 꽁무니에서 더블백을 등에 멘 신병들이 꾸역꾸역 나오기 시작했다.

신병들을 내려놓은 치누크가 요란한 폭음과 함께 하늘로 치솟자 다른 치누크가 다시 랜딩을 하며 주저앉았다. 치누크에서 신병들이 또다시 쏟아져 나왔다. 또 한대의 H21 헬기가 랜딩을 한 후에 보급품 하역을 마치자 3대의 헬기는 하늘을 쪼개며 천천히 남쪽 하늘로 사라졌다.

삽시간에 중대는 침묵과 울적함에서 벗어나 활기를 되찾기 시작했다. 여기저기 흩어져 있던 두더지 구멍 같은 벙커 속에서 흑인보다도 더 검은 몸뚱이의 고참들이 정글화도 신지 않은 맨발에 팬티 차림으로 어슬렁어슬렁 기어 나오고 있었다.

머리카락을 빡빡 밀어 버린 문어대가리의 시커먼 수염, 억센 몸집과 무섭게 반들거리는 눈동자, 사선을 넘어온 병사들의 까닭 모를 증오심과 분노, 그리고 무표정한 얼굴들에 살기 띤 표정 등 살벌한 풍경이다.

이런 것들은 파월 신병들의 기를 순식간에 죽이고 겁을 잔뜩 집어먹게 했다. 고참들은 먹이를 본 짐승들처럼 신병 주변에 모여들었다.

"야 임마, 니 고향은 어디고? 운제 왔노?"

한 고참이 신병에게 물었다.

"오늘 새벽에 도착했어라우."

신병이 잔뜩 겁을 집어먹고 대답했다.

"오메 잡것, 전라도랑께."

취사반 장우태 상병이 반가워하며 신병을 껴안았다. 고참들의 침울하던 표정은 순식간에 사라지고 얼굴에는 생기가 돌기 시작했다.

부중대장이 월남 신병들을 본부 행정반 벙커 앞에 집합시켰다. 신병들은 더블백을 내려놓고 행정반 앞에 3열 횡대로 정렬을 했다.

신품의 푸른 군복과 선명한 맹호 마크, 그리고 하얀 얼굴. 그것이 바로 고국의 냄새가 물씬 풍겨 오는 신병들의 모습이었다.

부관이 C.P.로 걸어 들어가자 신병들은 긴장한 모습으로 부동자세를 취했다. 정글 속에서 사람 구경하기가 힘들었던 고참들은 팬티만 걸친 벌거숭이 차림으로 신병들을 에워싸고 고국의 냄새를 맡았다.

벌써 신병 중 누구는 어느 분대로 찍었다는 소문이 돌기 시작했다. 분대장들은 좀 더 유능한 병사들을 자기 소대로 데려가기 위해 인사계 뒤를 따라다니며 졸랐다.

전투는 팀워크가 가장 중요했다. 멍청한 병사 한 사람은 분대원 전체를 죽일 수도 있었다. 그것을 잘 알고 있는 분대장들은 필사적으로 인사계에 로비를 했다.

박동수 대위가 부관과 함께 걸어 나오자 인사계가 "소대 차렷" 하고 구령을 불렀다. 박동수 대위가 신병 앞에 서서 입을 열었다.

"쉬어."

박동수 대위는 아직도 부석부석한 얼굴로 파월 신병들을 바라보았다.

"본관은 중대장 대위 박동수다. 사병들이 나를 도꾸라고 부르는 모양인데, 귀관들도 나를 그렇게 불러도 좋다. 귀관들이 새로 전입 온 것을 진심으로 환영한다. 본관의 가장 중요한 임무는 귀관들과 일 년 동안 이곳에서 잘 지내다가 때가 되면 무사히 귀국시켜 가족들의 품 안으로 돌려보내는 데 있다. 지난날 나는 어리석게도 이렇게 중요한 임무를 망각하고 큰 실수를 범했다. 그러나 그런 실수는 다시는 없을 것이다.

귀관들에게 한 가지 분명히 말해 둘 것이 있다. 앞으로 귀관들은 전투 중 부상을 당하거나 위험을 당할 경우가 생길 것이다. 그때 바다 건너에 있는 부모님이나 애인들은 귀관을 구해 줄 수가 없다. 부모님들은 귀관들을 낳아는 주어도 위험으로부터 보호해 줄 수는 없다. 그러나 옆에 있는 전우는 귀관들의 목숨을 구해 줄 수가 있다. 전우를 내 목숨처럼 아끼고 사랑하라, 이상!"

말을 마친 박동수 대위는 경례를 받고는 부관과 함께 C.P.로 들어가 버렸다.

"권재환 상병 2소대, 권정균 일병 화기 소대……."

인사계 박 상사가 소대 배치 명령을 읽어 나가자 중대는 순식간에 활기가 넘치고 생기가 돌았다. 신병들을 새로 충원받은 3소대 2분대장 천세규 하사에게 신병인 강상호 일병이 말을 걸었다.

"중대장님의 훈시가 마음에 드네요."

"짜슥, 니도 눈깔이 하나는 제법이다. 도꾸 전마도 물건인 기라."

"아까 중대장님이 큰 실수를 했다고 하셨는데 그게 무슨 말인가요."

"도꾸 행님이 저번에 킬러밸리에서 실수를 한 기라. 고래 가이고 도꾸는 마빡에 금이 안 갔나. 전마들이 도꾸를 잘 몬 본 기라. 쪼다 같은

자식들! 도꾸가 기냥 죽는가 봐라. 삼팔따라지 새끼들 지들이 감히 우
릴 쳐? 그동안 우리가 지들을 울메나 봐줬는데. 지들이 겁대가리 없이
우릴 쳐?"

천세규 하사의 말은 사실이었다. 그동안 치 연대장이 지휘하는 38연
대는 어떤 연유에서인지 우군과의 접전을 피해 오고 있었다. 따라서 우
군도 관할 2BD(월맹군 2대대)와의 교전을 피해 오고 있었다. 천세규
하사의 설명은 계속되었다.

"우리하고 전마들은 매복하고 철수하다가 몇 번 아다리가 되었는데
서로 몬 본 척하고 피해온 기라. 내도 지난번에 백곰 행님하고 기생 골
에서 매복하고 하산하는데 새끼들이 짙은 안개 속에서 구물구물 기어
나오는 기라. 그래서 내가 수류탄으로 한방에 날릴라 카이 백곰 행님이
점잖게 이래 말하는 기라. '근마들 기양 보내 줘라.' 이상해서 내가 이
렇게 물었는 기라. '와카는 기요? 골로 보냅시더.' 그랬더니 백곰 행님
이 점잖게 이래 대답하는 기라. '전쟁 바닥에도 뱁이 있는 기라. 아무
리 막가는 전쟁터지만 그래도 남자는 신의가 있어야제.'

38연대 애들카는 서로 안 불기로 돼 있는 기라. 저번에 귀국한 문산
행님은 매복하고 나오다가 초면에 서로 만나 담배꺼정 논 갈라 피웠다
카드라. 피차간에 애비 때려지긴 원수도 아이고 기냥 몬 본 척하몬 되
는 기라. 이 전쟁은 미군 아이들이 일으킨 기라. 우리가 머할라꼬 존나
게 싸우겠노. 그런데 고 씹새끼들이 우리 정찰조를 먼저 깐 기라. 그래
가이고 우리 도꾸 행님이 야마가 돌아 킬러밸리에서 전마들을 잡아 묵
을라 안 켔나. 그기 전마들의 역매복에 걸려 묵사발이 난 기야. 이 행
님도 그때 죽은 목숨 아이가? 이래 동안 물 한 모금도 몬 묵고 정글 속
을 헤매다가 미군 애들한테 구제된 기라. 도꾸 행님이 말을 안 해도 우
리는 마음을 다 안다카이. 행님이 직금도 이를 갈고 있는 기라. 내도

그때 도꾸 행님을 붙잡고 통곡을 안 했나.

'행님요, 38연대 안 잡아묵고는 귀국 안 할람니더.' 하이께로 행님이 '오냐, 내가 와 니 마음을 와 모르겠노? 참말로 고맙데이.' 하고 말하면서 통곡하는 기라. 가슴을 칼로 기리는 거 같더라. 어제 귀국한 문산 행님은 38연대 안 잡아묵고는 귀국 몬 한다며 도망치는 걸 우리가 억지로 안 달랬나. 그래도 피해 다니는 걸 도꾸 행님이 비밀히 만나 문산 행님캉 약속을 했다카이. 그때 내도 그 자리에 있었는데 하늘도 싸나이들의 의리 때문에 통곡을 했다카이.

도꾸 행님이, 발발아 니 그간 고생 마이 했다. 이제는 고만 집에 돌아가거라, 하고 말을 하이께로, 문산 행님이 난 안 갈람니더. 삼팔 따라지 개새끼들 안 잡아묵고는 몬 갑니더, 죽어도 여그서 죽을람니더 하며 대성통곡을 하는데 서로 껴안고 울메나 울었는지 니는 모른다. 도꾸 행님이, 발발아 우째 내가 니 맴을 모르겠노. 내 니한테 약속하꾸마, 싸나이로 니한테 맹세하꾸마, 삼팔 전마들 때려 직인다. 하고 도꾸 행님이 울면서 문산 행님을 배에 억지로 태워 집으로 보낸 기라.

인자 도꾸가 정신을 채리면 지들은 죽었다. 사나이 의리도 모르는 삼팔 따라지 개새끼들, 내 이 노무 자식들을 골로 보내고 귀국할 끼다. 안 그라면 집이고 개 뽈따구고 필요 없다."

천세규 하사가 이를 뽀드득 갈았다.

"분대장님도 월남 고참이구먼유."

"오냐, 그래 니 말 맞다. 니는 더도 말고 이 행님 뒤만 졸졸 따라다니라. 고라면 목숨은 보장한다. 도마도 큰 행님캉 내 말만 믿으면 되는 기라, 알것제?"

신병은 이제야 중대 사정이 어렴풋이 짐작이 갔다. 그리고 혀를 끌끌 차며 중얼거렸다.

"씹할 거, 정말 더럽게 걸린 게 아냐. 이건 숫제 중대장 새끼부터 분대장 새끼꺼지 한통속이 돼가지고 복수의 칼날을 갈고 있잖아? 정말 재수 옴 붙게 걸렸는데, 어쩌지."

#25 전투(戰鬪)

- 전투에서 승자는 없다, 영원한 승자는 오직 죽음일 뿐 -

"정지, 정지하라! 살고 싶으면 이쪽으로 와라."

맞은편 강 언덕에서 월맹군들이 목청을 높여 소리치고 있었다. 킬러밸리의 대화재로 많은 월맹군들이 강물 속으로 뛰어들었다. 월맹군 병사들은 급류를 타고 쏜살같이 떠내려 오고 있었다. 그들 중 일부는 심하게 부상을 당하고 있었다. 강물 속은 화재의 부유물들이 빽빽하게 들어차 있었다. 불에 탄 나무들과 전투 장비들, 그리고 병사들의 시신이 부유물과 함께 떠내려 오고 있었다. 치 연대장은 이곳에서 잔유 병력을 동원하여 방화벽을 쌓고 도망쳐 오는 병사들을 수습하고 있었다. 이곳은 물목이 좁아 강물이 병목현상을 일으키는 장소였다. 치 연대장은 강 양안에 로프를 걸어놓고 떠내려 오는 병사를 구출하는 데 온 힘을 쏟았다.

언덕 위에는 수많은 병사들이 횃불을 손에 들고 있었다. 횃불은 강물에 반사되어 대도시와 같은 휘황찬란한 야경을 만들고 있었다. 계곡의 우측을 끼고 흐르던 강물이 좌측으로 급하게 커브를 그리며 좁은 물목을 빠져나가기 시작했다.

치 연대장은 계곡의 대화재가 처음에는 송유관의 파괴로 불이 난 것으로 생각했다. 그러나 불길이 다른 지점으로 급속히 확산되자 불순분자들이 고의적으로 방화를 하는 것으로 생각하고 있었다.

따라서 치 연대장은 이 지점에서 그자들을 색출할 생각이었다. 더구나 그는 조금 전 2대대장으로부터 따이한 병사로 추정되는 수 미상의 병력이 퇴각 중인 우군 속에 숨어 있는 것 같다는 보고를 이미 받고 있었다.

치 연대장은 첩보를 받는 순간, 일소에 부쳤으나 그것이 자꾸 마음에 걸렸다. 따이한 병사들이 어떻게 이곳에 침투했단 말인가? 불가능한 일이다. 더구나 이곳은 그들의 작전 구역 밖이었다. 그런데 제2대대장은 따이한 병사들이 목격되었다고 보고를 했다.

정말 따이한들이 이곳에 침투했을까? 그들은 대단히 용맹스러운 병사들이라고 했다. 전군이 벽돌을 격파하는 무술을 익히고 있다는 소문이다. 그들이 이곳을 혼란에 빠뜨리기 위해 불을 질렀을까?

"정지하지 않는 병사들은 무조건 사살하라. 추격하지 말고 죽여 버려. 한 놈도 빠져나가지 못하게 하라."

치 연대장은 날카로운 목소리로 명령을 내렸다. 물목에는 많은 병사들이 개미처럼 움직이고 있었다. 강물을 떠내려 온 병사들은 물목에 도착하자 대안을 향해 사력을 다해 로프를 잡고 헤엄을 치기 시작했다. 좁은 물목을 빠져나가는 강물은 유속이 빨라 로프를 미처 잡지 못한 병사들은 그냥 지나쳐 버렸다.

물목을 통과하는 병사들은 탈주병이나 불순분자로 간주되어 무조건 그 자리에서 사살되었다.

불에 탄 통나무에 매달려 떠내려 오던 개미허리 일행이 물목에 도착했을 때였다.

"정지! 정지하라. 살고 싶으면 이쪽으로 와라."

강물을 샅샅이 뒤지는 불빛과 함께 날카로운 명령 소리가 들려왔다. 월맹군들이 개미허리 일행에게 또다시 소리를 쳤다.

"어이 병사, 살고 싶으면 로프를 잡아. 로프를 놓치면 죽는다."

임태호 상병이 난감한 표정으로 개미허리를 보았다.

"신 응 부이렁 짚 또이(도와 다오), 또이 비 퉁 신지웁 또이(부상을 당했다.)."

개미허리가 소리쳤다.

"살고 싶으면 로프를 잡아. 로프를 잡지 않으면 사살된다."

물목의 병사들이 불빛 속에서 소리쳤다. 물목이 가까워지자 강물의 유속이 쏜살같이 빨라졌다. 개미허리가 두 사람의 얼굴을 쳐다보았다. 그의 눈빛은 작별을 고하는 것 같았다. 통나무가 급류에 휘말리기 시작했다.

"로프를 잡아라 빨리!"

대안의 몰목에서 매복을 한 월맹군 병사들이 개미허리 일행에게 다급하게 소리쳤다.

통나무가 로프를 그대로 통과하자 총알이 우박처럼 쏟아졌다.

"잠수."

개미허리가 통나무를 버리고 강바닥으로 가라앉았다. 임태호 상병과 변을수 일병도 통나무를 버리고 잠수를 했다. 그들은 급류에 떠내려가면서 물속까지 스며드는 불빛에 서로의 얼굴을 마주 바라보았다. 지금 물 위로 떠오르면 벌집이 될 것이다.

그들은 어두운 물속을 엄청난 속력으로 떠내려가기 시작했다. 그것은 마치 폭포 위에서 떨어지는 맥주병과도 같았다. 개미허리가 그 와중에서도 두 사람의 탄띠를 거머잡았다.

떨어진다, 아! 떨어진다. 폭포에서 떨어진다. 숨이 막힌다, 가슴이 터질 것만 같다.

임태호 상병은 강물을 꿀꺽꿀꺽 삼키며 의식을 잃어 버렸다.

급류를 채 빠져나오기도 전에 눈앞에 하얀 거품을 일으키는 소용돌이가 기다리고 있었다. 소용돌이는 물속을 한바탕 뒤집어 놓았다. 소위 원주민들이 말하는 '란(뱀)의 이빨'이라고 부르는 지역으로 원주민들은 독사의 이빨처럼 날카로운 바위들이 물살을 가르는 이곳을 몹시 두려워했다.

그들은 소용돌이 속에 칼날 같은 이빨을 가진 거대한 뱀이 살고 있다고 믿었다. 뱀은 사람이 물속에 들어가면 갈기갈기 찢어 죽인다고 했다.

물 위로 혹은 물 밑에 숨어 있는 칼바위들은 강물을 맹렬하게 휘저어 놓아 거품과 함께 눈이 뱅글뱅글 도는 소용돌이를 만들고 있었다.

변을수 일병은 눈앞의 소용돌이에 기가 질려 버렸다. 어떻게 저길 빠져나갈 수가 있겠는가? 하얀 거품을 일으키고 있는 소용돌이 주변의 칼날 같은 바위들이 점점 다가왔다. 몸이 조금만 바위에 부딪쳐도 갈가리 찢어질 것이다.

변을수 일병의 몸은 점차 소용돌이로 끌려들어 가기 시작했다. 그때 개미허리가 혼신의 힘을 다해 변을수 일병의 탄띠를 잡고 늘어졌다. 개미허리가 변을수 일병의 허리를 휙 하고 낚아챘다. 변을수 일병은 그 순간 소용돌이를 벗어나 다시 급류에 떠내려가기 시작했다. 저 말라깽이 하사의 몸, 어디에서 저런 힘이 솟아나는 것일까? 짧은 순간이지만 변을수 일병은 그런 생각을 했다.

다시 물 위로 떠오른 변을수 일병은 흐르는 물살에 몸을 맡겼다. 왼쪽 팔이 힘없이 축 늘어졌다. 바위에 어깨를 부딪친 모양이다. 몸속의 모든 기운이 어깨로 술술 빠져나가는 것 같았다. 그 순간 변을수 일병은 정신을 잃었다.

임태호 상병은 흐릿한 의식 속에서 누군가 심하게 욕설을 퍼부으며 자기의 뺨을 때리는 것을 느꼈다. 그러나 아무리 눈을 뜨려 해도 눈꺼풀이 떨어지지 않았다. 빨리 잠에서 깨어나야지.

그는 멍청한 의식을 가다듬으려 무진 애를 썼다. 그리고 눈을 떴다. 흐릿한 시야 속에 개미허리가 가쁜 숨을 몰아쉬며 그를 지켜보고 있었다. 급류에서 빠져나와 뭍으로 올라와 있었다.

밀림은 어느새 악몽의 밤이 지나가고 눈부신 햇빛으로 가득 차 있었다. 엷은 안개 속에 이름 모를 새들이 즐겁게 노래하고 있었다. 임태호 상병은 두려움에 떨며 밀림을 살피기 시작했다.

"뭘 보나, 임마."

개미허리가 빙그레 웃었다.

"우째 된 기고? 내가 죽었나 살았나."

그는 나무뿌리를 잡고 몸을 일으켰다. 그 옆에는 변을수 일병이 정신을 잃고 누워 있었다.

개미허리가 갑자기 변을수 일병의 엉덩이를 냅다 걷어차 버렸다. 변을수 일병이 신음 소리와 함께 꿈틀거리자 개미허리는 그의 뺨을 소리가 나도록 갈겨 버렸다. 변을수 일병이 눈을 떴다.

변 일병은 지옥 같은 급류 속에서 세 사람이 모두 살아난 것이 기적이라고 생각을 했다. 그것은 모두 개미허리 덕분이었다. 개미허리는 임태호 상병과 변을수 일병이 정신을 잃자 탄띠로 서로를 묶고 필사적으로 급류를 빠져나와 이곳까지 온 것이다. 두 사람이 그 사실을 모두 알았더라면 큰절이라도 했을 것이다. 그러나 개미허리는 말하지 않았다. 살았다는 것만이 중요했기 때문이다.

"와 이리 아프노? 야 변 일병, 내 등이 우째 된 기고? 아파 죽겠다 마, 니가 좀 봐 도고."

임태호 상병이 돌아누우며 말했다. 화상을 입은 상처 부위가 몹시 아픈 모양이다. 변 일병은 일어나 임태호 상병의 등허리를 살펴보았다. 넝마가 된 군복 사이로 벌겋게 달아오른 상처가 몹시 흉측스럽고 징그 러웠다. 다행히도 밤새도록 물속에서 보낸 것이 상처의 화독을 다스린 것 같았다. 그의 몸은 무쇠처럼 튼튼하고 강건했다. 그렇게 심한 화상 을 입고서도 밤새도록 물속에서 버틴 것은 대단한 체력이었다.

두 사람이 무사한 것을 확인한 개미허리가 죽은 듯이 쓰러졌다. 개 미허리는 새우처럼 동그랗게 몸을 말아 두 손을 사타구니 사이에 끼우 고 깊이 잠들었다. 평소 당차고 빈틈이 없던 개미허리의 얼굴은 그간의 고생으로 몹시 야위고 수척해 있었다. 임태호 상병과 변을수 일병도 그 곁에 누워 잠이 들었다.

그들은 점심때가 지나서야 잠에서 깨어났다. 개미허리가 먹을 것을 찾아 어디론가 살아졌다. 잠시 후 개미허리가 3개의 야자열매를 따 왔 다. 그는 대검으로 야자열매의 껍질을 깨뜨렸다. 한 모금 마시고는 임 태호 상병의 등에 발라 주었다.

"아야, 좀 살살 하구마. 아파 죽겠소."

"자식, 엄살은."

"참 시원하데이. 야자수도 약이 되는 기요? 그거 참 희한하네."

"피부가 덜 조일 걸."

그들은 야자열매의 하얀 속살을 꺼내 입속에 넣었다. 그리고 우물거 리며 씹었다. 바싹 마른 속살이 입속에 달콤하게 녹아내렸다.

오후가 되자 바람이 일기 시작했다. 시간이 흐를수록 강풍은 더 거 칠어졌다. 시커먼 먹구름이 하늘을 잔뜩 가리고 있었다.

"절벽 위에 동굴이 있어, 그곳에서 상처를 치료하자."

개미허리는 일행을 재촉하여 길을 떠났다.

개미허리가 칡넝쿨 속에서 동굴의 입구를 찾아냈다. 동굴은 겨우 사람이 들어갈 정도로 입구가 좁았다. 그러나 안으로 기어 들어가자 넓은 공터가 나타났다. 동굴 바닥은 사질토로 뽀송뽀송하게 말라 있었다.

"이게 웬 횡재고, 신방 같잖아."

임태호 상병이 눈밭의 강아지처럼 기뻐 날뛰며 변을수 일병을 껴안았다. 동굴 속은 어둡고 침침했으나 입구는 교묘하게 은폐되어 있었다.

"참말로 그 가스나, 사람 직이더라. 정신이 하나도 없는 기라. 한탕 뜨고 나이께내 눈앞에 별이 반짝반짝하는 기 미치겠더라. 변 일병, 니 꺼는 어떻더노?"

임태호 상병이 드디어 제정신으로 돌아온 모양이다. 녀석은 도원경에서 잠자리를 같이한 아가씨들 이야기로 정신이 없었다. 그는 아직도 로이라고 부르는 노란 아오자이 아가씨를 잊지 못하고 있었다.

"김 하사님, 가스나들은 우째 됐는기요?"

임태호 상병이 궁금한 듯 물었다. 제정신으로 돌아오니 또 여자 생각이 나는 모양이었다.

"집 안으로 뛰어가자 거실은 텅 비어 있었어. 그들을 찾아 나섰지. 앞에 누군가 쓰러져 있더군. 권 병장이야. 그는 이미 숨져 있었어. 등에 칼을 맞았더군. 누가 권 병장을 죽였는지 알아? 그 애들이야."

"그 애들이 권 병장을?"

변을수 일병이 놀라서 개미허리를 쳐다보았다. 그렇게 예쁘고 아름다운 여자들이 사람을 죽였다는 것을 변 일병은 믿을 수가 없었다. 더구나 권영준 병장은 기동도 할 수 없는 환자였다.

"미친년들, 죽여 버리지."

임태호 상병이 울분을 터뜨리며 말했다.

"도망치고 없었어."

"정말 도망쳤어요?"

변을수 일병이 되받아 물었다.

"목숨을 부지하려면 누구도 믿어서는 안 돼. 이건 내 철학이야. 화근은 언제나 미리 제거해야 해. 그게 깨끗하거든, 그런데 우린 도원경에서 바보짓을 했어. 화를 자초해서 만든 거야."

개미허리의 두 눈은 노여움에 가득 차 있었다.

세 사람은 피로에 지쳐 동굴바닥에 쓰러져 잠이 들었다.

춘천역 광장을 가득 메운 수많은 인파들이 장병들을 환송하고 있었다. 장병들은 오음리에서 더블백을 메고 걸어서 산을 내려왔다. 그리고 트럭으로 춘천역까지 수송되었다. 장병들은 이곳에서 환송식을 마친 후 열차로 부산의 제4부두까지 이송될 것이다.

군악대가 도라지를 연주하자 교복을 입은 여학생들이 장병들의 목에 꽃다발을 걸어 주었다. 춘천의 유지들이 정성껏 마련한 사과, 배, 다과, 빵 등 온갖 음식들이 풍성하게 열차의 바닥에 가득히 쌓였다.

환송객들과 장병들이 함께 맹호가를 불렀다. 군악대는 신나는 행진곡을 연주하고 장병들은 열차에 오르기 시작했다. 플랫폼은 많은 환송객들로 입추의 여지가 없었다.

"부웅!"

열차가 경적을 울리며 천천히 출발을 시작했다. 군악대가 햇볕에 반짝이는 거대한 나팔로 신나는 행진곡을 연주했다. 환송객들은 "와아" 하고 함성을 지르며 태극기를 흔들었다. 그리고 꽃다발과 오색 테이프를 장병들에게 던졌다. 차창 밖에서 사랑하는 연인과 손을 잡고 있던 아가씨가 손을 놓으며 땅바닥에 털썩 주저앉았다. 그리고 울음을 터뜨렸다.

창밖을 내다보던 변을수 일병은 깜짝 놀랐다. 우지혜가 단거리 선수처럼 두 주먹을 불끈 쥐고 열차를 따라오고 있었다.

"지혜야, 그만 돌아가."

변을수 일병은 비명을 지르며 울부짖었다. 열차가 속력을 높이자 발밑에 레일과 침목이 눈알이 빙글빙글 돌아가도록 빨리 지나갔다.

"지혜야, 그만 돌아가."

변을수 일병은 목이 터져라 외쳤다. 그때 등 뒤에서 목이 잔뜩 쉰 목소리가 들려왔다.

"너나 돌아가, 임마!"

변을수 일병은 깜짝 놀라 뒤를 돌아보았다. 개미허리가 그곳에 서 있었다. 변을수 일병이 그를 노려보자 개미허리는 군화발로 그의 등허리를 걷어차 버렸다.

"악!"

변을수 일병은 비명을 지르며 열차 밖으로 나가 떨어졌다.

변을수 일병이 신음 소리를 토하며 눈을 떴다. 동굴 속은 어느새 하얗게 밝아 있었다. 벌써 아침이었다.

변 일병은 꿈에서 깨어났다. 개미허리와 임태호 상병이 보이지 않았다. 나만 두고 모두 어디로 간 것일까?

변 일병은 손바닥으로 눈을 비비며 일어나 앉았다. 러닝셔츠가 땀에 흠뻑 젖어 있었다. 꿈을 꾸며 흘린 땀이었다. 지독한 악몽이었다. 개미허리가 등을 차서 그를 열차 밖으로 떠밀다니 도저히 믿을 수가 없었다. 이 꿈은 무엇을 의미하는 것일까?

평소에 개미허리는 전우들이 가장 기피하는 인물이었다. 그 이유는 위기의 순간에 전우를 미끼로 던져 주고 자기만 사지에서 빠져나온다는 것이다. 한마디로 의리가 없는 사내라는 것이다.

지금까지 그런 일을 실제로 본 사람은 없었으나 그가 언제 배신할는지는 아무도 모르는 일이다. 더구나 그는 전쟁 바닥에서는 자신 외에는 어느 누구도 믿어서는 안 된다고 말했다. 그게 평소 개미허리의 신념이고 지론이었다. 전투는 팀워크였다. 그런데 전우들을 믿지 않는 그를 어떻게 믿을 수가 있겠는가?

동굴 밖으로 나오자 밀림 속으로 바람이 세차게 불며 지나갔다. 바로 옆 칡넝쿨 속에는 두 사람이 숨어 무엇인가 열심히 보고 있었다. 개미허리가 말할 때마다 임태호 상병은 무엇인가 메모를 하고 있었다.

"뭐 해요?"

변을수 일병이 다가서며 물었다.

"미친나, 이 자슥이!"

임태호 상병이 기겁을 하며 변을수 일병의 다리를 낚아챘다. 그 바람에 변 일병이 앞으로 폭 꼬꾸라졌다. 임태호 상병이 말없이 절벽 밑을 가리켰다.

임태호 상병이 가리킨 곳을 바라보던 변을수 일병은 놀라서 입이 딱 벌어졌다. 칡넝쿨 사이로 내려다보이는 절벽 아래에는 대규모 병력들이 주둔하는 진지가 있었다. 진지는 정글 속의 밀림으로 교묘하게 은폐되어 있었다. 공중에서는 정찰이 불가능한 곳이다. 하늘에서는 아무리 눈을 닦고 보아도 끝없이 펼쳐진 원시림만 보일 것이다.

절벽 아래에는 어제 그들이 떠내려온 강물이 흐르고 있었다. 강가에는 월맹군 병사 한 사람이 물을 긷기 위해 양동이를 들고 하품을 하며 걸어 나오고 있었다. 짧은 검정 반바지에 맨발인 병사는 강물에 하얀 포말을 일으키며 소변을 보았다. 그리고 그 물에 세수를 하기 시작했다.

병사의 등 뒤로는 벌집같이 많은 벙커들이 밀림 속에 교묘하게 은폐되어 있었다. 진지는 거대한 괴물처럼 살아서 꿈틀거리기 시작했다. 이곳 상공에 미군들이 고엽제를 살포했더라면 엄청난 살생이 발생했을 것이다. 그러나 어느 누구도 이런 곳에 월맹군이 진을 치고 숨어 있으리라고는 꿈에도 생각하지 못하고 있었다.

"C.P. 1동, 벙커 24동, 지상 막사 4동, 지휘소 동쪽에 탄약고, 지휘소 뒤편에 연료 저장고, 남쪽 연병장에 병원 2개소, 로켓포 12문 거리 200미터."

포 관측병인 개미허리의 관측 솜씨는 정확하고 정밀했다. 떠버리 임태호 상병도 월맹군 주둔지를 보고 기가 죽었는지 입을 꼭 다물고 있었다.

임태호 상병은 개미허리가 불러 주는 대로 수첩에 그림을 그려 가며 메모를 하고 있었다. 평소 낙천적이고 허세가 심하던 임태호 상병도 거대한 적의 주둔지를 보는 순간, 겁에 잔뜩 질린 모양이었다.

모든 지하 벙커는 거미줄처럼 통로가 연결되어 있었다. 그리고 연병장에는 바둑판처럼 통로가 배열되어 있었다. 지금 저 곳에 105㎜ 포탄이 떨어진다고 해도 첫발을 명중시키지 못한다면 그다음 포탄이 날아오기도 전에 그들은 두더지처럼 땅속 깊이 숨어 버릴 것이다.

"몇 명이나 될까요?"

변을수 일병이 겁에 질려 속삭였다.

"연대 규모 이상이야. 저 친구들이 우리 중댈 쳤을 거야. 우린 그것도 모르고 매복으로 저걸 치려 했으니 계란으로 바위 치기지. 한마디로 겁대가리가 없었어. 범의 아가리에 매복을 하고 날 잡아 잡수 한 거야. 바보 같은 도꾸!"

개미허리가 쓴웃음을 지으며 박동수 대위를 비웃었다.

그랬다. 이곳은 밤의 장군 치 연대장이 지휘하는 월맹군 38연대의 지휘 본부였다. 그들은 이곳에 6개월 전부터 진지를 구축하고 우기에 접어들면 빈딩성을 중심으로 중부 월남을 단숨에 해방시킬 만반의 준비 태세를 갖추고 있었다.

지휘소의 하류에 위치한 연병장에는 상의를 벗어 던진 검게 탄 병사들이 우렁찬 목소리로 비엣 덩 크원, 비엣 덩 크원(유격병, 유격병) 하며 구보를 하고 있었다.

강인한 모습과 활기찬 동작, 그리고 우렁찬 함성은 밀림의 모든 것을 한순간에 제압하는 살기가 있었다.

연병장 다른 한곳에서는 병사들이 짧은 구령과 함께 총검술을 하고 있었다. 일사불란하게 움직이는 총검술의 한 동작이 끝날 때마다 햇빛에 반사되는 대검의 검광은 새들을 화들짝 놀라게 했다.

그때 지휘소 앞에 단구의 한 사나이가 나타났다. 그는 날카로운 목소리로 무엇인가 명령을 내렸다. 순식간에 병사들이 거짓말처럼 눈앞에서 사라져 버렸다. 그들은 연병장에 바둑판처럼 파놓은 교통호 속으로 뛰어내린 것이다. 연병장은 금방 이름 모를 새들만이 평화롭게 지저귀는 밀림으로 변해 버렸다.

"저길 봐."

개미허리가 손가락으로 가리켰다. 강의 상류에서 수많은 병사들이 내려오고 있었다. 병사들의 군복은 남루했고 부상자들이 아주 많았다.

"지휘소에서 300m 거리에 대포 6문, 소련제 지프차 한 대. 그거 참 이상하군. 어떻게 지프차가 여기까지 왔을까? 저건 뭐야? 으음, 휘발유 드럼통 같은데 묘하게 위장했어. 연료 저장고에서 거리 100m 지점에 탄약고 보초 6명."

개미허리가 정밀하게 관측을 할 때마다 임태호 상병은 수첩에 꼼꼼히 메모를 하고 있었다. 강의 상류에서는 아직도 많은 병사들이 외줄로 서서 뱀처럼 꿈틀거리며 내려오고 있었다. 어떤 병사들은 들것에 실려 있었다.

"바람이 와 이리 부노. 태풍이 올라 카나?"

임태호 상병이 투덜거리며 말했다. 강풍은 시간이 갈수록 더 심해지고 있었다. 어젯밤보다 더 세차게 불었다. 바람은 계곡을 온통 흔들어 놓았다. 바람이 언제부터 이렇게 불고 있었을까?

울창한 원시림 사이로 올려다보이는 하늘에는 시커먼 먹구름이 빠르게 움직이고 있었다. 음산한 구름과 기분 나쁜 바람소리는 시간이 갈수록 더 흉폭해지고 무서워졌다.

변을수 일병은 남쪽 하늘에 보이는 대머리산을 바라보았다. 저곳까지만 갈 수 있다면 부대로 돌아갈 수 있을 것이다. 부대를 떠나온 지 얼마나 되었을까? 보름, 아니면 한 달. 그보다도 더 되는 것만 같았다. 정확히는 오늘이 며칠인지도 알 수가 없었다. 그저 그동안 짐승처럼 먹고 자며 하나뿐인 목숨을 부지하기 위해 정신없이 날뛰었을 뿐이다.

변을수 일병은 갑자기 순덕이가 생각났다. 지난번 빈케에 갔을 때 주인 잃은 강아지를 한 마리를 주워 왔다. 하얀 털이 지저분하게 눈을 가린 강아지는 보기 싫게 비쩍 말라 있었다.

강아지는 이상하게 정이 많은 놈이었다. 머리를 한 번 쓰다듬어 주었을 뿐인데 계속 변 일병을 졸졸 따라다녔다. 호주머니 속에서 초콜릿 하나를 꺼내 주었다. 녀석은 아주 맛있게 먹었다. 그리고 계속 달라붙었다. 할 수 없이 변을수 일병은 정글복 하의 호주머니에 녀석을 집어 넣고 부대로 돌아왔다.

이 강아지의 이름은 순덕이었다. 순덕이는 짖는 법이 없었다. 아무나 보고 좋다고 따라다녔다. 매복을 서고 돌아온 병사들은 '순덕아 잘 있었니'하고 씨레이션 햄 조각을 던져 주었다.

순덕이는 금방 모습이 달라졌다. 보기 싫게 비쩍 말랐던 몸에 통통하게 살이 올랐다. 그리고 하얀 털은 다시 아름답게 윤기가 흘러내렸다.

강아지 한 마리는 병사들에게 고향을 생각나게 했다. 그리고 안락한 마음을 갖게 했다. 강아지는 암캐였다. 병사들은 매복을 서고 귀대하며 큰소리로 '순덕아, 서방님 돌아왔다'하고 고함을 질렀다. 그때마다 순덕이는 꼬리를 치며 아주 반가워했다.

왜 이렇게 사소한 일들이 그리워질까? 내가 없는 동안 순덕이의 밥을 누가 주었을까? 문 일병, 아니면 취사반 정 일병?

대머리산으로 가려면 저 아래 월맹군 진지를 지나가야 했다. 무사히 진지를 통과해서 지휘소 뒤편에 있는 산 위로만 올라갈 수 있다면 대머리산이 곧장 눈앞에 있다. 그런데 어떻게 저곳을 통과할 수 있을까. 거의 불가능한 일이다.

그들은 동굴 속에서 벌써 3일째 묵고 있었다. 젊은 육체는 회복이 빨랐다. 임태호 상병의 화상도 야자유 덕분에 회복이 빨라졌고 변을수 일병의 어깨 상처도 많이 좋아졌다.

그동안 개미허리와 임태호 상병은 밤낮으로 월맹군 진지를 관찰하며 작전을 세웠다. 보초의 교대 시간과 초소 위치, 적의 화기 배치와 병력을 조사했다. 특히 개미허리는 월맹군의 연료 저장고와 탄약고에 관심이 아주 많았다.

#26 나비

- 병사는 죽어서 나비가 되고 정치가는 살아서 까마귀가 된다 -

"변 일병, 이거 좀 봐라. 눈이 온다. 이기 우예 된 기고? 함박눈이 온다카이."

동굴 밖에서 임태호 상병이 변 일병을 불렀다.

'뭐야, 눈이 온다고? 열대지방에 눈이 와. 또 장난을 치는군.'

변을수 일병은 쓴웃음을 지으며 동굴 밖으로 기어나갔다.

변 일병은 동굴 밖으로 나오자 자기 눈을 믿을 수가 없었다. 임태호 상병의 말은 사실이었다. 정말 함박눈이 펄펄 쏟아지고 있었다.

열대지방에 눈이 오다니.

변을수 일병은 함박눈을 바라보며 너무 놀라서 말을 할 수가 없었다. 뒤따라 나온 개미허리가 입을 열었다.

"정말 장관이군! 독사 말이 맞았어. 난 그때 독사에게 거짓말을 한다고 몰아붙였지. 그런데 그게 정말이야. 앙케에 있을 때 같이 근무했던 전우 중에 독사라는 친구가 있었어. 그런데 어느 날 매복을 서다가 케산에서 눈이 오는 걸 봤다고 하더군. 누가 그 말을 믿겠나? 미친놈이라고 몰아붙였지. 그런데 그 친구는 자기 눈으로 똑똑히 봤다는 거야. 독사는 저게 죽은 병사들의 넋이라고 말했어."

"재수 없는 소리 하지도 마소. 안 그래도 기분 나빠 죽겠는데……."

임태호 상병이 투덜거리자 개미허리가 키득키득 웃으며 설명하기 시작했다.

"임태호, 잘 봐. 저건 눈이 아니라 나비 떼야, 나비 떼. 우기가 임박해서 내륙의 나비들이 계절풍을 타고 동쪽으로 이동하는 거야. 이제 3일 안에 무서운 폭우가 쏟아질 거다. 두고 보라고. 지금 이렇게 강풍이 부는 것은 전부 그 때문이야. 그땐 우리도 저길 건너야 해. 폭우로 혼란스러울 때 빠져나가는 거야, 내 말 알아듣겠지?"

개미허리의 말을 듣고 변을수 일병은 함박눈을 자세히 살펴보기 시작했다. 그러고는 고개를 끄덕였다.

저 눈송이는 수많은 나비 떼들의 움직임이었다. 엄청나게 많은 나비들이 날개를 펄럭일 때마다 마치 하늘에서 함박 눈송이가 쏟아지는 것만 같았다. 날개를 막 접는 놈, 활짝 펴고 날아오르는 놈, 그리고 날개를 휘저으며 비상하는 놈들이 어울려 장관을 연출하고 있었다.

나비들이 날갯짓을 할 때마다 마치 탐스러운 함박 눈송이가 떨어지는 것만 같았다. 칡넝쿨 사이에, 나뭇잎 사이에 그리고 원시림 곳곳에 함박눈이 내리는 것 같았다.

나비가 날아가는 방향은 모두 같았다. 동쪽으로 가고 있었다. 그때였다. 아침노을이 짙어지자 나비들은 빨간색 장미꽃잎으로 변하기 시작했다. 마치 하늘에서 붉은 장미 꽃비가 내리는 것 같았다.

고국에서는 어쩌다 배추밭에 날아다니는 나비 한두 마리를 보았을 뿐이다. 그러나 이곳의 나비들은 마치 눈송이처럼 혹은 꽃비처럼 날아다니고 있었다. 눈에 보이는 모든 것들은 나비뿐이었다.

변을수 일병은 자연의 조화 앞에 공포를 느끼기 시작했다. 이렇게 무한한 신의 능력 앞에 하잘것없는 재주와 보잘것없는 지혜를 가진 인간들이 사악한 무기로 자신들의 어리석은 이기심을 충족하기 위해 서로를 죽이며 자연의 조화를 깨뜨리고 있었다. 어느 누구라도 신이 준 소중한 생명을 어떠한 명분으로도 빼앗을 권리는 없었다.

그것이 비록 전쟁이라는 이름으로 자행되는 행위일지라도 합법적인 명분은 될 수가 없었다. 인간의 생명은 신이 준 것이며 그걸 준 자만이 거두어 갈 수 있는 권리가 있는 것이다. 이런 경이로운 자연 현상은 신이 인간의 무지를 깨우치려고 경고하는 것들이었다.

3일째로 접어들자 나비들의 숫자가 점점 줄어들기 시작했다. 반대로 하늘에는 시커먼 먹구름이 뒤덮였고, 바람이 거세게 불어왔다.

오후에 접어들자 강풍으로 나무들의 뿌리가 뽑히고 잡목들의 가지가 부러졌다. 밀림의 수목들은 강풍에 신음 소리를 내며 울부짖기 시작했다. 계곡 전체가 비명 소리를 지르며 요동을 치기 시작했다.

아직도 이동을 하지 못한 나비들이 강풍에 날개를 찢긴 채 어쩔 줄을 모르며 허둥대고 있었다. 강풍을 타고 매캐한 냄새가 코를 찌르며 밀려왔다. 강의 상류 부근에는 아직도 불길이 꺼지지 않고 타는 모양이었다. 그리고 이따금 가는 빗방울이 떨어지고 있었다.

세 사람이 은신하고 있는 동굴 속은 안방처럼 포근하고 아늑했다. 밖은 강풍으로 울부짖는데 동굴 속은 따뜻하고 조용했다.

"오늘 밤에 계곡을 건너자. 바람이 그치면 바로 폭우가 쏟아질 거야. 일단 폭우가 시작되면 강물의 범람으로 우린 계곡을 건널 수 없어. 그땐 대머리산으로 가는 길도 끝장이야. 그렇게 되면 우기가 끝날 때까지 우린 여기서 고립돼. 물론 그때까지 살아남지도 못하겠지만. 내 말 알아듣겠어?"

개미허리가 두 사람에게 말했다.

"혼자 가소마, 난 안 갈라요. 몸도 안 좋고 여기서 더 쉴라요. 변 일병, 니는 우짤래?"

임태호 상병은 동굴을 떠나기 싫어했다.

"여길 뜹시다."

변을수 일병이 임태호 상병을 달래며 말했다. 변을수 일병까지 그렇게 나오니 임태호 상병이 마지못해 승낙을 했다. 개미허리가 고개를 끄덕이며 입을 열었다.

"자, 그럼 마지막 파티를 하자. 술이 없어 안됐지만 이걸로 대신하자."

개미허리가 정글복 하의 주머니 속에서 고동색 방수 봉지 하나를 끄집어냈다.

"레이션 봉지 아인교? 이기 어디서 났는교. 우선 한 대 피웁시다마."

임태호 상병이 레이션 봉지를 보자 좋아서 어쩔 줄을 몰랐다. 씨레이션 한 끼분 속에는 햄이나 치킨, 빵과 비스킷이 든 깡통이 들어 있었다. 그리고 방수 처리가 된 봉지 속에는 담배, 껌, 휴지, 소금, 설탕, 커피, 성냥 등이 들어 있었다.

무엇보다도 병사들이 좋아하는 물건은 담배였다. 담배는 앙증맞게 작은 종이 곽 속에 다섯 개비가 들어 있었다.

담배의 종류는 쿨, 켄트, 카멜, 윈스톤이 들어 있었다. 병사들은 장난삼아 봉지 속에 들어 있는 담배 알아맞히기 내기를 했다.

"김 하사님, 우리 내기 하입시더. 오랜만에 한번 붙읍시다."

임태호 상병이 그 일을 떠올리며 내기를 하자고 졸랐다. 변 일병도 기분이 아주 좋았다.

"뭐야, 내기를 하자고? 말도 안 되는 소리. 부랄 두 쪽뿐인 놈하고 어떻게 내기를 해."

개미허리는 상대도 안 하려고 했다.

"야, 변 일병, 니 돈 없나? 좀 뒤져봐라."

임태호 상병이 변 일수 일병에게 말했다. 변 일병이 호주머니를 뒤지기 시작했다.

"외상 노름은 안 할 거야. 임태호, 너 저번에 해녀기둥서방 돈 떼어 먹었지?"

개미허리가 임태호 상병을 놀렸다.

"치사하다. 요꺼정 와서 돈 이야기 할끼가?"

"돈 없으면 부랄이라도 걸어라."

"변 일병, 니 뭐 좀 없나?"

"다 뒤져도 이거뿐인데요."

변을수 일병은 중지에 끼고 있던 실반지를 뽑아 내밀었다. 월남으로 오기 전에 서울 운동장 앞 노점상에서 지혜가 사 준 반지였다.

"이건 100원짜리 구리 반지 아냐? 누가 그걸 돈으로 치겠어?"

개미허리가 고개를 흔들었다.

"옛다, 여기 있구마. 이거면 댔는 기요? 이래 뵈도 80불짜리요, 이게."

임태호 상병이 상의 호주머니 속에서 금이빨을 끄집어 내밀며 말했다.

"진짜 금이야?"

"대대 위생병인 문 병장을 꼬셔서 80불 주고 만든 진짜라요."

"개미허리도 맛이 갔구나. 100원짜리 구리 반지와 썩은 이빨을 걸고 노름을 해야 하다니…… 좋아, 지면 두말 없기다."

"잠깐, 김 하사님은 뭘 걸라요. 자기도 걸어야제."

"멍청한 자식, 아무리 전쟁 바닥이지만 쟁이는 항상 돈을 준비하고 있어야지. 자리가 좋아 월맹군들하고 한판 붙었다고 쳐봐라. 너처럼 외상 노름을 하겠어? 이건 국제적인 망신이야. 아무리 적이지만 그 애들이 얼마나 우릴 흉보겠어?"

개미허리는 상의 호주머니 속에서 군인 수첩을 꺼내 들었다. 그리고 수첩 갈피 속에서 10달러짜리 군표 두 장을 꺼내 놓았다.

"그럼 시작하구마."

임태호 상병이 레이션 봉지를 노려보며 말했다.

"난 울 할배가 좋아하는 윈스톤."

임태호 상병이 의치를 내밀며 말했다

"나는 쿨 담배."

변을수 일병이 구리 반지를 내밀었다.

"좋아, 난 켄트다."

개미허리는 10달러짜리 군표 두 장을 건 후 빙그레 웃으며 고동색 방수 봉지를 이빨로 물어뜯었다.

어떤 담배가 나올 것인가?

변을수 일병은 갑자기 긴장하기 시작했다. 마치 봉지 속에 든 담뱃갑이 앞으로 자기 운명을 예언하여 줄 것만 같았다.

'저 봉지 속에서 파란색의 쿨 담배가 나온다면 무사히 이곳을 탈출할 수 있을 것이다. 그러나 담배가 나오지 않으면……'

변을수 일병은 알 수 없는 전율에 몸을 부르르 떨며 잔뜩 긴장을 하여 개미허리의 손끝을 노려보았다.

병사들은 위기의 순간에 자기의 예감을 믿었다. 작전에 투입되기 전에 괜히 짜증을 부리며 신경질을 내는 병사나 지나치게 감상에 빠져드는 전우, 평소에 하지 않던 행동을 유별나게 하는 전우들은 이상하게 사고를 쳤다.

그것이 미신이라도 좋았다. 하지만 전쟁이라는 특수 상황에서는 자신의 예감도 생존에 대단히 중요한 요소가 되었다.

임태호 상병도 긴장하는 것 같았다. 그 역시 겉으로는 너털웃음을 치며 수다를 떨고 있으나 마음속으로는 이 즐거운 노름으로 앞일을 점치고 있을 것이다. 그것은 개미허리도 마찬가지일 것이다.

"자 봐라, 나온다."

개미허리가 봉지를 찢었다. 개미허리는 갈색 소금 봉지, 설탕, 사각껌, 커피 등을 하나씩 꺼내놓기 시작했다.

변을수 일병은 파란색 담배가 나오기를 빌고 또 빌었다. 그러나 개미허리 손끝에는 하얀색 담뱃갑이 매달려 있었다. 하얀 색깔은 켄트나 윈스톤의 담뱃갑이었다. 변을수 일병은 가슴이 덜컥 내려앉았다. 이곳을 영원히 빠져나갈 수 없으리라 생각이 든 것이다.

"떴다, 봐라."

개미허리가 화투장을 뽑아들 듯 담뱃갑을 들고 내리쳤다. 그것은 눈이 부시도록 하얀 켄트 담뱃갑이었다. 개미허리는 두말없이 군표와 의치, 그리고 구리 반지를 주머니 속에 집어넣었다.

임태호 상병의 얼굴도 변 일병만큼 굳어 버렸다.

"왜들 그러냐? 어서 한 대씩 피워. 구리 반지와 썩은 이빨 한 개 잃었다고 죽는 시늉하는 건 아니겠지? 귀대해서 돈 갚으면 돌려줄게."

개미허리는 다섯 개비의 담배를 공평하게 나누어 주었다. 세 사람은 정말 오랜만에 담배를 피웠다. 필터가 다 타도록 담배 연기를 빨아들였다. 전신이 노곤해지며 눈앞이 빙글빙글 돌았다.

죽으면 이렇게 될까?

변 일병은 순간 그런 생각이 들었다. 변을수 일병은 고개를 저었다. 이것은 단순히 장난일 뿐이야. 그런데 왜, 이렇게 불안한 마음이 들까?

#27 우정의 만가(輓歌)

— 죽은 자는 말이 없고, 살아남은 자는 말이 많다 —

　자정이 가까워지자 강풍이 조금씩 약해졌다. 하늘을 뒤덮은 시커먼 먹구름이 간간이 가랑비를 뿌리며 빠른 속력으로 지나갔다. 이따금 구름 사이로 둥근 보름달이 잠깐씩 얼굴을 내밀고는 사라졌다.

　세 사람은 절벽 아래를 내려다보며 다시 한 번 작전 계획을 점검했다.

　"C.P. 뒤로 연료 드럼통이 보이지? 수류탄으로 저걸 날려 버리는 거야. 휘발유 드럼통이 폭발하면 C.P.와 지하 벙커를 덮치겠지? 동시에 다른 한 조는 저기 보이는 탄약고를 폭파하는 거지. 적들은 기습에 놀라 당황할 거야. 그때 반대편 절벽 위로 기어오르자."

　"보초 교대 시간은?"

　임태호 상병이 물었다.

　"적의 지휘관은 여우같이 교활한 놈이야. 며칠을 두고 봐도 교대 시간이 일정하지 않아. 규칙적인 보초 교대는 적의 공격 목표가 되기 때문이지. 정말 뛰어난 지휘관이야. 부대가 훈련하는 걸 봤는데 대단하더라고, 최강의 정예부대야. 틀림없이 유명한 지휘관일 거야. 병사들은 군기가 꽉 잡혀 있어. 그들은 이곳에 숨어 우기 대공세를 기다리고 있을 거다. 내 생각이 틀림없어."

"폭우가 언제쯤 올까요?"

변을수 일병이 물었다.

"나비가 동쪽으로 이동하는 것은 우기가 임박했다는 증거야. 자연이 사람보다 한 걸음 앞서 기상의 변화를 알아차리는 거지. 강풍이 부는 것은 남쪽에서 태풍이 북상하고 있기 때문이야. 습한 바람이 불어오는 걸 보니 오늘 밤이 시작이야. 오늘 밤, 여길 빠져나가지 못하면 우기가 끝날 때까지 여기서 갇혀 버린다."

변을수 일병이 고개를 끄덕였다.

"연료 저장고를 누가 공격할 거야?"

개미허리가 두 사람을 쳐다보며 물었다.

"와, 우릴 쳐다보는 기요? 우리보고 하라꼬?"

임태호 상병이 개미허리에게 되물었다. 개미허리는 말없이 정글복에 떨어지는 가랑비 방울을 바라보고 있었다. 그의 머리카락에는 빗방울이 맺혀 이마 위로 흘러내리고 있었다.

"변 일병, 우쩰래? 저장고보다는 탄약고가 안 좋겠나?"

임태호 상병이 변을수 일병에게 동의를 구했다.

임태호 상병은 탄약고 폭파가 더 유리하다고 생각하는 것 같았다. M16 소총으로 보초를 사살하고 수류탄으로 탄약고를 날린 뒤 정글 속으로 도망칠 생각이었다.

그러나 C.P. 뒤편의 계곡에 은폐된 연료 저장고는 폭파되는 순간, 기습조가 불빛에 완전히 노출될 것 같았다. 그것은 병사들이 가장 싫어하는 일이었다. 그래서 임태호 상병이 탄약고를 맞겠다고 하는 것 같았다.

"시계를 맞추자. 폭파 시간은 01시 15분. 동시에 꽝 하는 거야. 어느 한쪽이 먼저 터뜨리면 다른 한편은 바로 노출될 거야. 그땐 이거지."

개미허리는 손가락으로 목을 치는 시늉을 했다.

"한쪽은 살지만 다른 쪽은 죽어. 다를 알아서들 하라고."

개미허리가 또 한 번 다짐을 했다.

"그럼 내가 먼저 간다."

말을 마친 개미허리는 표창을 꺼내 탄띠 속에 찔러 넣었다. 그리고 바로 절벽 아래로 내려가기 시작했다.

변을수 일병은 절벽 아래를 내려다보았다. 가랑비는 어느새 그치고 구름 사이로 둥근 보름달이 얼굴을 내밀고 있었다. 달빛에 어리는 강물 위에는 짙은 물안개가 피어오르고 있었다.

'지혜야, 이게 마지막 승부야. 여기서 빠져나갈 수만 있다면 너를 만날 수 있겠지. 그러나, 그러나…… 여길 통과하지 못하면 나는 죽음의 계곡에서 영원히 살게 되겠지. 어둡고 습기 찬 계곡에서 말이야. 그러나 지혜야. 내가 비록 이곳에서 죽는다고 해도 나는 달빛이 되어 너에게 갈 것이다. 달이 뜨는 밤이면 푸른 달빛이 되어 밤마다 너를 찾아갈 거야.'

"뭘 보노, 임마. 니 정신을 어디다 팔고 있노? 정신 바짝 차리라. 안 그라면 귀신도 모르게 디진데이. 조짜 봐라, 조기 보이제?"

"안 보이는데."

구름이 달빛을 가리자 절벽 아래 계곡은 잠깐 동안 암흑 속에 잠겨 버렸다.

"저기다, 조짜."

임태호 상병이 다시 손가락으로 어둠 속을 가리켰다. 희미한 달빛 속에서 검은 그림자가 재빠르게 움직이고 있었다. 개미허리였다. 개미허리는 어느새 지휘소 부근까지 접근하고 있었다. 그는 벙커 뒤로 몸을 숨기고 있었다.

짙은 먹구름이 달빛을 가리자 계곡은 또다시 어둠 속에 숨어 버렸다.

'지혜야, 여긴 정말 지옥이야. 사람들이 살고 있는 밝은 세상이 보고
싶어. 눈부신 햇빛과 사람들의 유쾌한 웃음소리를 듣고 싶다.'

구름이 다시 걷히자 밝은 달빛이 계곡을 환하게 밝혀 놓았다.

"저런, 우짤고?"

임태호 상병이 놀라서 소리쳤다. 개미허리가 벙커 뒤에서 나오는 순
간, 두 명의 순찰조가 불쑥 앞에 나타난 것이다. 개미허리는 그들과 정
면으로 부딪쳤다. 그런데 개미허리는 놀랍게도 뒷짐을 지고 태연히 순
찰조에게 다가갔다. 그리고 느닷없이 두 사람의 무릎을 까버렸다.

두 명의 순찰조는 깜짝 놀라 부동자세로 경례를 부쳤다. 그는 고개
를 끄덕이며 뒷짐을 지고 지휘소로 걸어가고 있었다. 다시 먹구름이 달
빛을 가리자 계곡은 깊이를 알 수 없는 깊은 어둠 속으로 떨어졌다.

캘리포니아 출신 알프레드 스코트 대위는 항공모함의 비행갑판 위에
서 비상 출격 신호를 기다리며 함재기 속에 앉아 있었다. 바다는 칠흑
같은 어둠 속에 잠겨 있고 높은 파도가 일고 있었다. 항공모함 상공에
는 시커먼 먹구름이 빠른 속도로 지나가고 있었다.

스코트 대위는 비행 계기판이 내는 짤칵짤칵 하는 소리에 귀를 기울
이며 고개를 들고 밤하늘을 쳐다보았다. 유성이 긴 꼬리를 끌며 바다에
떨어지고 있었다. 그 역시 어느 한순간에 살아질지도 모르는 별똥과 같
은 존재였다. 그는 비행복 상의 호주머니의 지퍼를 열고 벌써 수십 번
도 더 꺼내 본 컬러 사진을 들여다보았다. 그리고 계기판의 파란 불빛
에 그것을 비춰 보았다.

아내 바바라와 외동딸 지나가 집 앞 요트 선착장에서 활짝 웃고 있

는 사진이었다. 지나는 여섯 살. 사진 속의 그 애는 앞 이빨이 두 개나 빠진 채 활짝 웃고 있었다. 아내는 이 사진을 지난 번 편지 속에 동봉하여 보내왔다. 그는 이 사진을 비행 수첩 속에 소중하게 보관하고 있었다. 그는 사진을 볼 때마다 딸애가 "아빠!" 하고 집 앞의 선착장에서 부르는 소리를 들을 수가 있었다.

불과 6개월 전만 해도 그는 딸애를 보트에 태우고 집 앞의 선착장을 돌며 송어 낚시나 즐기는 한가로운 직업 군인이었다. 그는 평범하게 지상 근무를 하던 별 볼일이 없는 해군 조종사였다.

비행사가 되는 일은 그의 소년 시절의 오랜 꿈이었다. 하늘을 마음대로 날아다니는 일은 신기하고 멋있는 일이었다. 그는 훈련기를 타고 처음으로 하늘을 날아오르던 단독 비행을 아직까지도 잊을 수가 없었다.

저 아래 땅 위에는 집과 자동차, 그리고 사람들이 장난감처럼 움직이고 있었다. 푸른 숲과 넓은 대지는 한 폭의 그림과도 같았다. 그렇게 넓은 공간을 그의 비행기는 날아가고 있었다. 비행기는 그의 손끝 하나하나에 따라 자유자재로 움직이며 새처럼 비행하고 있었다. 그는 처음으로 비행을 하던 날의 희열을 결코 잊을 수가 없었다.

스코트 대위의 지상 근무는 한가로운 생활의 연속이었다. 아내 바바라와 딸 지나, 그리고 비행기가 생활의 전부였다. 비행이 없는 날은 아내와 함께 집 앞에 서 있는 자작나무 그늘에서 시시껄렁한 잡담으로 시간을 보냈었다. 두 사람의 대화는 주로 고등학교 시절에 아내 바바라를 쫓아다녔던 길버트에 관한 이야기가 아주 많았다.

아내가 만약 자기와 결혼하지 않았더라면 그녀는 길버트와 짝을 이루었을 것이다. 스코트는 길버트를 얼간이라고 불렀다. 스코트가 길버트를 그렇게 부르는 이유는 마지막 졸업 파티에서 생긴 일 때문이었다.

그때만 해도 바바라는 길버트를 더 좋아하고 있었다. 바바라와 길버트가 킴 매리 악단이 연주하는 체인징 파트너에 맞춰 춤을 추고 있을 때 악동 머피가 바바라의 야회복 속으로 손을 불쑥 집어넣었다. 바바라가 놀라서 소리를 지르자 술이 엉망으로 취한 머피는 바바라를 껴안으려고 했다. 그런데도 길버트는 위기에 처한 바바라를 멍청하게 바라보고만 있었다.

그때 바바라를 위기에서 구해 준 학생이 스코트였다. 당시만 해도 스코트는 여학생들에게는 잘 알려지지 않는 촌뜨기였다. 스코트는 단 한 방에 머피를 체육관 바닥에 눕혀 버렸다. 그리고 두 사람은 급속히 가까워졌다.

그 후 두 사람은 결혼을 했다. 그리고 딸 지나가 잠에 취한 목소리로 "아빠" 하고 부르는 소리는 그의 생활에 가장 소중한 부분이 되었다.

아내 바바라와 딸 지나는 그의 생명이었고 삶의 존재 이유였다. 아내 바바라는 주립 도서관의 사서였다. 그가 월남으로 파견되고 난 후 그녀가 하는 일은 월남 전쟁에 관한 자료를 수집하는 일이었다.

그는 소년 시절의 꿈인 비행사가 되었고 사랑스러운 아내와 예쁜 딸을 둔 가장이 되었다. 그에게는 이 이상 더 바랄 것이 없는 만족한 생활이었다. 그런데 월남으로 온 지금 모든 것이 엉망으로 변해 버렸다.

그와 친한 조종사들은 수시로 전사하거나 실종이 되었다. 그들도 그와 똑같은 삶을 가진 전우들이다. 월남에서 보낸 육 개월이 그에게는 수십 년의 세월이 지난 것만 같았다. 사진 속의 지나는 한결 더 예쁘고 어른스러워 보였다. 그는 어서 빨리 아내 바바라에게 돌아가고 싶었다. 이 지옥 같은 전쟁터를 떠나서 말이다.

요즘은 전쟁이 더 격렬해지는 것 같았다. 근무 스케줄도 종잡을 수가 없었다. 새벽 2시에 일어나 세 차례나 출격한 후, 오후에 취침을 하는 그런 불규칙한 생활의 연속이었다.

함재기는 하노이를 폭격하기 위해 출동하는 B52의 호위 임무를 주로 하고 있었다. B52는 풋갓 비행장에서 발진하여 항공모함에서 뜬 함재기들을 만나 하노이로 날아갔다.

지난밤에만 해도 하노이 상공에서 보낸 13분은 지옥의 연속이었다. 샘 미사일은 불붙은 전봇대처럼 아무 곳에서나 날아왔다. 그리고 구름 속에서 느닷없이 내리꽂히는 미그기와의 사투는 정말 무서웠다. 하노이행은 조종사들의 비행복을 땀으로 흠뻑 젖게 했다. 입술은 밀가루를 바른 것처럼 하얗게 타고 헝클어진 머리카락은 달라붙어 떨어지지 않았다.

그는 매일매일 로마의 검투사처럼 목숨을 부지하기 위해 최선을 다해 싸워 오고 있었다. 스코트 대위는 이 전쟁이 어디로 가고 있는지 알 수가 없었다. 도대체 우리는 이 전쟁에서 지고 있는가, 이기고 있는가? 미국의 검투사들은 전쟁의 전체적인 국면을 알 수가 없었다. 오히려 매일 TV 뉴스를 보고 있는 바바라가 전쟁의 총체적인 국면을 더 잘 알고 있는 것 같았다.

브리핑을 받고 출격을 하고, 무사히 귀함을 한 다음에는 너무 지쳐 샤워도 하지 못한 채 잠을 자야 하는 생활이 끝없이 반복되고 있는 스코트 대위에게는 하루하루가 지옥의 연속이었다.

그는 잠이 들면 꿈속에서도 악몽에 시달렸다. 조종간을 아무리 잡아당겨도 비행기는 상승을 하지 않았다. 샘 미사일은 악착같이 쫓아오는데 함재기는 움직이지 않았다. 어떤 때에는 갑자기 미그기가 정면으로 가미가제처럼 달려들기도 했다. 스코트 대위는 놀라서 비명을 지르며 잠을 깨기도 했다. 잠을 깨면 온몸이 땀으로 뒤범벅이 되어 있었다. 베개 커버가 목에 달라붙어 떨어지지 않을 정도였다.

알프레드 스코트 대위에게 조용한 시간이 있다면 오직 비상 출격에 대비하여 방공 근무를 하는 시간만이 유일하게 자유로운 시간이었다.

오늘 새벽에도 카펜터 대위가 하노이에서 귀함 중 실종되었다. 구조 헬기가 바다를 샅샅이 뒤지고 다녔지만 이 넓은 바다에서 어디서 그를 찾겠는가?

스코트 대위는 밤하늘을 쳐다보았다. 시커먼 먹구름이 빠른 속도로 지나가고 있었다.

"삐익" 하고 경보음이 울렸다 그는 재빨리 시계를 바라보았다. 24시 32분이었다.

"스코트, 듣고 있나? 출격 준비, 발진!"

관제탑에서 명령이 떨어지자 그는 브레이크를 풀었다. 함재기는 어두운 바다 위를 향해 쏜살같이 날아올랐다.

임태호 상병과 변을수 일병은 예정 시간보다 빨리 탄약고에 접근을 했다. 두 사람은 탄약고 뒤편의 숲 속에서 공격 시간을 기다리고 있었다. 야광 시계의 바늘은 어느새 24시 44분을 가리키고 있었다.

"만일에 말이다. 연료 저장고가 먼저 터졌다 카몬 우리는 묵사발이 된데이. 대낮같이 밝은 불빛에 벌거벗은 처녀꼴이 되는 기라. 변 일병, 니 한번 생각해 봐라. 그래 안 되겠나? 그라이 우리가 먼저 터뜨리자. 개미허리는 재주가 좋은 놈이니까 알아서 길 거야. 저장고는 고지대라 노출이 안 된다 카이. 니 생각은 어떠노?"

임태호 상병이 변 일병에게 속삭였다.

변을수 일병은 이곳에 침투하기 전에 지난밤에 꾼 악몽을 임 상병에게 말했다. 달리는 열차에 서 있는 자신을 개미허리가 발로 등을 차서 어두운 골짜기로 떨어진 그 꿈을 이야기 했다.

그것은 개미허리의 배신을 의미하는 것 같았다. 소문대로라면 그는 먼저 저장고를 터뜨리고 두 사람을 미끼로 던지고 혼자서만 도망칠는지도 모르는 일이다. 개미허리가 그렇게 할까? 아마도 틀림없이 그렇게 할 것이다. 두 사람이 미끼가 된다면 그는 안전하게 이곳을 탈출할 수가 있을 것이다. 그리고 귀대해서는 우리 두 사람이 전사했다고 말할 것이다. 변을수 일병은 그런 불안감 때문에 꿈 이야기를 임태호 상병에게 한 것이다.

"변 일병, 니도 그런 꿈 꿨나? 저 자슥의 수작을 내가 모를 줄 알고. 어림없다, 탄약고를 지 혼자서 맡는다고 캤을 때 내가 벌써 눈치를 챘다마. 전마 자식이 하는 수작을 내가 모를 줄 알고? 택도 없다, 다른 놈은 다 속아도 난 안 속는다. 우리가 먼저 까는 기야. 01시 10분에 탄약고를 먼저 터뜨리는 기라. 변 일병, 내 말 알것제?"

임태호 상병이 입술을 깨물며 말했다. 그의 눈은 변을수 일병을 뚫어지게 쳐다보고 있었다. 마침내 변 일병도 고개를 끄덕였다. 개미허리가 배신하기 전에 먼저 그를 배반하는 것이 좋다고 생각했다. 그것이 유일하게 사는 길이기 때문이다.

미친 듯이 불어오는 강풍에 나뭇가지들이 몸부림을 치며 울부짖었다. 바람은 광란하는 파도와 같았다. 밀림의 우거진 숲들을 갈기갈기 찢어놓기 시작했다.

두 사람은 탄약고를 지키는 보초에게 접근을 시작했다. 강풍이 두 사람의 접근을 은폐시켜 주고 있었다.

보초는 바람을 피해 나무 밑에 움츠리고 있었다. 바람에 발자국을 숨긴 임태호 상병이 고양이처럼 접근하여 적병의 목을 팔로 조이며 대검으로 늑골을 찔렀다. 보초가 쓰러지자 임태호 상병이 수신호를 보냈다. 변을수 일병이 수류탄을 까서 탄약고에 던졌다. "꽝!" 하는 폭음과 함께 지축이 흔들렸다.

"쾅쾅!"

밀림을 갈가리 찢어 놓는 폭음과 함께 천지를 진동하는 폭음이 계곡을 무섭게 흔들어 놓았다. 버섯 모양의 검은 연기가 원시림을 뚫고 밤하늘 높이 솟아올랐다. 산더미처럼 야적된 포탄과 탄약들이 축제날의 불꽃놀이처럼 쾅쾅 소리를 내며 연달아 터지기 시작했다.

변을수 일병은 탄약고가 폭파되는 순간, 강렬한 충격으로 뒤로 벌렁 나가 떨어졌다. 그와 동시에 눈앞에 강렬한 섬광이 휘 하고 지나갔다. 그는 두 손으로 눈을 가리며 비틀거렸다. 캄캄한 어둠 외에는 아무것도 보이지 않았다.

한편 개미허리는 낮은 포복으로 연료 저장고에 접근을 시작했다. 짙은 어둠 속에서 개미허리는 정신을 집중하며 적이 설치한 조명탄의 인계 철선을 조심스럽게 밀어내었다. 인계 철선은 거미줄처럼 복잡하게 얽혀 있었다. 초속 30m가 넘는 강풍을 동반한 가랑비가 후드득 소리를 내며 얼굴 위에 떨어지고 있었다.

드디어 개미허리는 연료 저장고에 무사히 도착했다. 연료 드럼통이 숲 속에 교묘하게 은폐되어 있었다.

개미허리는 반듯하게 누워 탄띠에 차고 있던 표창을 뽑아 가슴 위에 나란히 늘어놓았다. 강한 빗방울이 얼굴을 때리며 지나갔다.

흘깃 야광시계를 바라보자 어느새 0시 55분을 가리키고 있었다. 20분 뒤에는 드럼통을 공격하여 저장고를 폭파해야 했다. 그는 누워서 저장고에 수류탄을 투척한 후 어떻게 여기를 빠져나갈 것인지를 세밀하게 마음속에 그려 보았다.

먼저 그는 성곽처럼 어둠 속에 버티고 있는 저 절벽 위로 기어 올라가야 할 것이다. 그리고 곧장 남쪽으로 방향을 잡아야 할 것이다.

그가 생각에 잠겨 있는 동안 2명의 보초가 나타났다. 개미허리는 가슴 위에 놓여 있던 표창을 양손에 하나씩 잡고 손끝을 세웠다. 그리고 잠든 사람처럼 가만히 누워 있었다.

"저벅저벅."

발자국 소리와 함께 잡초를 헤치며 보초들이 가까이 다가왔다. 개미허리는 입술을 깨물며 손끝에 힘을 주었다.

"얍!"

개미허리가 몸을 일으키며 짧은 기합 소리와 함께 표창을 던지자 두 개의 흰 섬광이 강풍을 가르며 날아갔다. 두 명의 월맹군이 힘없이 쓰러졌다.

그때였다. "꽝!" 하는 폭음과 함께 계곡 전체가 심하게 흔들렸다. 계곡은 마치 지진이라도 난 것처럼 출렁거렸다.

개미허리는 화들짝 놀라 시곗바늘을 바라보았다. 야광시계의 바늘은 01시 10분을 가리키고 있었다. 무엇인가 일이 크게 잘못되고 있었다. 탄약고가 약속 시간보다 5분이나 먼저 폭파되었다. 기습조가 발각된 것일까?

탄약고는 마치 불꽃놀이라도 하듯 폭죽처럼 연달아 터지고 있었다.

그런데 믿을 수 없는 일이 벌어졌다. 밀림 속에서 갑자기 강력한 섬광이 쏟아져 나왔다. 8천만 촉광의 강력한 제논 서치라이트의 불빛이었다. 그 불빛은 탄약고를 향해 쏘아졌다.

임태호 상병과 변을수 일병이 덫에 걸린 토끼처럼 강력한 불빛 속에 멍청하게 서 있는 것이 보였다. 두 사람은 도망을 치려 했으나 방향을 잡지 못하고 허우적거리고 있었다.

두 사람은 눈이 보이지 않는 것 같았다. 짧은 거리에서 쏜 8천만 촉광의 강력한 서치라이트는 눈의 각막을 순간적으로 태워 버린다. 그들은 폭발하는 탄약고를 배경으로 두 손으로 눈을 비비며 대사를 까먹은 무대 위의 배우처럼 우두커니 서 있었다.

개미허리는 눈을 감았다. 심장의 피가 얼어붙는 것만 같았다. 최악의 사태가 벌어진 것이다. 수많은 월맹군들이 두 사람에게 증오에 찬 욕설을 퍼부으며 접근하고 있었다. 그것은 마치 눈이 먼 두 마리의 토끼한테 수많은 사냥개가 날카로운 이빨을 드러내며 적의에 차서 울부짖는 소리와 같았다.

사냥개가 토끼를 물어뜯기 시작했다. 월맹군은 두 사람을 대검으로 찌르기 시작했다. 고통을 주어 천천히 죽일 심산인 것 같았다. 두 사람은 순식간에 피투성이가 되었다.

변을수 일병이 오른쪽 어깨를 감싸 쥐고 비틀거리며 나동그라졌다. 임태호 상병이 총알이 떨어진 M16 소총을 거꾸로 잡고 미친 듯이 휘두르며 울부짖었다.

"야, 이 새끼들아! 한꺼번에 덤비라. 전부 때려 직이 뿔끼다. 죽으면 한 번 죽지 두 번 죽나. 야! 덤벼, 어서 덤벼. 생쥐같이 숨어 있지만 말고 한꺼번에 덤비라."

시력을 상실한 임태호 상병은 한 손으로는 변을수 일병의 어깨를 감싸 안고 다른 한 손으로는 미친 듯이 총대를 휘두르고 있었다.

"변 일병, 겁내지 마라! 내가 안 있나. 걱정하지 마라. 이 새끼들은 내가 전부 때려 직이 뿔기다."

여전히 그는 허세를 부리며 수많은 월맹군들을 향해 달려들었다. 그는 조금도 기가 죽지 않고 있었다.

월맹군들은 악에 바친 임태호 상병이 총검을 휘두를 때마다 조금씩 뒤로 물러섰다. 그러나 사냥개들은 오래 기다리지 않았다. 그들은 곧 토끼를 물어뜯기 시작했다.

변을수 일병이 오른쪽 어깨에 칼을 맞고 팔뚝이 떨어져 나갔다. 그는 돼지새끼처럼 비명을 지르며 괴상한 소리로 울부짖었다. 그리고 고통에 차서 살 맞은 산돼지처럼 때굴때굴 굴렀다. 임태호 상병이 개머리판을 휘두르며 아귀처럼 적들에게 달려들었다.

수많은 사냥개들이 한꺼번에 두 사람을 덮쳐 버렸다. 다음 순간, 임태호 상병과 변을수 일병은 수많은 총검에 찔려 고슴도치처럼 변해 버렸다. 사냥개들은 토끼를 갈기갈기 찢어 아주 잔인한 방법으로 죽여 버렸다.

개미허리는 더 이상 그 모습을 바라볼 수가 없었다. 그는 입술을 깨물며 눈물을 훔쳤다. 그리고 손에 들고 있던 수류탄을 연료 저장고를 향해 던졌다.

"꽝!"

꽝음과 함께 거대한 불기둥이 원시림을 뚫고 하늘로 치솟아 올랐다. 잇따라 야적된 많은 연료 드럼통들이 폭죽처럼 소리를 내며 터졌다. 그리고 하늘 높이 날아올랐다.

불붙은 휘발유 드럼통들이 산 아래로 때굴때굴 굴러 떨어지며 지휘소와 벙커를 덮치기 시작했다. 벙커가 불길에 휩싸이며 타올랐다. 계곡은 거대한 화산이 폭발하는 것만 같았다. 사람과 무기와 우거진 밀림이 함께 어우러져 거대한 용광로 속에 녹아내리고 있었다.

불붙은 나무들이 강풍에 하늘 높이 날아올랐다. 그때 탄약고가 또다시 폭발을 했다. 연료 저장고의 드럼통들이 공깃돌처럼 밤하늘 높이 날아다녔다. 계곡은 불빛에 대낮처럼 환하게 밝아졌다. 수많은 병사들이 불길에 휩싸이며 도망을 치고 있었다.

개미허리는 절벽을 타고 기어오르기 시작했다. 절벽 아래 계곡은 처절한 아비규환으로 변해 있었다. 임태호 상병과 변을수 일병이 죽은 지금, 이곳은 그에게 아무 미련이 없었다.

왜, 그들이 5분이나 먼저 탄약고를 공격했을까?

개미허리는 그 이유를 알 수가 없었다. 두 사람이 약속만 지켰어도 이런 비극은 없었을 것이다.

쾅, 쾅, 쾅.

갑자기 하늘에서 우박이 쏟아지듯 계곡을 향해 폭탄이 떨어지기 시작했다. B52가 폭탄을 투하하기 시작했다. 개미허리는 폭탄의 충격으로 비명을 지르며 절벽 아래로 굴러 떨어졌다. 그는 가물거리는 의식 속에서 B52가 어떻게 이곳에 나타나 폭탄을 투하하는지 그 이유를 알 수가 없었다.

"왓츠 댓(저게 뭐야)?"

알프래드 스코트 대위는 함재기 밖을 내다보며 말했다.

"파이어! 오오, 빅 파이어(불이다! 큰 화재야)."

존슨 대위가 창밖을 내다보며 말했다.

함재기 편대는 B52 폭격기를 호위하고 하노이 북쪽 30㎞ 지점의 군수 공장을 폭격하고 귀함하는 중이었다. 군수 공장 상공에서의 7분간의 체공은 정말로 무섭고 지루한 시간이었다. 바둑판처럼 배치된 적의 대공포는 포탄을 그물처럼 빈틈없이 쏴 올렸다. 밤하늘 가득히 터지는 대공포와 샘 미사일의 공격, 그리고 미그기의 공격은 생사를 건 혈투였다.

B52 편대 중, 한 대는 후부 조종판에 대공포를 맞고 비상 착륙을 해야 할 형편이었다. 더구나 B52의 승무원 중 폭격수는 대공포의 파편에 심한 중상을 입고 있었다. 그 비행기에는 아직도 투하하지 못한 폭탄을 싣고 있었다.

알프레드 스코트 대위의 함재기도 연료의 누출로 어딘가에 비상 착륙을 해야만 했다. 편대 중 로렌스 중위의 함재기는 샘 미사일을 얻어

맞고 군수 공장의 상공에서 추락을 했다. 다행히도 조종사는 비행기가 폭발하기 직전에 비상 탈출을 했으나 그의 생사는 알 수가 없었다.

기지의 관제탑에서는 아직도 폭탄을 탑재하고 있는 B52에 착륙 전 중량을 감소시키기 위해 폭탄을 아무 데나 버리라고 명령을 했다. B52 비행기는 포탄 투하구의 격납문 일부가 대공포를 맞고 파손 상태에 있었다.

"헬로 기지, 여기는 탱고 편대의 알프레드다. 킬러밸리에 대규모 화재가 발생했다. 계곡 전체가 불길에 휩싸여 있다. 이곳에서 작전 중인 우군이 있는가?"

"여기는 포리스탈호, 잠깐 대기하라. 조회하겠다. 헬로 탱고 편대, 그곳은 연합군의 작전 구역 밖이다."

"로저, 킬러밸리에 B52의 폭탄 잔량을 전부 폐기하겠다. 허락을 바란다, 오버."

"알겠다. 허락한다. 투하해도 좋다."

"여기는 탱고 편대장, 곰은 새끼를 버려라."

칠흑같이 캄캄한 밤하늘에 편대를 이탈한 B52 한 대가 불타는 킬러밸리의 상공에 우박처럼 폭탄을 투하하기 시작했다. 개미허리가 본 B52는 바로 그 비행기였다.

탱고 편대장은 조종간을 당겨 킬러밸리를 내려다보았다. 승천하는 거대한 용처럼 킬러밸리는 붉은 혀를 널름거리며 몸부림을 치고 있었다. 그것은 마치 광란의 화가가 그린 한 폭의 음산한 그림과도 같았다. 긴 혀를 날름거리는 거대한 붉은 용은 검은 캔버스 위에서 춤을 추고 있었다. 그것은 참으로 무서운 모습이었다.

그로부터 9분 뒤, 알프레드 스코트 대위의 함재기는 귀함 중 연료 부족으로 풋갓 비행장의 활주로에 비상 착륙을 하던 중 산산조각이 나 버렸다. 함재기는 비상등이 유도하는 활주로에 접근 중 어떤 이유 때문인지 갑자기 실속을 했다. 그리고 종이비행기처럼 뚝 떨어지며 폭발해 버렸다. 그가 전사한 당일에 스코트 대위는 비상 출격 2회를 포함해서 6회나 출격한 기록을 가지고 있었다.

알프레드 스코트 대위는 지난 6개월 동안 월남 전쟁 중 가장 격렬한 전투기간에 함재기를 몰고 B52의 호위 임무를 수행해 왔었다.

폭우를 동반한 태풍 앤은 그로부터 4시간 뒤에 킬러밸리를 강타했다. 그리고 2시간 동안, 무려 350㎜의 폭우를 퍼부었다. 이제 중부 월남은 사실상 우기에 접어들었다.

그러나 우기 공세로 중부 월남을 단숨에 해방시킬 것이라는 최정예 월맹군들의 공세는 더 이상 없었다. 연합군은 우기 공세에 대비해서 전 부대가 비상사태에 돌입하였으나 어떤 이유에서인지 공세의 조짐은 없었다.

월맹군의 우기 공세는 적이 암호명 '밤의 장군'이라는 지휘관을 내세워 교묘하게 흘린 역정보라는 설이 G2에 나돌기 시작했다. 그러나 누가 알겠는가? 킬러밸리에서 생긴 일들을 말이다. 연일 계속되는 폭우로 그해 중부 월남은 보기 드물게 최고의 강우량을 기록했다.

주월 미 공군 사령부의 대변인 월렌 중령은 프레스 센터 기자 회견장에 표창을 한 개 들고 들어섰다. 월렌 중령은 기자들에게 가볍게 인사한 다음 회견 서두를 이렇게 꺼냈다.

"금년도 월맹군의 우기 공세는 중지되었다. 우리는 적들이 공세를 중지한 증거를 가지고 있다."

그러자 AP통신의 해리슨 기자가 질문을 했다.

"그 증거를 공개할 수가 있는가?"

월렌 중령은 B52 편대가 촬영한 한 장의 사진을 공개한 후 그에 대한 설명을 했다.

"이 사진은 작전명 '버진'을 수행하던 B52 편대가 찍은 것이다. 이 사진에 의하면 킬러밸리에는 금년도 중부 월남 지구의 우기 공세를 위해 2개 연대 이상의 월맹 정규군들이 집결해 있었다. 그러나 본 작전으로 적의 연대는 괴멸당했고 공격 능력은 상실되었다고 추측된다. 따라서 적의 추가 공세는 없을 것으로 판단하고 있다.

적의 지휘관은 월맹군 소장파 군부의 핵심 인물인 누엔 반 치로 밝혀졌다. 그의 암호명은 '밤의 장군'이다. 수색대의 보고에 의하면 그는 지하 30m의 동굴 속에서 발견되었는데 가부좌를 한 상태로 죽어 있었다. 그의 상체는 깨끗했으나 하체의 일부는 불에 그슬려 있었다. 사망 원인은 동굴 내부로 스며든 기름의 인화로 추정된다. 그곳에서 다수의 극비 문서가 노획되어 자료를 분석 중이다."

다른 기자가 일어나 질문을 던졌다.

"UPI의 스미스 기자다. 버진 작전으로 아군의 피해는 얼마나 되는가?"

"아군은 해군 소속의 함재기 두 대가 추락했고 조종사 한 명은 전사했다."

"그럼, 조종사 한 명은 구조가 되었다는 말인가? 소문에는 전사자가 두 명이라고 하던데……."

"한 명은 실종으로 수색 중이다."

"함재기의 추락은 적의 샘 미사일의 공격에 의한 것이었나?"

"아니다. A10 정찰기 한 대는 하노이 상공에서 샘 미사일에 피격당해 바다에 추락했고 전투기 한 대는 귀함 중 기체 고장으로 풋갓 비행장에 비상 착륙을 시도하다가 추락했다. 전투기 조종사는 캘리포니아 출신의 알프레드 스코트 대위다. 그에게는 해군 십자 훈장이 추서될 것이다. 원한다면 비행 기록의 일부를 공개하겠다. 단 오프 더 레코드(보도 금지)다. 오케이?"

월렌 중령은 가지고 온 휴대용 녹음기를 틀었다. 실내는 숨소리 하나 없이 쥐 죽은 듯이 조용해졌다. 편대 조종사와 함재기 조종사 간의 숨 가쁜 교신 내용이 흘러나왔다. 녹음기가 전부 돌아가자 월렌 중령이 다시 입을 열었다.

"기자 여러분, 방금 들으신 대로 스코트 대위는 작전 개시 25분 뒤 비상 활주로에서 랜딩 중 사망했다. 그의 모함은 포리스탈호이며 퀴논 동북방 40마일 지점에서 작전 중이었다. 스코트 대위가 왜 착륙 중 실수를 했는지 현재 조사 중이다."

다른 기자가 일어났다.

"ABC 방송의 길버트 기자다. 스코트 대위는 세 차례나 귀국이 연기되었다고 한다. 그 이유가 무엇 때문인가? 그리고 유족은?"

"유족으로는 주립 도서관에 사서로 근무 중인 부인 바바라와 딸 지나가 있다. 스코트 대위의 귀국이 세 차례나 연기된 것은 사실이다. 하노이가 자꾸만 그들의 귀국을 방해하고 있었다. 하나님이 저쪽보다 우리 쪽에 더 많은 관심을 기울이도록 여러분들이 기사를 잘 써 주면 고맙겠다. 그럼, 이만. 다음 브리핑은 16시 30분에 있다."

대변인이 말을 마치고 돌아서려 하자 길버트 기자가 다시 물었다.

"잠깐만, 손에 들고 있는 게 뭔가? 오늘 브리핑과 관련이 있는 물건인가?"

"아, 이거 말인가? 월맹군 38연대장 치 대령이 전사한 곳에서 노획한 물건이다. 오늘 브리핑과는 관련이 없는 물건이다. 이 자리에 나오기 전에 너무 이상해서 들고 나왔을 뿐이다."

월렌 중령이 손에 들고 있는 것은 개미허리가 자신의 생명보다 더

아끼는 물건이었다. 미제 과도를 갈아서 만든 표창이었다. 그 표창이
지금 월렌 중령 손에 있는 것이다.

- 上권 끝 -

김범선

경북 영양 출생
경북고등학교 졸업
동국대학교 경제학과 졸업
前 영주여자중학교 교사
한국청소년문화연합고문
한국문인협회 문학사 편찬위원
국제펜클럽한국본부 회원
한국소설가협회 중앙위원

『눈꽃열차』(장편소설)
『황금지붕』(장편소설)
『비창』 1, 2권(장편소설)
『영혼중개사』(중편소설)
『비단개구리』(중편소설)
『벤의 원리』(중편소설)
『니가 있어 행복하다』(에세이)
『남자로 사는 법』(에세이)
외 다수

주간 일요서울 2008~2009년 장편소설 연재
현재 월간 문학저널(장편소설), 월간 좋은만남(에세이) 연재 중

개미
허리
의
추
억 (上) 우정편

초판인쇄 | 2010년 8월 30일
초판발행 | 2010년 8월 30일

지 은 이 | 김범선
펴 낸 이 | 채종준
펴 낸 곳 | 한국학술정보㈜
주   소 | 경기도 파주시 교하읍 문발리 파주출판문화정보산업단지 513-5
전   화 | 031) 908-3181(대표)
팩   스 | 031) 908-3189
홈페이지 | http://ebook.kstudy.com
E-mail | 출판사업부 publish@kstudy.com
등   록 | 제일산-115호(2000. 6. 19)

ISBN   978-89-268-1444-4 04810 (Paper Book)
        978-89-268-1445-1 08810 (e-Book)
        978-89-268-1442-0 04810 (Paper Book set)
        978-89-268-1443-7 08810 (e-Book set)

이담 는 한국학술정보(주)의 지식실용서 브랜드입니다.